LE VILLAGE PERDU

CAMILLA STEN

LE VILLAGE PERDU

Traduit du suédois
par Anna Postel

ÉDITIONS DU SEUIL
*57, rue Gaston-Tessier, Paris XIXe*

Titre original : *Staden*

First published by Norstedts, Sweden
Published by arrangement with Nordin Agency AB, Sweden

ISBN 978-2-02-142652-6

www.seuil.com

Le 19 août 1959

C'était un après-midi caniculaire, au mois d'août. La chaleur était si intense que la brise qui s'engouffrait par les vitres baissées rafraîchissait à peine l'habitacle. Albin avait retiré sa casquette et laissait pendre son bras par la fenêtre, évitant d'effleurer la carrosserie pour ne pas se brûler.

– On en a encore pour longtemps ? demanda-t-il de nouveau à Gustaf.

Ce dernier se contenta de grogner, ce qu'Albin interpréta comme une invitation à consulter lui-même la carte s'il était si curieux. Il l'avait déjà fait. Ils roulaient vers une ville qu'Albin ne connaissait pas, une ville trop petite pour posséder un hôpital ou même un poste de police. À peine plus grande qu'un village.

Silvertjärn.

Qui avait entendu parler de Silvertjärn ?

Il était sur le point de demander à Gustaf s'il y était déjà allé, mais ravala sa question. Gustaf était du genre taiseux, même dans des circonstances favorables. Albin l'avait bien compris. Depuis près de deux ans qu'ils travaillaient ensemble, Albin n'avait jamais réussi à lui faire prononcer plus de deux mots d'affilée.

Gustaf ralentit, jeta un coup d'œil à la carte placée entre les deux sièges et prit un virage serré vers la gauche. Il s'engagea sur un chemin de gravier qu'Albin avait à peine remarqué entre les arbres. Albin fut précipité vers l'avant et manqua de lâcher sa casquette.

– Tu crois qu'on va trouver quelque chose par là ? s'enquit-il.

Il s'étonna que Gustaf ouvre la bouche et lui réponde.

– Aucune idée.

Encouragé par ces deux mots, Albin continua :

– On aurait surtout dit deux rigolos qui avaient un peu trop bu. Je suis sûr qu'on se déplace pour que dalle.

Le chemin était étroit et inégal, Albin dut se cramponner pour ne pas décoller de son siège à chaque cahot. De part et d'autre de la voiture s'élevaient de grands arbres. Il ne distinguait qu'une mince bande de ciel, d'un bleu si ardent qu'il lui brûlait les yeux. Le trajet lui sembla durer une éternité.

Puis la forêt s'éclaircit.

La bourgade ressemblait comme deux gouttes d'eau à la petite ville industrielle où Albin avait passé son enfance. Sans doute y avait-il une mine ou une usine qui employait tous les hommes. L'endroit était agréable avec ses maisons en rang d'oignons, sa rivière qui serpentait entre les bâtisses et son église en crépi blanc qui dominait les toits et semblait luire dans le soleil du mois d'août.

Gustaf freina d'un coup sec. La voiture s'arrêta.

Albin se tourna vers lui.

De profonds sillons lui barraient le front. Ses joues tombantes et mal rasées lui donnaient un air désemparé.

– Écoute, dit-il à Albin.

Quelque chose dans sa voix le fit s'immobiliser et tendre l'oreille.

– Je n'entends rien.

Il n'y avait pas un bruit, hormis le ronron du moteur.

Ils s'étaient arrêtés au beau milieu d'un carrefour. Il n'y avait rien de spécial. À droite, une maison jaune au perron décoré de fleurs à moitié flétries ; à gauche, une autre quasiment identique, mais rouge avec des pignons blancs.

– Justement.

Au ton insistant de son collègue, Albin comprit ce qu'il voulait dire.

Il n'y avait rien à entendre. Le silence était total. Il était 16 h 30 un mercredi de la fin de l'été dans un village au milieu des bois. Pourquoi ne voyait-on pas d'enfants jouer dans les jardins ? Ou des jeunes femmes prenant l'air devant leur porte, les cheveux plaqués sur leur front luisant de sueur ?

Albin jeta un regard à la ronde sur les rangées soignées de maisons. Toutes bien entretenues. Toutes closes.

Il n'y avait pas âme qui vive, où qu'il posât les yeux.

– Où sont-ils tous passés ? demanda-t-il à Gustaf.

La ville ne pouvait pas être complètement déserte. Les gens devaient bien être quelque part.

Gustaf secoua la tête et appuya de nouveau sur l'accélérateur.

– Ouvre l'œil, intima-t-il.

Albin déglutit avec difficulté. Sa gorge était râpeuse, il la sentait sèche, serrée. Il se redressa sur son siège et remit sa casquette.

La voiture roulait. Le silence lui semblait aussi oppressant que la chaleur. La sueur perlait dans son cou. Quand la place du village apparut devant eux, Albin éprouva un intense soulagement. Il montra du doigt la silhouette dressée au beau milieu de l'espace ouvert.

– Regarde, Gustaf. Il y a quelqu'un.

Peut-être Gustaf avait-il une meilleure vue que lui ; ou ses longues années dans la police lui avaient conféré un flair qu'Albin n'avait pas encore. Toujours est-il que Gustaf arrêta la voiture avant de s'engager sur la place, ouvrit sa portière et descendit.

Albin resta à l'intérieur, appréhenda la scène par bribes. D'abord, il pensa : Voilà quelqu'un de très grand.

Puis :

Non, ce n'est pas un géant, c'est une personne qui étreint un réverbère. Comme c'est étrange !

Toutes les pièces du puzzle ne s'assemblèrent que lorsque la pestilence s'insinua par les vitres baissées. Albin ouvrit la portière et sortit en titubant, espérant échapper à l'odeur, mais elle était encore plus forte à l'extérieur. Une émanation douçâtre, rance, écœurante ; de la chair pourrie, fermentée, abandonnée de longues heures durant aux rayons du soleil.

Ce n'était pas une personne embrassant un réverbère. C'était un corps ligoté à un pieu grossièrement taillé. De longs cheveux raides dissimulaient le visage – par pitié pour l'observateur – mais de grosses mouches rampaient sur les bras et les jambes boursouflés. Les cordes qui liaient le cadavre au pilori lacéraient la chair molle et spongieuse. Les pieds étaient noirs. Impossible de voir si c'était dû à la pourriture ou au sang qui s'était écoulé et avait coagulé en larges flaques autour du poteau.

Albin ne fit que quelques pas avant de se plier en avant et de rendre son déjeuner sur le pavé.

Lorsqu'il leva la tête, il vit que Gustaf était quasiment arrivé à hauteur du corps. Il se tenait à quelques mètres et l'observait.

Gustaf se retourna et regarda son collègue qui s'essuyait la bouche en se redressant. Des rides aussi profondes que chez un chien de Saint-Hubert couraient autour de ses lèvres, expression à la fois d'un dégoût et d'une terreur pure.

– Qu'est-ce qui a bien pu se passer ici, bon sang ? demanda-t-il, sur un ton stupéfait.

Albin n'avait pas de réponse. Il laissa le silence de la ville déserte s'installer.

Mais là, dans la quiétude, il entendit soudain quelque chose. Un bruit faible, lointain, mais reconnaissable entre mille. Albin, l'aîné d'une fratrie de cinq, avait grandi dans un appartement où les enfants partageaient la même chambre. Il l'aurait identifié n'importe où.

– Mais qu'est-ce que… marmonna Gustaf en se tournant vers l'école de l'autre côté de la place. Au deuxième étage, une fenêtre était ouverte.

– On dirait un bébé, dit Albin. Un nourrisson.

Puis l'odeur prit le dessus et il vomit de nouveau.

Description du projet

« Le village perdu » est une série documentaire consacrée à Silvertjärn, le seul village fantôme de Suède. Nous souhaitons produire un documentaire en six épisodes, complété par un blog décrivant nos travaux de recherche et nos découvertes au cours de ce processus. Silvertjärn est une petite cité ouvrière au milieu du Norrland, restée plus ou moins intacte depuis 1959, l'année où toute la population de près de neuf cents habitants a disparu dans des circonstances mystérieuses.

« Cliquez ici pour en savoir plus sur l'histoire de Silvertjärn »

Alice Lindstedt, dont la grand-mère a grandi à Silvertjärn, est à l'initiative de ce projet qu'elle produit :

« Quand j'étais petite, ma grand-mère me parlait souvent de Silvertjärn et de la disparition de ses habitants.

Elle n'y vivait plus au moment du drame, mais ses parents et sa petite sœur figuraient parmi les disparus.

L'histoire de Silvertjärn m'a toujours fascinée. Il y a tellement de choses qui semblent ne pas coller. Comment la population entière d'un village peut-elle se volatiliser sans laisser de traces ? Que s'est-il passé exactement ? C'est à ces questions que nous tenterons de répondre. »

Nous prévoyons de passer six jours à Silvertjärn au début du mois d'avril pour des prises de vues et des recherches sur le village. En tant que contributeur, vous aurez accès aux vidéos tournées et aux photographies prises lors de ce repérage. Nous allons examiner quelques-unes des théories qui expliqueraient la disparition – de la fuite de gaz provoquant une psychose massive à une malédiction lapone séculaire.

« Cliquez ici pour en savoir plus sur les théories autour de Silvertjärn »

Si tout se passe comme prévu, l'équipe retournera à Silvertjärn en août, le mois où la population a disparu, pour que le documentaire soit tourné à la même saison.

Contreparties pour nos contributeurs :

Accès immédiat au matériel filmé à Silvertjärn en avril

Accès illimité aux publications de l'équipe de production sur les réseaux sociaux

Lettres d'information régulières par mail faisant état de nos avancées

Visionnage en avant-première de la version longue du documentaire

Possibilité de visiter Silvertjärn avec notre équipe au moment de la sortie de la série et du lancement du blog.

33 450 couronnes collectées sur un
objectif de 150 000 couronnes

Le projet n'attend plus que vous. Cliquez ici pour nous aider !

Likez-nous et suivez-nous sur les réseaux sociaux !
Instagram : @documentairelevillageperdu
Facebook : Documentaire le village perdu (http://www.facebook.com/documentaire-villageperdu)
Twitter : @docuvillageperdu
#villageperdu #silvertjarn

MARDI

Présent

Un grésillement, un son strident, m'arrache à ma somnolence.

Je me redresse, cligne des yeux. Tone coupe la radio. Le crépitement cesse, remplacé par le ronronnement étouffé du moteur et le silence confiné de l'habitacle.

– Qu'est-ce que c'était ?

– La radio fait des siennes depuis quelques kilomètres. On est passé du rock de papy à du rock dansant… Et maintenant ces grésillements.

– Ça doit être le début de la zone blanche.

Je sens l'excitation monter dans mon ventre. Je sors mon mobile de ma poche : il est plus tard que je ne le pensais.

– J'ai encore du réseau, mais ça capte mal. Je vais mettre à jour nos statuts une dernière fois avant qu'on soit coupés du monde.

Je me connecte sur Instagram et j'immortalise la route qui s'étire devant nous, baignée de la lumière dorée du couchant.

– Que dis-tu de cette légende, Tone : « Bientôt arrivés, nous entrons dans la zone blanche. Nous vous retrouvons dans cinq jours… à moins que les fantômes ne nous kidnappent… » ?

Tone esquisse une grimace.

– C'est peut-être un peu exagéré.

– Mais non, ils en raffolent !

Je poste la photo sur Instagram, je la partage sur Twitter et Facebook avant de ranger mon mobile dans ma poche.

– Nos fans adorent les spectres, les films d'horreur et ce genre de conneries. C'est notre principal argument de vente.

– Nos fans. Nos onze fans.

Je lève les yeux au ciel. Je dois admettre que ça m'attriste. C'est un peu trop vrai pour en rire.

Tone ne le voit pas. Elle garde les yeux braqués sur la route déserte et anonyme. Une autoroute droite sans virage ni courbe. De grands conifères poussent de part et d'autre de l'asphalte. Du côté gauche, le soleil ardent de la fin de journée semble suspendu dans un ciel sanguinolent qui déferle sur la forêt et sur nous.

– Nous devrions bientôt arriver à la bifurcation, dit Tone. Je sens qu'on approche.

– Tu veux que je prenne le volant ? Je n'avais pas prévu de m'endormir. Je ne sais pas ce qui m'arrive.

Tone répond par un sourire contenu.

– Si tu es restée debout jusqu'à 4 heures la nuit dernière pour tout vérifier, ce n'est peut-être pas étonnant.

Je n'arrive pas à déterminer si c'est un reproche.

– Non, peut-être pas.

Pourtant, je suis surprise. Je pensais que les picotements d'excitation et la fébrilité qui m'avaient tenue en éveil pendant plusieurs nuits m'empêcheraient de trouver le repos aujourd'hui, dans la voiture.

D'un coup d'œil dans le rétroviseur, j'aperçois juste derrière nous l'autre fourgonnette blanche qui transporte Emmy et le technicien. En queue de cortège, on distingue la Volvo bleue de Max.

Est-ce de l'impatience ou de l'inquiétude que je sens au creux de mon ventre ?

La lumière intense teint d'un rouge ardent mon pull en laine blanc aux motifs de torsade. Le profil de Tone se découpe clairement. Elle est l'une de ces personnes plus belles de profil que de face, avec un menton bien marqué et un nez droit de patricien. Je ne l'ai jamais vue maquillée. À côté d'elle, je me sens ridicule et exagérément vaniteuse. Je me suis fait des mèches pour éclaircir et faire briller mes cheveux naturellement ternes, couleur d'eau sale. Pour la modique somme de neuf cents couronnes. Bien que je n'aie pas cet argent ; bien qu'il ne soit pas prévu que j'apparaisse sur les films que nous allons tourner au cours des cinq prochains jours.

Je l'ai fait pour moi. Pour calmer mes nerfs. Et puis, des photos, il faudra bien en prendre, pour Instagram et Facebook, pour Twitter et le blog. Nous devons donner à nos fans enthousiastes de quoi susciter l'intérêt, attiser la flamme.

J'ai la bouche pâteuse après mon petit somme. J'aperçois le gobelet en plastique de la station-service calé dans le porte-tasse.

– Qu'est-ce qu'il y a là-dedans ?

– Du Coca. Sers-toi.

Sans attendre ma question, Tone ajoute :

– Coca zéro.

Je saisis le verre tiède et avale de longues gorgées du soda éventé. Ce n'est pas très rafraîchissant, mais j'avais plus soif que je ne le pensais.

– Là ! lâche soudain Tone en freinant.

La vieille route n'est pas enregistrée dans le GPS, nous l'avons vu en planifiant l'itinéraire. Nous nous sommes donc appuyés sur des cartes des années quarante et cinquante ainsi que sur les archives de l'Administration suédoise des transports. Nous avons également pris en compte le tracé du chemin de fer à l'époque où les trains à vapeur desservaient le village deux fois par semaine. Max, un féru de cartes, nous a assuré que la route devait se trouver là. Mes derniers doutes se dissipent quand j'aperçois une intersection, presque complètement dissimulée par la broussaille. C'est l'entrée de la seule route carrossable qui menait jadis à Silvertjärn.

Mais au lieu de s'y engager, Tone arrête la camionnette. Étonnée, je me tourne vers elle.

– Qu'est-ce qu'il y a ?

Elle est plus pâle que d'ordinaire, sa petite bouche est pincée et ses taches de rousseur semblent briller sur sa peau blanche. Ses mains sont cramponnées au volant.

– Tone ? fais-je d'une voix plus douce.

D'abord, elle ne répond pas. Elle fixe un point au milieu des arbres, sans rien dire.

– Je ne croyais pas voir ça un jour…

Je pose une main sur son avant-bras. Ses muscles sont bandés comme des ressorts d'acier sous la fine étoffe de son tee-shirt à manches longues.

– Tu veux que je conduise ?

Les autres aussi se sont arrêtés – la deuxième camionnette juste derrière nous et, j'imagine, Max dans sa Volvo bleue.

Tone lâche le volant et se renverse contre le dossier.

– Ça vaut peut-être mieux.

Sans me regarder, elle détache sa ceinture et ouvre la portière pour descendre.

Je l'imite, je descends d'un bond et je contourne le véhicule. Dehors, l'air est limpide, pur et glacial. Il me frappe de plein fouet et traverse immédiatement mon pull épais, malgré l'absence de vent.

Tone a déjà bouclé sa ceinture lorsque je monte sur le siège conducteur. J'attends qu'elle prenne la parole, mais elle ne dit rien. Alors, j'appuie doucement sur l'accélérateur et nous nous engageons sur la route envahie par la végétation.

Un silence presque recueilli s'installe. Lorsque les arbres nous ont englouties et semblent se pencher au-dessus de la petite route, la voix de Tone s'élève dans la pénombre, me faisant sursauter.

– C'est mieux que ce soit toi qui conduises pour entrer dans le village. C'est ton projet. C'est toi qui voulais venir. Pas vrai ?

– J'imagine que oui.

Heureusement que nous avons pris une assurance en louant les véhicules. Ils ne sont en rien adaptés à ce type de terrain. Mais nous avions besoin de camionnettes pour transporter le matériel et les fourgonnettes 4 × 4 hors de prix auraient explosé plusieurs fois notre budget.

Nous roulons en silence. Les minutes s'écoulent. À mesure que nous nous enfonçons dans les bois, je suis frappée par l'isolement extrême de la petite communauté. Surtout à l'époque. Ma grand-mère maternelle m'a raconté que peu d'habitants étaient motorisés. Pour rejoindre la civilisation, on prenait un train qui ne passait que deux fois par semaine. Vu le temps qu'il nous faut pour atteindre le village en voiture, parcourir ce chemin à pied, quand on n'avait pas d'autre choix, ne devait pas être une sinécure.

Nous dépassons un sentier qui serpente vers les profondeurs de la forêt. Je me demande un instant si je dois m'y engager. Non, ce doit être le chemin de la mine. Je continue tout droit, au ralenti, je roule sur des brindilles et des branches tombées. Le véhicule couine, mais poursuit sa route au prix de gros efforts.

Au moment où je commence à m'inquiéter, craignant que nous ayons fait fausse route – que nous empruntions un vulgaire chemin de randonnée, que nous soyons en train de pénétrer de plus en plus profondément dans la forêt pour finir par rester coincés avec nos voitures, notre matériel, notre bêtise et nos ambitions –, les arbres s'ouvrent comme par miracle devant nos yeux.

– Là ! murmuré-je, m'adressant plus à moi-même qu'à Tone.

Je me risque à accélérer un peu, juste un peu, mon sang afflue dans mes veines quand le ciel rougeoyant du mois d'avril se découvre peu à peu devant nous.

Nous sortons de la forêt, la route descend vers une vallée, ou plutôt, une petite dépression. C'est là que se niche Silvertjärn.

De sa haute flèche surmontée d'une mince croix, l'église domine le quartier est du village. La croix scintille dans la lumière du couchant, d'une clarté irréelle. De l'église à la rivière, les maisons semblent avoir poussé comme des champignons pour ensuite s'écrouler, se décomposer, tomber en ruine. Le cours d'eau d'un rouge cuivré coule entre les habitations et se jette dans le petit lac auquel le village doit son nom. *Silvertjärn*, le lac d'argent. Peut-être était-il argenté, jadis, mais aujourd'hui il est noir et lisse comme un vieux secret. Le rapport de la compagnie minière indique que le lac n'a pas été inspecté et que sa profondeur est inconnue. Il pourrait plonger jusqu'à la nappe phréatique. Il pourrait être sans fond.

Sans réfléchir, je détache ma ceinture, j'ouvre ma portière et saute sur l'humus printanier humide et doux pour observer le village. Le silence est total. On ne distingue que le ronronnement régulier du moteur et les légers soupirs du vent lorsqu'il murmure au-dessus des toits.

J'entends Tone descendre du véhicule. Elle ne dit rien. Ne referme pas derrière elle.

Et moi, j'exhale une prière, une incantation, une salutation :

– Silvertjärn.

Passé

En rentrant de chez Agneta Lindberg, Elsa a un mauvais pressentiment. Quelque chose ne tourne pas rond.

En marchant d'un bon pas, on peut parcourir la distance entre la maison de Mme Lindberg et la sienne en un petit quart d'heure, mais Elsa y parvient rarement en moins de quarante minutes : on l'intercepte à chaque coin de rue pour discuter.

Depuis quelques mois – depuis que la pauvre Agneta a reçu la nouvelle – Elsa lui rend visite une fois par semaine, le mercredi après-midi : c'est si commode de passer chez elle après avoir déjeuné chez la femme du pharmacien.

On ne fait pas grand-chose pendant ces repas. Quelques femmes du village se retrouvent tout simplement pour papoter, cancaner, parler de tout et de rien, boire du café dans des tasses fragiles et se sentir supérieures aux autres, l'espace d'un instant. Mais cela ne fait de mal à personne et Dieu sait que les femmes de Silvertjärn ont besoin de s'occuper. Elsa ne peut pas non plus nier qu'elle apprécie ces moments, bien qu'elle soit parfois obligée de tancer ses consœurs quand leurs ragots deviennent trop malveillants.

À quoi bon se livrer à des conjectures sur le père biologique de petit dernier du maître d'école ? Elsa était avec l'enseignant et sa pauvre femme quand le bébé refusait le sein, et elle avait rarement vu père aussi fou de son enfant. Alors qu'importe si les cheveux du garçonnet sont carotte.

Il fait chaud en cet après-midi d'avril – une chaleur étouffante pour la saison – et Elsa transpire sous son corsage. Elle aime marcher le long de la rivière. Le chemin est plat et lisse, et on peut voir le lac scintiller au loin. L'eau de fonte déferle en susurrant en contrebas de la rive. Ce qu'elle aurait envie de s'arrêter et d'y tremper les pieds !

Elle s'en abstient, bien sûr. De quoi aurait-elle l'air si elle soulevait sa jupe et se mettait à patauger comme une enfant insouciante ? Cela ne ferait que nourrir les ragots des commères du village !

C'est au moment où Elsa sourit à cette pensée qu'elle se rend compte que quelque chose a changé. Tout en se retournant pour voir qui pourrait bien l'épier si elle sautait dans la rivière, elle prend conscience qu'il n'y a personne.

Le cours d'eau est pourtant bordé d'habitations. C'est là que le quartier le plus ancien de Silvertjärn commence. D'ailleurs, Elsa préfère ce quartier aux maisons neuves. Quand elle s'est installée avec Staffan à Silvertjärn – à peine sortie de l'enfance – ils vivaient dans l'un des nouveaux pavillons construits par la compagnie minière, une bâtisse froide, sans âme. Elsa demeure aujourd'hui convaincue que c'est à cause de ces murs blancs pleins d'échardes qu'elle a si mal vécu sa première grossesse. Elle s'était arrangée pour déménager le plus vite possible.

Les maisons qui jouxtent le cours d'eau, plus anciennes, ont plus de charme. Elsa en connaît tous les occupants. D'ailleurs, sans vouloir se vanter, elle peut même dire qu'elle connaît tout le monde à Silvertjärn. Mais le quartier de la rivière, sous l'église, c'est le sien. C'est pourquoi elle veille tout particulièrement sur ceux qui y vivent. Elle aime passer devant la maison du coin avec son toit de guingois, rendre visite à la petite Pia Etterström et ses deux jumeaux ; se poster en face de la terrasse d'Emil Snäll et lui demander comment va sa goutte ; s'arrêter pour admirer les rosiers de Lise-Marie.

Mais aujourd'hui, personne ne la hèle, personne ne lui fait signe.

Malgré la chaleur, il n'y a personne dans les jardins, sur les perrons ; personne n'a ouvert sa fenêtre. Personne n'est venu la saluer après l'avoir vue depuis la cuisine. Elsa devine des mouvements derrière les rideaux des cuisines, derrière les fenêtres fermées. On dirait que tout le monde s'est barricadé chez soi.

Son cœur se serre.

Plus tard, elle se demandera si une partie d'elle-même n'avait pas déjà compris, avant même qu'elle se mette à courir, avant qu'elle arrive dans sa cuisine en sueur, hirsute et qu'elle voie Staffan assis à la table, le visage livide, bouleversé.

Mais ce n'est pas vrai. Elle ne comprend pas, elle ne se doute de rien. Comment aurait-elle pu se douter ?

Alors, quand Staffan lui dit d'une voix de somnambule :

– Ils ferment la mine, Elsie. Ils nous l'ont annoncé aujourd'hui. Ils nous ont ordonné de rentrer chez nous.

Elle s'évanouit sur-le-champ pour la première et la dernière fois de sa vie.

Présent

Je n'ai jamais vu Silvertjärn de mes propres yeux. Je m'en suis forgé une image par le biais des histoires de ma grand-mère, j'ai passé des nuits à chercher sur Google pour trouver des descriptions, mais il n'y a presque rien.

Je me retourne en entendant les cliquetis de l'appareil photo de Tone. Placé devant ses yeux, il lui cache la moitié du visage.

En réalité, nous aurions dû filmer notre arrivée. Cela aurait été une entrée en matière puissante ; cela aurait permis d'attirer l'attention. C'est ce dont on a besoin quand on demande des subventions. Car inutile de se voiler la face : quel que soit le nombre de photos postées sur Instagram, quel que soit le taux de financement sur Kickstarter, sans subventions, nous ne pourrons tourner le film tel que je l'ai imaginé. C'est la vérité. Sans le soutien d'une administration ou d'une fondation, nous n'avons aucune chance.

Mais je suis sûre que nous finirons par obtenir les fonds.

Car qui pourrait résister à ce que nous avons devant les yeux ?

La lumière jaillit sur les bâtiments délabrés, les noyant dans un océan orange et vermillon. Ils semblent étonnamment bien préservés. Ils devaient avoir des méthodes de construction différentes à l'époque. Mais même d'ici, en hauteur, on voit la décrépitude. Certains des toits se sont effondrés et la nature a sérieusement commencé à reprendre ses droits. Difficile de distinguer une frontière claire entre la forêt et les maisons. Les rues sont envahies de végétation, le chemin de fer rongé par la rouille s'étire de la gare vers les bois où il est recouvert, comme une artère bouchée.

Le tout est d'une beauté un peu écœurante. Comme une rose défraîchie sur le point de perdre ses pétales.

Le cliquetis s'interrompt. Je regarde Tone, qui a baissé son appareil photo.

– Alors, qu'est-ce que ça donne ? demandé-je.

– Avec ce paysage, je crois qu'un iPhone aurait suffi.

Elle contourne la voiture et se poste à côté de moi, fait apparaître les images. Nous nous sommes mis d'accord pour que Tone se charge des photos. À la différence de moi, d'Emmy et du technicien, elle n'a jamais travaillé dans le cinéma – elle est conceptrice-rédactrice. Mais elle est passionnée de photographie depuis plusieurs années, et ses clichés sont bien meilleurs que ceux que je pourrais réaliser avec le même appareil.

C'était la manière la plus simple de la convaincre de nous accompagner. Elle a longtemps insisté sur l'inutilité de sa présence. Elle disait qu'elle n'était pas « essentielle ». Je répondais que sa participation était nécessaire en tant que coproductrice ; elle restait sourde à mes arguments. Ce n'est que quand je lui ai annoncé que nous avions besoin d'une photographe qu'elle a cédé.

Elle est importante pour le projet. Peut-être pas comme photographe, mais parce qu'elle fait partie de l'histoire, qu'elle le veuille ou non. J'espère simplement que ces quelques jours lui permettront d'en prendre conscience.

J'étudie la ville en miniature, transformée en pixels, puis le paysage devant moi. Avec ses couleurs claires et ses contours nets, on dirait un tableau.

Il règne un silence compact. Même les signaux radio ne passent pas ici. Ce serait à cause de minerai de fer contenu dans la roche. Le champ magnétique perturberait les signaux, mais personne n'en est sûr à cent pour cent. Ce qui rend l'expérience encore plus mystérieuse.

– Comment tu te sens, Tone ?

Elle avale une grande bouffée d'air froid. Les lèvres pincées, elle se tourne vers moi.

– Je ne sais pas, répond-elle avec un petit rire. Je ne pensais pas qu'on viendrait. Que ça irait aussi loin. Je ne réalise pas vraiment qu'on y est.

– Mais on y est, dis-je, autant pour elle que pour moi.

Et là, enfin, elle fait un véritable sourire, dévoilant ses dents blanches un peu de travers, et ce sourire détend immédiatement l'atmosphère pesante qui régnait entre nous depuis mon réveil.

– Bien sûr qu'on y est ! Parce que tu es un vrai bulldozer, Alice !

J'éclate d'un rire enivré, euphorique, car j'ai beau grelotter de froid – j'aurais dû enfiler mon manteau avant de descendre de voiture – je sais qu'on y est, enfin, que tous ces préparatifs, toutes ces nuits interminables, tous ces boulots que je n'ai pas eus et ces jobs de merde que j'ai dû accepter, tout cela a porté ses fruits. Nous y sommes. À Silvertjärn.

Le film se fera. *Le village perdu* deviendra réalité. Ce projet qui a commencé comme un fantasme de préadolescente va enfin se concrétiser.

– Merde alors ! Quel endroit ! s'exclame Emmy, interrompant mon éclat de rire.

Je sursaute et je les regarde. Emmy et le technicien sont descendus de leur camionnette et nous ont rejointes. Emmy, appuyée contre l'aile de notre véhicule, côté conducteur, porte un tee-shirt blanc déformé qui se confond presque avec la peinture de la carrosserie. Ses cheveux teints au henné sont négligemment noués en queue-de-cheval et son jean est si grand qu'il irait sans problème au garçon à côté d'elle. D'ailleurs, il lui appartient peut-être. Je n'ai pas bien compris quelle était leur relation, hormis qu'ils ont travaillé ensemble. Emmy a bien souligné qu'il était là pour lui rendre service – d'habitude, il réclame un salaire au moins trois fois supérieur à celui que nous lui proposons pour ces cinq jours.

Le technicien – Robin ? Non, ce n'est pas ça, il s'est déjà présenté lors de notre première rencontre et à la réunion d'information d'hier, mais je n'ai jamais été douée pour mémoriser les prénoms – se tient juste derrière elle. Il a les cheveux roux – le genre de tignasse qu'on se surprend à fixer un peu plus longtemps qu'il ne faudrait – avec une myriade de taches de rousseur dorées qui criblent son visage, descendent sur son cou et ses membres. Sans cela, il aurait sans doute été plutôt beau ; grand, les épaules larges. Mais avec ses cheveux poil de carotte, ses cils inexistants et ses yeux noisette, il ressemble un peu trop à un écureuil pour qu'on le prenne au sérieux. Et il est peu loquace, avec ça. Je crois que je ne l'ai pas entendu prononcer plus de quatre phrases en tout et pour tout, ni lors de la première réunion avec Tone, Emmy, lui et moi, ni hier.

– Quel est le programme ? demande Emmy.

Elle me regarde bien en face ; je me racle la gorge.

– Installons le camp sur la place principale. On sera bien situés, au beau milieu du village. On devrait réussir à y aller. Il faut traverser la rivière, mais d'après ce que j'ai lu, les ponts sont assez solides pour supporter des voitures.

– Où est-ce que ça figurait ? demande Emmy en haussant les sourcils. Je pensais qu'il n'y avait pas de bonnes cartes de Silvertjärn.

J'entends le bruit d'une portière qui s'ouvre un peu plus loin. Ce doit être Max qui se demande pourquoi nous nous sommes arrêtés.

– Dans le rapport, répliqué-je en essayant de refouler une pointe d'irritation.

Tu savais à quoi t'attendre quand tu lui as proposé de faire partie de l'équipe. Je tente de m'en convaincre.

– Dans le rapport que la compagnie minière a rédigé à la fin des années 1990, quand ils ont participé à l'évaluation du terrain. Il y en a une copie dans le dossier d'information que je vous ai distribué.

– Et tu es certaine que ces informations sont toujours valables ? Je veux dire, elles ont vingt ans. Ce n'est pas parce que les ponts étaient sûrs pour les voitures à l'époque qu'ils le sont encore aujourd'hui.

– Allons voir. S'ils n'ont pas l'air de tenir, on trouvera un plan B.

Je vois Max arriver derrière l'autre camionnette.

– Qu'est-ce qui se passe ?

– Rien.

Emmy jette un coup d'œil dans sa direction, semble le snober dès qu'elle note sa présence.

Les cheveux blonds de Max pendouillent sur son front et l'un des pans de son col pointe vers son menton. Je connais Max depuis l'époque où il portait des tee-shirts miteux à l'effigie de groupes de musique dont il était le seul à avoir entendu parler. Aujourd'hui, bien qu'il ait suffisamment de succès pour participer à notre voyage avec la casquette de financeur et qu'il arbore des chemises plus chères que l'ensemble de ma garde-robe, il semblerait toujours plus à l'aise dans l'un de ses tee-shirts délavés.

Tone lève les yeux vers le ciel.

– On devrait s'y mettre, et pour de bon !

En effet, la nuit est déjà en train de tomber.

– On descend par là, dis-je à Max.

Je me tourne vers les autres, et j'ajoute :

– Suivez-nous.

Heureusement, Emmy se contente d'opiner du chef.

– Robert, tu veux conduire pour la descente ?

Max lève le pouce et fait volte-face pour retourner vers sa voiture.

Je grimpe sur le siège conducteur. Juste avant de fermer la portière, j'entends la voix d'Emmy.

– Attention à ne pas abîmer le matos !

– Ce n'est même pas elle qui l'a payé, grommelé-je.

Et je claque la portière.

Présent

Je me mords l'intérieur des joues en essayant de descendre lentement la pente. Apparemment, il y avait une vraie route quelque part par ici, mais j'ai eu beau chercher, je ne l'ai trouvée sur aucune carte. La plupart des marchandises entraient et sortaient du village par le rail, semblerait-il. À un moment donné, j'entends un objet tomber lourdement à l'arrière de la camionnette. Mes mains se crispent sur le volant. Tone jette un coup d'œil par-dessus son épaule – non qu'on puisse voir grand-chose avec le mur de séparation – et quand elle se retourne, elle lâche :

– Tu es sûre que tu vas réussir à bosser avec elle ?

Elle pose la question par sollicitude, j'en suis certaine, mais ça sonne comme une critique. Elle manque parfois de tact.

– Je ne suis pas sûre d'avoir le choix.

Avec un cahot, le véhicule se précipite dans un nid-de-poule.

– Non, plus maintenant.

Je me suis tournée vers Emmy en dernier recours. J'ai épuisé tous les contacts que j'avais dans ce domaine, j'ai posté des offres et des annonces sur les réseaux sociaux. En vain. Bien sûr, il y avait des gens intéressés, mais ils se sont tous rétractés en apprenant notre maigre budget ou notre manque d'expérience. Une formation en réalisation et quelques missions comme assistante de production ne pèsent pas lourd surtout pour remplir le CV cinéma de toute l'équipe réunie.

Et finalement, un soir d'épuisement, après que mon dernier espoir – l'ex-petit ami d'une ancienne camarade de promo qui, malgré son antipathie et ses longs cheveux gras, avait participé à des productions assez importantes pour TV4 – a appelé pour rejeter mon offre, ayant décroché un autre boulot qui lui garantissait un vrai salaire, j'ai abandonné. Et j'ai suggéré à Tone le nom d'Emmy.

Avant ce soir-là, Tone et moi n'avions jamais parlé d'elle. Mais en dépit de mes incessants efforts pour gommer l'existence d'Emmy Abrahamsson, elle avait toujours été là, dans un coin de mon cerveau. J'avais régulièrement visité son compte Facebook, parfois tapé son nom sur Google, tard le soir, lorsque les ombres rôdaient autour de moi.

Depuis le diplôme, ça avait plutôt bien marché pour elle. Mieux que pour la plupart des étudiants de notre classe à l'université. La moitié avait quitté le cinéma dans les quelques années qui avaient suivi, mais pas Emmy.

Ce qui ne me surprend pas. Elle a toujours été douée.

Quand j'ai parlé d'Emmy à Tone, cette dernière a haussé les sourcils et m'a demandé pourquoi je ne l'avais jamais mentionnée plus tôt. Évidemment, elle passait pour une envoyée des dieux, si on ne savait pas qui elle était. Ou comment elle pouvait être.

Je rétrograde quand la pente s'adoucit et je pousse un long soupir. Je n'avais pas conscience que je retenais ma respiration. Je me concentre sur les maisons qui apparaissent peu à peu devant nous.

Ce sont des chalets suédois classiques avec toiture à deux pans et petites fenêtres. La première maison est petite, à peine plus grande qu'un cabanon, et se trouve un peu à l'écart des autres habitations, plus proches les unes des autres, construites une centaine de mètres plus loin. La peinture s'écaille des façades en bois, autrefois d'un rouge de Falun ; les fenêtres sont de sombres béances aux vitres brisées et aux encadrements blancs décrépits. Le soleil descend derrière la bâtisse, à l'ouest, et le toit délavé jette des ombres trop longues pour que l'on puisse voir à l'intérieur.

Je ralentis presque inconsciemment.

– Est-ce que c'est… ? demande Tone.

– La maison de Birgitta Lidman. *Gitta-la-simplette.* Ça doit être ça.

Je voudrais m'y attarder, mais il vaudrait mieux monter les tentes avant la nuit. Selon notre planning, nous commencerons l'exploration de la ville dès demain matin. Nous n'allons pas filmer des scènes plus longues avant le deuxième ou le troisième jour, mais nous devons tirer profit de chaque minute des cinq jours que nous avons budgétés.

Il y a beaucoup de choses à préparer. Nous devons repérer les lieux de tournage, réfléchir aux scènes qui pourraient le mieux refléter ce que nous voulons montrer dans la version finale du documentaire.

La petite bande-annonce que nous avons postée sur la page du Kickstarter est étonnamment bien ficelée malgré la quasi-absence de matériel ; Tone est parvenue à dénicher un freelance, un contact de ses années dans la pub, qui a accepté de faire ça à prix d'ami. Mais quelles que soient ses qualités, cela reste un clip de quarante-cinq secondes mêlant photos de nature génériques et images d'archives, accompagnées d'une voix off sinistre. Une vraie bande-annonce avec des images poignantes de Silvertjärn donnerait un élan à la campagne Kickstarter.

Nous aurions dû louer un drone, me dis-je en jetant un regard sur les maisons et cabanes qui se matérialisent devant nos yeux. Si nous pouvions montrer ces images en introduction, Silvertjärn vu du ciel – un village idyllique baigné d'une lumière printanière dorée – puis on s'approcherait des maisons et l'harmonie serait brisée, le délabrement deviendrait évident, les murs en ruine, les fondations qui s'enlisent dans le sol, les parfaites petites terrasses qui pourrissent et commencent à s'effondrer...

J'avais jugé que ce n'était pas nécessaire, que nous pourrions garder les fonds pour le tournage, mais maintenant que nous sommes là, je regrette ma décision. Il n'est pas sûr que nous puissions organiser un véritable tournage. La vérité, c'est que tout dépend de ce voyage. Il n'y aura pas de deuxième chance. Et si ça ne marche pas, je doute que Max finance une autre tentative.

– Là, dit Tone.

Je ne comprends pas tout de suite ce qu'elle montre, puis je vois tout à coup, sous la broussaille, un espace plus large entre deux maisons. Une route. Elle n'est pas asphaltée, mais c'est une bonne surprise.

– Ce doit être la rue principale, dis-je.

– Du moins l'une des plus grandes.

Une fois sur la route, la progression devient bien plus facile, malgré les nids-de-poule et la végétation qui la recouvre. Le silence s'installe. Nous observons le village à mesure que nous y pénétrons.

Les bâtiments évoquent des squelettes accusateurs dont les fenêtres vides nous observent sans ciller. La plupart d'entre eux sont des maisons de ville simples, peintes en blanc, jaune ou rouge. Comme les fantômes des rêves de l'État-providence à la suédoise.

La bruyère et la broussaille sont les nouveaux maîtres à bord, mais de petits pins noueux apparaissent aussi çà et là, jaillissant par les lézardes des perrons et à travers les balustrades brisées. Je me demande combien de temps il faudra à la végétation pour engloutir le village, le faire disparaître totalement. Encore soixante ans ? Cent ?

L'espace d'un instant, je suis frappée par une image si puissante qu'elle semble plus réelle que les ruines qui nous entourent. Les mêmes maisons, avec plusieurs couches de peinture fraîche et entourées de jardinets fleuris. Des enfants qui jouent sur la route que nous empruntons, sans devoir se préoccuper des voitures, ni même des vélos. Des femmes qui suspendent des draps rêches, tout juste frottés, à des cordes à linge devant leur maison. Des hommes en sueur, mal rasés, qui rentrent de la mine après leur journée et se rincent dans un seau d'eau au milieu du jardin avant de passer le seuil, de s'installer à la table en bois massif de leur cuisine dépouillée, mais douillette, où le repas du soir les attend déjà. On dîne tôt dans un village comme celui-là. Pas après dix-sept heures.

Notre camionnette cahote en roulant sur une grosse pierre. Je m'arrache à ma rêverie pour me concentrer sur ce qui est, plutôt que sur ce qui était.

Lorsque nous traversons ce qui devait jadis être une intersection, Tone me montre quelque chose, sans dire un mot. Je lâche un juron. Je ralentis, m'arrête sans couper le moteur. Le soleil a disparu derrière les arbres. Il ne nous reste plus beaucoup de temps avant la nuit.

Je baisse ma vitre et j'agite les bras à l'adresse des autres qui se sont immobilisés derrière nous.

– Qu'est-ce qu'il y a ? crie Robert par la fenêtre.

Dans mon rétroviseur, je vois la Volvo bleue s'arrêter. Je n'arrive pas à distinguer Max, mais sa voiture semble avoir descendu la pente sans difficulté majeure.

– Le pont !

En lisant le rapport de la compagnie minière, j'avais compris que le pont côté ouest était en fonte. Celui qui se présente devant nous semble plutôt être en bois. Comment ont-ils pu le juger assez solide pour soutenir une voiture il y a vingt ans ? Il n'en reste que des moignons noirs en décomposition de part et d'autre de la rivière. L'eau, qui a creusé un lit plus profond que je ne l'imaginais, se jette dans le lac à gros bouillons, venant démentir l'impression de sombre inertie du cours d'eau.

– Merde alors !

– Bordel… grommelé-je.

– Qu'est-ce que tu veux faire ? s'enquiert Tone, qui a aussi baissé sa vitre pour prendre quelques clichés rapides des restes du pont.

– Je ne sais pas.

– On pourrait monter les tentes ailleurs ? suggère Tone. Juste pour cette nuit. Demain, on cherchera une solution pour traverser.

Je secoue la tête.

– Non…

Un petit frisson me parcourt l'échine. Du coin de l'œil, je vois les maisons me dévisager de leurs orbites obscures.

– Non. Allons voir si l'autre pont est toujours debout. Sinon on trouvera un plan B.

– Le rapport disait bien qu'il n'était pas solide, je crois ?

– Je sais ce que disait le rapport ! Mais ils se sont plantés pour ce pont-ci. C'est certainement le cas pour l'autre aussi. Ou bien ils ont interverti les deux.

Tone pince les lèvres, sans répondre.

– Je vais en informer les autres.

Je descends de la voiture. L'odeur nauséabonde des pots d'échappement me suit quand je me dirige à grands pas vers l'autre fourgonnette.

La vitre de Robert est toujours baissée. Il attend, impassible. Il croise mon regard sans mot dire.

– On va tenter l'autre pont. Un peu plus loin.

Il hoche la tête pour montrer qu'il m'a entendue.

Emmy se tourne vers moi et me dévisage de ses yeux gris-vert, bizarrement à la fois inexpressifs et irrités, cernés de courts cils sombres.

Je me redresse, j'adresse un signe de la main à Max et je gesticule vers la rivière.

Quand je remonte sur le siège passager, Tone se ronge l'ongle du pouce en fixant le bâtiment à notre gauche, un pavillon qui devait jadis avoir un charme de carte postale. C'est l'une des maisons les plus spacieuses. Elle appartenait peut-être à un contremaître de la mine.

– Qu'est-ce qu'il y a ?

J'espère qu'elle ne boude pas à cause de mon ton sec tout à l'heure.

Elle sursaute et baisse lentement sa main vers ses genoux.

– Humm ? Quoi ?

– Tu…

Je scrute la maison. Elle est en meilleur état que les autres autour d'elle. La porte d'entrée, entrouverte, est fixée à un seul gond rouillé, mais les murs tiennent toujours et le toit est intact.

– On aurait dit que tu fixais quelque chose, c'est tout.

Tone me jette un regard vide et un peu déconcerté pendant quelques secondes, puis elle plisse les lèvres dans un demi-sourire.

– J'étais perdue dans mes pensées.

J'hésite un instant. Mais non, ce n'est rien, sans doute. Je sais que je n'ai pas à m'en faire. Tone est parfois difficile à cerner, et tout cela est très dur pour elle. Elle ne partage pas mon enthousiasme sans borne pour Silvertjärn.

La camionnette roule lentement le long de la route et la rivière disparaît derrière des rangées de maisons vides aux fenêtres sans vitres. Les ombres s'étirent comme de grands pans de velours noir.

Quel soulagement quand l'alignement de maisons s'interrompt à gauche, dévoilant la silhouette tant attendue.

– Ah !

J'indique le petit pont de pierre et Tone émet un sifflement.

– Joli !

C'est un pont en dos d'âne en granit moucheté qui semble sortir tout droit d'un conte de fées. De la mousse pousse entre et sur les dalles, mais la structure semble stable. Et plus ancienne que le reste de la ville.

– Ça doit être le pont d'origine, non ? Il existait avant que l'État ne reprenne la mine et n'agrandisse le village.

– Tout à fait. Ils ont dû faire erreur dans le rapport. C'est ce pont-là qu'ils ont dû juger sûr. Pas l'autre.

– Tu es certaine ? S'il est si vieux que ça, peut-être qu'il n'est plus très robuste. La solidité, c'était vraiment leur fort, à l'époque ? C'est censé tenir pour les paysans et leurs chevaux, pas pour des camionnettes.

Après quelques instants d'hésitation, je secoue la tête et j'appuie avec précaution sur l'accélérateur.

– Ça va tenir, dis-je en m'engageant sur le pont.

Pendant quelques secondes, j'ai l'impression que le sol va se dérober sous nos roues, je ressens le vertige de la chute. Mais elle ne vient pas. La structure de pierre résiste et nous traversons en un clin d'œil.

Tone se contente de secouer la tête. Moi, je souris de toutes mes dents. Je savais qu'il tiendrait ! Il n'aurait pas osé me décevoir !

Je me suis battue pour arriver là, je me suis battue pour chacune des avancées. Rien ne peut plus m'arrêter : je ferai ce film coûte que coûte.

Depuis le pont, la route nous mène droit vers la Grand-Place. Nous roulons au pas sur les herbes folles et les galets.

Sur la place, une bâtisse à la façade de pierre grisâtre, sans doute l'hôtel de ville, fait face à une copie conforme de la maison de Fifi Brindacier, qui ne peut être que l'école primaire de Silvertjärn. Les encadrements des portes sont vides.

La place est plus petite que je l'avais imaginée. La végétation s'est frayé un chemin entre les pavés. Les herbes jaunies de l'été dernier pointent dans les fissures, et par-ci, par-là, les pierres ont été délogées par une pousse de pin particulièrement ambitieuse qui semble ensuite avoir succombé à l'hiver.

Nous roulons jusqu'au milieu de la place et nous nous immobilisons. J'enclenche le frein à main, le moteur se tait.

– Bon, voilà, lâche Tone.

Nous levons les yeux sur l'église. Les derniers rayons se changent en crépuscule bleuté. Même la flèche est plongée dans la pénombre. J'entends la fourgonnette d'Emmy s'arrêter à côté de nous. Puis la Volvo de Max.

– Oui, on est arrivés.

J'essaie d'enregistrer mentalement tout ce qui m'entoure, la dernière lueur bourdonnante du soleil, l'odeur artificielle de sapin dans l'habitacle, l'air froid contre ma joue lorsque j'ouvre la portière.

Voilà Silvertjärn.

C'est ici et maintenant que ça commence.

Présent

Je ne pensais pas qu'il ferait aussi froid. La chaleur modérée du pâle soleil d'avril ne s'attarde pas longtemps après la tombée de la nuit ; le froid hivernal enraciné dans le sol émane des pavés, emplissant la nuit d'un parfum de terre gelée.

Nous avons allumé un feu de camp. Il plane sur notre petit groupe une atmosphère perversement sympathique. À la demande d'Emmy, Robert a réussi à brancher au générateur que nous avons apporté une enceinte de poche qui diffuse du vieux rock assourdi. J'ignore si c'est Emmy ou Robert qui a choisi la musique, mais elle me rappelle des souvenirs de chambre étudiante mal chauffée et de bières tièdes, la tête d'Emmy lourdement appuyée sur mon épaule, les débuts de soirée, les bavardages ivres et gais.

Le tapis de sol sur lequel je suis assise est trop fin, je sens les herbes sous mes cuisses, les irrégularités des pavés. Tone, à ma gauche, chipote silencieusement dans son plat réchauffé à la hâte. Nous avons apporté à manger pour une semaine, au cas où, mais pas de prouesses culinaires ; Emmy et Tone étant végétariennes, nous avons surtout misé sur les lentilles et les haricots secs.

Max est assis à ma droite. Son épaule effleure la mienne. Par-dessus sa chemise, il a enfilé un pull en laine gris dont les manches sont un peu trop longues. C'est lui qui a pris en charge la préparation du repas. L'air important, il remue à intervalles réguliers la casserole que nous avons approchée du feu. C'est du Max tout craché. Il veut que tout soit fait dans les règles de l'art et n'a jamais l'air de croire que quelqu'un d'autre puisse savoir ce que cette expression signifie. C'est pourquoi il s'est obstiné à venir avec sa propre voiture au lieu de monter dans l'une des camionnettes. J'imagine que c'est aussi pour cela qu'il a tenu à nous accompagner sur le tournage, bien qu'il n'ait pas la moindre expérience de la réalisation.

Nous nous sommes connus après mes études. Nous faisions partie de la même bande d'amis plus ou moins proches pendant les années déroutantes autour des vingt-cinq ans. Max était un geek féru de pop indépendante, et détenteur d'un stock inépuisable de jeux de mots. Et très maniaque déjà à l'époque.

Ce qui lui a bien servi. C'est à sa personnalité rigoureuse qu'il doit de s'être bâti, à l'âge de vingt-neuf ans, une petite fortune sur les transactions de la blockchain. Grâce à cela, il a pu investir suffisamment d'argent dans « Le village perdu » pour que nous puissions lancer le projet.

Je me tourne vers lui, tout sourire. Il sourit aussi. Son visage enfantin et légèrement asymétrique s'illumine à la lueur des flammes.

– Qu'est-ce qu'il y a ?

Je me contente de secouer la tête.

– Je n'arrive pas à croire qu'on soit là, enfin. Je n'arrive pas à me faire à l'idée que je suis vraiment à Silvertjärn.

Du coin de l'œil, je vois qu'Emmy s'est interrompue au beau milieu d'une longue phrase adressée à Robert et qu'elle se tourne vers nous. Je n'entends qu'à moitié la réponse de Max.

– Oui, c'est incroyable.

Emmy a apporté une petite flasque qu'elle approche de ses lèvres en observant la place autour de nous. Les étoiles flottent comme un bandeau d'éclats de verre sur la voûte céleste et la nouvelle lune ressemble à un œil fermé au milieu du ciel. Le vent qui traverse la ville n'est qu'un murmure, mais il parvient à se faufiler sous mes vêtements et me faire grelotter. Max s'apprête à ôter son pull pour me le donner, mais je secoue la tête avant même qu'il n'ait ouvert la bouche.

– Ne t'inquiète pas, c'était juste un frisson.

Emmy avale une nouvelle gorgée d'alcool et tend la flasque à Robert qui, me voyant les observer, lève un sourcil interrogateur. Je suis à deux doigts d'accepter, mais je sens les yeux d'Emmy posés sur moi. J'hésite. Une boule d'agacement s'est formée au creux de mon ventre.

– Non merci. Je suis responsable du projet, je ne veux pas boire pendant que nous sommes ici.

– Pas bête, commente Emmy, et je suis sûre d'entendre un soupçon de raillerie dans sa voix rauque.

– Je trouve aussi, rétorqué-je d'un ton aussi neutre que possible.

Emmy ne réagit pas. Elle change de sujet.

– Il n'y a qu'une seule place dans le village, c'est ça ?

Avant même que je puisse répondre, elle poursuit :

– Donc c'est sur cette place que…

– Oui. C'est la place principale. C'est ici qu'ils l'ont trouvée. Birgitta.

Il faisait déjà nuit quand nous avons fini par arriver, et nous n'avons pas eu le temps d'explorer la place, mais, après avoir monté la tente avec Tone, je n'ai pu m'empêcher de faire un petit tour sur les pavés. Pour m'imprégner des odeurs, du silence, du terrain. Pour imaginer.

Je n'ai pas vu le pieu, mais je ne pensais pas véritablement le trouver. Ils ont dû l'abattre quand ils ont descendu le corps. Et même si, contre toute attente, ils ne l'avaient pas fait, un poteau de bois grossièrement taillé n'aurait pas tenu soixante ans.

Mais j'ai découvert un trou.

– Où est-elle enterrée ? me demande Max, m'arrachant à mes réflexions.

– Aucune idée. J'ai cherché, mais je n'ai trouvé d'information nulle part.

– Dans les documents que tu nous as donnés, il n'y avait presque rien sur elle, constate Emmy.

Je secoue la tête.

– Non, on n'a pas grand-chose. La plupart de nos informations viennent des lettres de ma grand-mère, et elles sont difficiles à vérifier. En épluchant le registre d'état civil, j'ai trouvé une Birgitta Lidman, née en 1921, fille d'Anna-Karin Lidman. Puis plus rien. Pas de dossier médical, pas de bulletin scolaire. Rien.

– Non, on ne peut pas s'attendre à ce qu'une femme surnommée Gitta-la-simplette soit allée à l'école, constate Max. Surtout si elle était aussi malade que le suggèrent les lettres.

– À en juger par ces lettres, elle souffrait d'une forme d'autisme, ajoute Robert de sa voix grave.

– Peut-être, réponds-je, sachant que j'ai passé des heures sur Google à me renseigner sur les symptômes de Birgitta. Ou elle avait une anomalie chromosomique.

– On ne peut pas poser un diagnostic de cette manière, conteste Tone.

Les flammes jettent de profondes ombres sous ses sourcils et son nez ; son visage paraît creusé de cavités.

– Non, bien sûr, ce n'est pas mon intention.

La musique s'est tue. On n'entend que les crépitements du feu. La plupart des morceaux de bois se sont déjà transformés en charbon, et semblent rougeoyer de l'intérieur. C'est presque hypnotisant.

– Tu as essayé de savoir ce qui est arrivé au bébé ? s'enquiert Emmy en se tournant vers moi.

– Elle a été prise en charge par les services sociaux, dis-je d'un ton que j'espère aussi neutre que lorsque je parlais de Birgitta. Elle a sans doute été placée dans un orphelinat ou dans une famille d'accueil. Ces informations ne sont pas publiques.

– Est-ce qu'ils l'ont testée pour découvrir qui étaient ses parents ?

– Testé comment ? demandé-je sans pouvoir m'empêcher d'employer un ton moqueur. On était dans les années soixante, pas dans *Les experts*. Ils n'avaient pas accès au kit pour le test ADN.

Je hausse les épaules, et je poursuis :

– Et avec l'ADN de qui auraient-ils comparé ? Tout le monde avait disparu.

– Pas ta grand-mère. Il devait y avoir d'autres personnes comme elle. Des gens qui avaient de la famille dans le village. Des parents.

Je me fais violence pour ne pas lever les yeux au ciel, et je me contente de répondre :

– Ce n'est pas si simple.

Ignorant le ton sarcastique, Emmy lève la tête vers les fenêtres sans vitres de l'école.

– C'est dans une salle de classe qu'ils l'ont trouvée ?

– Chez l'infirmière scolaire. Qui n'était plus là. Il n'y avait que le bébé.

Je ne peux m'empêcher de suivre son regard, observer la façade, même si je sais que c'est inutile. Comme si j'espérais que les fenêtres me parleraient.

– Dommage que tu ne l'aies pas trouvée, me dit Emmy. Ça aurait été génial de la faire participer au documentaire. Ça l'aurait rendu plus personnel.

– En partant du principe qu'elle aurait voulu participer. Elle doit avoir près de soixante ans. Elle peut être n'importe où. Ou être morte.

– Oui, peut-être.

– En plus, personnel, ça l'est déjà. Ce n'est pas comme si nous n'avions aucun lien avec la ville. Toute la famille de ma grand-mère a disparu.

J'ai la gorge sèche, la voix rauque quand je prononce ces mots. Ce qui leur donne une nuance un peu désespérée.

Je m'apprête à continuer – *c'est grâce à elle que nous sommes ici, grâce à son récit sur Silvertjärn* – quand Robert m'interrompt.

– Tu peux me rappeler qui écrivait les lettres à ta grand-mère ?

Je suis sur le point de répondre, mais Emmy le fait à ma place, en me fixant de ses yeux verts :

– C'était la petite sœur de sa grand-mère. Aina.

Le 13 novembre 1958

Ma chère Margaretha !

Comment vas-tu, là-bas dans la grande ville ? Comment est ton nouvel appartement ? J'aimerais tellement le voir ! Peut-être que je pourrais venir vous voir, Nils et toi ? Je peux dormir sur votre canapé ! Tu sais que je suis toute petite et il semble peu probable que je grandisse encore, hélas. Je sais ce que tu diras en me lisant : « Ne dis pas de bêtises Aina, j'étais haute comme trois pommes quand j'avais ton âge, puis je me suis rattrapée » – mais je pense que tu voulais dire à douze ans, pas à seize. (Tu crois que je ne serai jamais plus vieille que quand tu es partie !) Je n'ai pas grandi d'un seul centimètre depuis près de quatorze mois, je crois que c'est le moment d'abandonner tout espoir.

Tu me manques terriblement, Margaretha.

~~*Ne pourrais-tu pas*~~

Si seulement tu pouvais nous rendre visite un peu plus souvent. C'est tellement triste ici depuis que la mine a fermé. Au début, c'était plutôt amusant, on se serait cru dimanche tous les jours – les rues étaient pleines de monde toute la journée, et papa était toujours à la maison. Il disait qu'une opportunité finirait bien par se présenter. Mais maintenant, c'est de plus en plus étrange. Tous ces gens qui déménagent. Les Jansson, dans la maison du coin, sont partis la semaine dernière ; Vera, qui était dans ta classe, a dit à maman hier qu'elle et sa famille étaient en train d'emballer leurs affaires pour aller chercher fortune ailleurs.

Papa est devenu très taciturne. Et maman est si occupée qu'elle ne semble plus avoir de temps pour nous. Elle me demande de me charger de tout. Ça me rend folle ! Pour elle, rien de ce que je fais n'a d'importance, et quand je lui dis que j'ai de quoi m'occuper, elle écarquille les yeux (tu sais, comme elle en a l'habitude), et dit qu'il n'y a rien de plus important que d'aider nos voisins et nos semblables. J'ai horreur de ça !

Aujourd'hui, maman m'a envoyée chez Birgitta. Je lui ai demandé pourquoi elle ne pouvait pas y aller elle-même et elle m'a répondu qu'elle devait accompagner l'infirmière scolaire chez une vieille dame pour lui tenir la main. Je lui ai dit que l'infirmière pouvait bien y aller toute seule, que j'avais des choses prévues, moi aussi. Maman a voulu savoir quoi, et je lui ai dit que Lena et moi allions descendre à la rivière. Maman m'a dit que la rivière et Lena n'allaient pas s'envoler pendant que j'apportais son panier à Birgitta, et je ne savais pas comment lui expliquer que je n'étais pas sûre que Lena m'attendrait si je ne pouvais pas la retrouver au moment convenu. Nous ne descendions pas à la rivière pour admirer l'eau, bien sûr, mais parce que le grand frère de Vera, Emil, et ses copains y vont souvent pour fumer des cigarettes, et Lena a un faible pour lui. Mais ça, je ne pouvais pas le dire à maman ! Alors je lui ai dit que j'avais promis à Lena et maman me dit toujours de tenir mes promesses. Mais je n'aurais jamais dû dire cela : maman a bombé le torse et m'a demandé si je croyais que ma promesse à Lena pesait plus lourd que la promesse qu'elle avait faite à la mère de Birgitta sur son lit de mort de s'occuper de sa fille, et je me suis sentie si petite et si pitoyable que je n'ai plus rien osé dire. Mais je bouillais de rage jusqu'à chez Birgitta en pensant à tout ce que j'aurais dû rétorquer.

Si seulement tu étais là, Margaretha ! Quand nous allions chez Birgitta toutes les deux, je trouvais ça chouette. Je crois qu'elle te préférait à moi. Tu te rappelles ce bruit qu'elle faisait, cette sorte de fredonnement, quand elle ouvrait la porte et voyait que c'était toi ? Elle ne le fait jamais quand je viens.

Je sais que maman et toi m'avez dit que Birgitta ne se fâchera jamais tant que je respecte ses règles, mais je dois avouer que je n'aime pas m'y rendre seule. Mon cœur bat comme celui d'un petit oiseau quand j'aperçois sa maison, et j'ai immédiatement la bouche sèche. Maman m'a dit que si Birgitta était devenue folle de rage ce jour-là, c'est parce que j'avais ouvert sans frapper, et que j'étais entrée chez elle – maman affirme que Birgitta a plus peur de moi que l'inverse. Mais elle est grande comme un homme et large comme un ours ! Les griffures ont mis plusieurs semaines à cicatriser, j'ai cru que j'allais rester défigurée.

Ah ! Tu dois croire que je n'ai pas pitié de Birgitta, mais tu sais que ce n'est pas vrai ! Tu seras heureuse d'entendre qu'elle avait l'air en forme aujourd'hui. Elle avait ramené de la poussière chez elle en allant se promener entre les arbres – j'ai hésité à balayer, mais j'ai eu peur que cela l'agace, et maman ne m'avait pas dit de faire le ménage, elle doit se dire que je suis trop négligente et qu'elle préfère s'en charger. Mais Birgitta avait les joues roses et a mangé son poulet et son gâteau aux épices avec appétit. Elle a même fait ces drôles de mouvements des mains qui signifient selon toi qu'elle est contente.

C'est juste que… Oh, Margaretha ! Ce ne sont pas seulement les griffures. J'avais déjà peur de Birgitta avant ça. Elle est géante et se déplace bizarrement, et avec ses cheveux qui lui tombent sur le visage, elle ressemble à un troll des bois comme dans les contes que nous racontait grand-mère. C'est peut-être terrible à dire, mais c'est vrai. Elle sent même la forêt. J'ai dit à maman que nous devrions lui couper les cheveux et lui donner de nouveaux vêtements, autre chose que les vieilles nippes qu'elle porte jour après jour. Peut-être que les gens dans la rue la trouveraient moins étrange. Elle pourrait habiter dans une vraie maison et nous n'aurions pas besoin de nous occuper d'elle tout le temps.

Mais maman dit que ce n'est pas si simple. Parfois j'ai l'impression que ça lui plaît d'avoir à veiller sur Birgitta, qui ne peut jamais être insolente avec elle ou l'exaspérer comme moi, parce qu'elle est incapable de parler.

Enfin. Tout s'est bien passé aujourd'hui, et Lena ne m'en voulait pas trop lorsque je suis arrivée. Elle m'a même prêté son rouge à lèvres avant d'aller à la rivière. Très joli. Je pourrai en acheter un quand je viendrai vous voir, Nils et toi, qu'en dis-tu ?

Écris-moi vite !

Ta sœur, Aina

Présent

Mon sac de couchage froufroute quand je me retourne. La tente est grande et assez spacieuse, mais c'est loin d'être l'hôtel. L'air y est froid et humide, il flotte une odeur de plastique mêlée à autre chose qui me donne légèrement mal au cœur.

C'est tout de même plus confortable que de dormir à l'arrière de la Volvo comme Max. C'est lui qui l'a voulu, et je suis sûre qu'il passera tout son séjour le cou et le dos bloqués.

Emmy et Robert n'ont pas apporté de tente non plus, mais d'après Emmy, ils ont l'habitude de dormir à l'arrière de camionnettes. « C'est comme ça qu'on fait », semble-t-il. N'empêche que je suis heureuse d'y échapper. Même si nous avons bien amarré l'équipement, je ne pourrais me départir de l'impression qu'il va me tomber dessus pendant mon sommeil.

Quoi qu'il en soit, les sacs de couchage que nous avons achetés sont de bonne qualité, gardent suffisamment la chaleur pour que l'air froid qui frôle mon visage me paraisse agréable. D'habitude, je suis heureuse de dormir dans une chambre fraîche sous d'épaisses couvertures, ouvrir les fenêtres pour laisser le vent entrer, même en plein hiver, mais cette nuit j'ai à peine fermé l'œil en dépit de mon épuisement. L'excitation semble vibrer sous ma peau et me tient en éveil.

– Tu n'arrives pas à dormir ?

J'entends la voix de Tone dans l'obscurité.

Je me retourne de l'autre côté, face à elle, même s'il faudrait être aussi nyctalope qu'un chat pour distinguer autre chose que des ombres.

– Je t'ai réveillée ?

– Non. Je sais ce que c'est.

Elle est insomniaque. C'est l'une des premières choses que j'ai apprises sur Tone quand nous nous sommes rencontrées pour la première fois dans une franchise anonyme d'une chaîne de cafés, il y a un peu plus de deux ans. Je l'attendais à l'extérieur, sans savoir si elle débarquerait, sans savoir qui chercher – sa photo de profil Facebook était vieille de quatre ans (six ans aujourd'hui, donc, car elle ne l'a toujours pas changée) et floue qui plus est.

– Je n'arrive pas à me détendre. Mon cerveau refuse de s'éteindre.

Tone répond sèchement dans le noir :

– Tu peux demander un peu de whisky à Emmy. Ça t'aiderait peut-être.

Je lève les yeux au ciel, bien qu'elle ne puisse me voir.

– Non, mais franchement, à peine arrivée, elle se met à picoler !

– D'après ce que tu m'as raconté, ça ne devrait pas t'étonner.

J'entends les froufrous de son sac de couchage lorsqu'elle change de position.

– Non, ça ne devrait pas. (Je réfléchis.) Tu n'as rien apporté ? Des somnifères ou un calmant dans le genre ?

– Non. Je ne peux pas en prendre. À cause de…

– Oh, bien sûr. Quelle idiote je suis ! Désolée.

– Ne t'inquiète pas.

La voix de Tone, légèrement amusée, a beau être à peine plus forte qu'un murmure, elle semble emplir progressivement l'espace confiné.

– Tu n'es pas censée savoir quels cachets j'ai le droit de prendre ou non.

– Non, mais quand même. Je devrais.

Le silence se fait. Je me redresse à demi pour reformer un oreiller de mon gros pull, puis je m'allonge de nouveau sans que cela fasse une différence notable.

– Elle est au courant ? demande soudain Tone.

Il n'y a plus l'ombre d'un rire dans sa voix.

– Qui ? Emmy ?

Elle ne répond pas. Je finis par briser le silence.

– Je ne lui ai rien dit… Sur rien. Elle ne sait que ce qui figure dans les documents d'information.

– Ce n'est pas l'impression que j'ai eue ; quand elle a parlé du test ADN sur le bébé, d'essayer de le retrouver…

Elle se tait, la voix tendue comme une corde de violon.

– Je n'ai rien dit. Comme tu me l'as demandé.

Elle ne répond pas, et je poursuis :

– Max est au courant, mais il l'était déjà. Et il a promis de garder le secret.

– Que sait-il exactement ? s'enquiert Tone, d'une voix étonnamment tranchante.

– Eh bien… Il sait que ta mère est le bébé de Silvertjärn. Je lui avais raconté que je vous avais trouvées avant même notre rencontre. Il m'a demandé si ta mère et toi alliez participer et j'ai dit que je ne le savais pas, mais que j'en doutais.

– Ma mère ne participerait jamais, répète Tone pour la énième fois.

– Je sais. Je ne l'ai pas demandé.

J'y ai pensé, bien sûr. Je l'ai espéré. Mais jamais demandé. Tone a bien insisté sur le fait que sa mère n'avait aucune intention de remuer cette partie de son passé. Elle ne veut pas être l'enfant de Silvertjärn, la seule survivante du mystère, le nouveau-né hurlant retrouvé dans l'école abandonnée à une trentaine de mètres de notre tente.

C'est la mère de Tone que j'ai trouvée en premier. Ce que j'ai dit aux autres n'était techniquement pas un mensonge ; toutes les informations concernant le destin du nourrisson de Silvertjärn sont classées secrètes. Impossible d'y accéder. Je ne suis même pas sûre que ces informations soient encore disponibles. Le cas échéant, elles doivent être enterrées au fin fond d'une archive.

Mais il n'en va pas de même des lettres de ma grand-mère.

Je n'ai pas inclus tous les documents de ma grand-mère dans le dossier que je leur ai fourni. J'en ai gardé quelques-uns pour moi. Et parmi eux, il y a les courriers échangés entre ma grand-mère et Albin Jansson.

Albin est l'un des policiers qui ont travaillé sur le meurtre de Birgitta Lidman – et consécutivement, sur l'affaire Silvertjärn. Lui et ma grand-mère ont dû se rencontrer au cours de l'enquête. Je me suis même demandé s'il n'y a pas eu quelque chose entre eux, une histoire d'amour secrète, mais c'est sans doute un vœu pieux. Dans les archives de ma grand-mère, il y avait six lettres factuelles, directes. On aurait plutôt dit qu'Albin Jansson, par pitié pour ma grand-mère, voulait la tenir informée de l'avancée de l'enquête.

Notamment du sort du bébé.

Ma grand-mère avait dû poser des questions à ce sujet, à moins qu'Albin Jansson soit parti du principe qu'elle était intéressée par le destin de la fillette – parce qu'il en parlait beaucoup dans ses lettres. Il écrivait par exemple qu'elle avait l'air en pleine forme, que plusieurs centaines de familles avaient proposé de l'accueillir, mais selon lui, elles le faisaient surtout pour se faire mousser. D'après la cinquième lettre, ils avaient trouvé une famille prête à respecter l'anonymat de la fillette et à « l'élever comme l'une des leurs ».

Le nom de la famille y est indiqué : « la famille Grimelund ».

Et le prénom de la fillette.

« Vous pouvez vous réjouir qu'ils aient donné un nom à la fillette. Ils l'ont baptisée Helene. »

Si la famille s'était appelée Andersson, le nom le plus courant du pays, je n'aurais peut-être jamais trouvé Tone. Mais Helene Grimelund était un nom assez rare pour que je réussisse à la pister.

J'avais envoyé tellement de mails que c'en était indécent quand j'ai pris conscience que Helene Grimelund ne me répondrait pas. J'étais sur le point d'abandonner. La douleur de la perte de ma grand-mère commençait à me rattraper et je me sentais dans une impasse. J'avais été obligée d'accepter un boulot d'intérimaire pour payer mon loyer, car tous les CV que j'avais envoyés n'avaient donné aucun résultat, et je n'avais même plus la force de me connecter aux réseaux sociaux. J'avais l'impression que tous mes anciens camarades de promo gravissaient les échelons à vitesse grand V, gagnaient des prix pour leurs courts-métrages, décrochaient un boulot à Paris ou à Londres – alors que je trimais comme réceptionniste et que le projet de mes rêves ressemblait à un délire fébrile.

Mais un soir que je scrollais désespérément sur la page Facebook d'Helene, j'ai découvert une photo. Quelqu'un d'autre l'avait postée, mais Helene était taguée. Une femme insignifiante aux cheveux grisonnants attachés en queue-de-cheval serrée, au sourire crispé, entourait de son bras une jeune fille de dix-huit ou dix-neuf ans.

La légende disait : « Helene et sa magnifique fille illuminent le dîner d'anniversaire ! <3 »

La fille était nommée : Tone Grimelund.

Deux ans plus tard, je n'ai toujours pas rencontré la mère de Tone. J'ignore ce qu'elle lui a raconté du projet, et je ne lui ai pas posé de questions. Du peu qu'elle m'en a dit et du silence radio d'Helene, j'ai pu déduire qu'elle n'a pas vraiment envie de creuser l'histoire de Silvertjärn.

Mon amitié avec Tone est l'une de mes relations les plus étranges. Pendant longtemps, très longtemps, Tone a refusé d'avoir affaire au projet elle aussi, à part me raconter le peu qu'elle savait. Or, dès notre première rencontre, quand nous buvions notre café bon marché en menant une conversation maladroite, j'ai deviné chez elle une curiosité qu'elle tentait de refréner.

Y aurait-elle cédé si les événements qui ont suivi n'avaient pas eu lieu ?

Je l'ignore.

Passé

S'approchant des portes de l'église, Elsa s'étonne de les voir ouvertes. C'est une journée froide, même pour la fin novembre – plusieurs degrés au-dessous de zéro – et depuis le matin quelques flocons sont tombés du ciel lumineux. Le soleil a commencé à percer entre les nuages en ce début d'après-midi et pendant la promenade qui l'a menée chez Agneta, elle a vu les gens sortir dans la rue. Elisabet Nyman flânait avec sa petite. Cela faisait une éternité qu'elle ne l'avait pas vue aussi en forme. Elisabet était restée alitée si longtemps après son accouchement qu'Elsa en avait touché deux mots à sa mère et à Ingrid, l'infirmière ; elles s'étaient mises d'accord pour l'aider avec la fillette.

Tout à l'heure, Elisabet avait l'air heureuse, les joues roses, coiffée d'un élégant chapeau en laine. La petite, qui portait un bonnet en crochet fait à la main, babillait de sa bouche sans dents. Ils ne lui ont pas encore donné de prénom, lui avait raconté Elisabet. Il va falloir qu'ils se dépêchent. La fillette a près de trois mois. Un enfant ne peut pas rester trop longtemps sans nom. Elsa lui a conseillé de parler au pasteur Einar de l'organisation du baptême, la prochaine fois qu'elle se rendrait au temple.

Le premier enfant, ce n'est pas si facile, surtout quand on est aussi jeune qu'Elisabet. Elle venait de fêter ses dix-huit ans et en était à son quatrième mois de grossesse lorsqu'elle avait épousé Albert. À peine plus âgée qu'Aina, et déjà maman. Pas étonnant qu'elle ait sombré dans la mélancolie après l'accouchement, surtout qu'Albert n'avait pas trouvé d'emploi. Ils devraient déménager, eux qui n'ont pas d'attaches ici, mais l'idée est douloureuse. Que se passera-t-il quand tous les jeunes auront quitté Silvertjärn ?

Cela a déjà commencé. Les Engelsson sont partis à Kiruna, dans le nord, il y a quelques semaines seulement, pour chercher du travail. Ils n'ont même pas vendu la maison, c'est dire leur désespoir. Elle reste plantée là, au milieu du quartier, les fenêtres sombres et les portes closes comme un mauvais présage.

Elsa monte rapidement les marches de l'église en ajustant son chapeau de sa main libre. Si les problèmes de boisson d'Einar sont tels qu'il oublie de fermer, il est temps d'agir. Il a toujours été porté sur la bouteille, même quand ils étaient jeunes et qu'il a eu l'idée, en ce soir tardif et mémorable, de plonger nu dans le lac. Mais il a toujours réussi à contrôler sa consommation. Il n'a ni femme ni enfants, il n'a pas d'autres charges que le temple, mais s'il n'en est même plus capable…

– Einar ? crie Elsa par la porte ouverte. C'est Elsa.

À l'intérieur, il fait sombre et de grandes ombres se dessinent sur les bancs. Le Christ en bois sculpté au-dessus de l'autel paraît plus sévère que de coutume, suspendu à sa croix. Malgré tout, elle voit quelqu'un qui bouge à l'avant de l'église. Elle tente de décrotter ses chaussures aussi discrètement que possible avant de franchir le seuil.

– Einar ?

Mais on ne dirait pas Einar, elle s'en rend compte à présent. La personne n'a ni sa démarche maladroite ni sa silhouette pesante.

L'homme qui se dirige vers elle, longeant l'allée centrale, est élégamment vêtu d'une chemise décontractée et d'un pantalon repassé. Il est beaucoup plus jeune qu'Einar, à peine plus de trente ans, et porte de courts cheveux blonds qui frisottent sur le front. Sur son visage flotte un sourire timide.

– Madame Kullman ?

L'homme serre la main d'Elsa avec fermeté. Sa peau est fraîche, un peu sèche. Elle observe son visage et tente de le situer, mais elle ne l'a jamais vu auparavant.

– Je crois que nous ne nous sommes jamais rencontrés.

– Oh, je vous prie de m'excuser. (Il secoue la tête.) Vous êtes Elsa ? Elsa Kullman ?

Elsa acquiesce et retire sa main à son étreinte.

– Comment… ?

– Einar m'a dit beaucoup de bien de vous.

Il esquisse encore un sourire, un peu plus engageant.

– À la bonne heure. Mais vous ne vous êtes toujours pas présenté.

La voix d'Elsa est plus sèche.

Il rougit légèrement et semble gêné, ce qui révèle au moins quelque chose de son éducation.

– Je suis vraiment navré. Parfois, mon enthousiasme me perd. Je suis Mattias, le nouveau pasteur.

Elsa fronce les sourcils.

– Le nouveau pasteur ?

Il acquiesce, l'air sérieux.

– Je vais aider Einar. Les temps sont durs, et Einar… Enfin, Einar…

Il bafouille, s'arrête. Elle secoue la tête.

– Oui, nous savons tous comment va Einar, rétorque Elsa pour le calmer.

Il semble se détendre un brin.

– Depuis combien de temps êtes-vous ici, monsieur le pasteur ?

Il commence à répondre, mais s'interrompt et gesticule en direction des portes.

– Vous ne voulez pas entrer ? Vous allez attraper une pneumonie avec ce courant d'air.

Elsa le suit dans l'église. Il était probablement en train de nettoyer l'autel avec un chiffon, et Elsa doit reconnaître qu'il était grand temps de le faire.

– Madame Kullman souhaite-t-elle boire quelque chose ?

Elle s'apprête à secouer la tête, mais se ravise. Après tout, elle est frigorifiée.

– J'allais justement préparer du café, dit-il, comme s'il avait lu dans ses pensées.

Elle sourit.

– Un café me ferait le plus grand bien.

Elsa est allée plusieurs fois dans le bureau d'Einar, logé dans la sacristie, mais quand elle y entre aujourd'hui, c'est différent. La pièce est bien rangée, tout est à sa place et l'odeur d'eau de vie, légère mais familière, qui y flotte habituellement a disparu.

Le jeune pasteur pose la cafetière sur la gazinière, tire une chaise et invite Elsa à s'assoir. Elle se laisse tomber sur le rembourrage trop fin tandis qu'il s'affaire dans la pièce, ramasse des papiers et arrange les rideaux. Elle trouve cela charmant, la manière dont il s'occupe de la pièce, presque comme une mère de famille.

– Est-ce votre premier poste ? s'enquiert Elsa tandis qu'il sert du café dans de petites tasses ébréchées.

Il lui sourit en posant la tasse devant elle.

– Madame Kullman, vous pouvez me tutoyer. Si vous le souhaitez, bien sûr, s'empresse-t-il d'ajouter.

– Tu peux m'appeler Elsa.

Elle sourit. Elle sent presque un instinct maternel vis-à-vis de lui, bien qu'il ne puisse pas être son cadet de plus de dix ou douze ans.

– Où se cache Einar ?

Elle porte le café à ses lèvres. Il est bon, fort et brûlant. Meilleur que celui d'Einar.

– Il est chez lui, au presbytère. Il dort. Je crois que… Hm. Je crois hélas qu'il a bu un peu plus que d'ordinaire hier soir.

– C'est peut-être bien pour lui de savoir que tu es là pour l'aider.

– J'espère pouvoir le décharger autant que possible.

De près, elle voit que le pasteur a les yeux gris, l'iris entouré d'un cercle sombre. Peut-être que ce sont ses yeux qui le rendent aussi charmant. Grands et ronds comme ceux d'un enfant, ils le font paraître plus jeune qu'il ne l'est.

– Pourquoi cherchais-tu Einar ? Je peux sans doute t'aider à sa place.

Oui, peut-être bien, songe-t-elle intérieurement.

Les années passées, Einar lui prêtait main forte pour gérer les problèmes du village. Faire entendre raison aux hommes qui ne traitaient pas convenablement leur femme ; proposer un soutien à ceux qui avaient perdu un être cher, et avaient besoin de parler. Il n'avait jamais été très vif, mais il avait bon cœur et était vraiment croyant. Ces dernières années, son alcoolisme s'était aggravé et elle avait dû porter une part de plus en plus lourde du fardeau.

– L'une des personnes les plus âgées du village – Agneta Lindberg – est très malade. Son heure approche.

Il l'observe attentivement.

– Quel âge a-t-elle ?

– Soixante-sept ans. Elle a un cancer. De l'estomac. Elle a peur, et je crois qu'elle aurait besoin de parler à quelqu'un qui pourrait apaiser ses craintes. Elle n'a pas peur de mourir, elle a peur de… enfin…

Il acquiesce en silence. Ses grands yeux gris clair la laissent entrer et elle sent l'appréhension s'évanouir.

Elle peut lui faire confiance. Il peut l'aider.

– Elle a peur de ce qui vient après, conclut-il à sa place. Et tu veux que quelqu'un lui tienne la main, l'aide à surmonter ses angoisses. Lui parle du royaume qui l'attend après la mort et Dieu le père lui-même qui va la recevoir.

– Exactement. Juste pour la calmer. Apaiser ses angoisses.

Il esquisse un sourire.

– Si tu penses que ça peut marcher, je le fais volontiers à la place d'Einar.

Elsa répond à son sourire.

– Je crois que oui.

Présent

Un hurlement m'arrache à mon sommeil.

Être réveillé par un cri, c'est comme briser un verre entre ses doigts : c'est rapide comme l'éclair et douloureux. Mon pouls s'accélère tandis que dans un état de demi-conscience je me tortille hors de mon sac de couchage en essayant de distinguer des formes dans la pénombre de la tente.

Ce n'est qu'une fois sortie de la tente que je me rends compte que j'y étais seule. Dehors, le silence est compact, la nuit calme ; pendant quelques instants je n'entends que les battements de mon propre cœur qui s'emballe. Puis… Le bruit reconnaissable entre mille de portières qui s'ouvrent.

Mes yeux se sont suffisamment habitués à la faible lumière pour que je distingue Emmy qui descend en titubant de l'arrière de la camionnette. Ses cheveux sont décoiffés, emmêlés autour des épaules ; jambes nues, elle ne porte que son grand tee-shirt blanc et une culotte. Les pavés doivent être aussi froids sous mes pieds que sous les siens. Je sens la mousse humide de rosée s'insinuer entre mes orteils.

– Vous avez entendu ? lui demandé-je, tandis que Robert descend de la camionnette.

Emmy ne le regarde pas. Elle a déjà contourné le véhicule et se dirige vers l'école.

– Emmy ?

Robert la suit au pas de course.

Je n'ai pas le choix, je fais de même.

Emmy s'est arrêtée au bout de quelques pas. Elle halète. Sa respiration rapide, rauque, fait écho à la mienne ; son regard erre sur la place vide. Ses yeux brillants dans la lumière de la lune scrutent la Volvo bleue où Max dort sur le siège arrière, puis la façade de l'établissement scolaire et les herbes qui poussent entre les pavés.

Robert s'est arrêté derrière elle et pose une main délicate sur son épaule. Hésitant, comme on caresserait un chien farouche. Elle ne sursaute pas.

– Emmy, qu'y a-t-il ?

C'est là que je comprends.

– C'est toi qui as hurlé ?

Je n'ai pas reconnu la voix de Emmy. Toutes les voix qui crient sont quasiment identiques. Mais maintenant qu'elle se retourne vers nous, je prends conscience que ça devait être elle.

– J'ai vu quelqu'un.

Je ne peux pas déterminer si elle est très pâle ou si nous ressemblons tous à des fantômes en noir et blanc, debout sur la place.

– Il y avait quelqu'un, dit-elle en tournant la tête vers l'école.

– Où ? s'enquiert Robert. Dans le bâtiment ?

Emmy secoue la tête, effleure la taille de Robert et s'approche de lui.

– Non. Au beau milieu de la place. Devant la camionnette.

Sa voix est frêle, éraillée. Je crois d'abord qu'elle trahit de l'irritation ou du sarcasme, mais je comprends bientôt. C'est de la peur.

Elle a peur.

– Qu'est-ce que tu as vu exactement ? je lui demande.

Soudain, je prends pleinement conscience de toutes les fenêtres obscures qui nous fixent, des ruelles qui s'étirent depuis la place, tout autour, comme les fils d'une toile d'araignée. Tant d'espaces vides. Tant de murs derrière lesquels se cacher.

Arrête, tenté-je de me convaincre. *Il n'y a personne ici.*

Emmy me dévisage.

– Je me suis réveillée, explique-t-elle. J'ai entendu un bruit et je me suis redressée pour voir ce que c'était. Il y avait quelqu'un devant la camionnette, quelqu'un qui m'épiait.

– Tu as vu qui c'était ? s'enquiert Robert.

– Non. Il faisait trop noir. Ce n'était qu'une silhouette. Mais il y avait quelqu'un, j'en suis sûre. J'ai vu ses yeux. Ils étaient braqués sur moi.

Elle déglutit.

– Je ne sais pas qui c'est, mais il ou elle m'a vue.

Je secoue la tête, un frisson me parcourt l'échine.

– Il n'y avait peut-être personne. Ça me fait penser à un cas de paralysie du sommeil. Les gens aperçoivent des formes sombres et indéterminées, ça arrive en phase de réveil et quand le cerveau…

Emmy m'interrompt et crache :

– Je sais ce que c'est, enfin, Alice ! Je me suis levée. J'étais réveillée. J'ai vu quelqu'un.

J'ouvre la bouche, mais au moment où je vais répondre, je me fige. Là, de l'autre côté de la place. Au coin de l'école. Quelqu'un.

Une silhouette mince, sombre. Indubitablement un être humain.

Il n'y a personne ici. Il n'y a personne ici. Il n'y a personne ici.

Mais la forme humaine ne disparaît pas quand je cligne des yeux.

Elle se dirige vers nous. Je suis la seule à l'avoir vue – Emmy et Robert sont tournés vers moi. Je remarque un détail inattendu chez moi qui me déçoit ; j'ai toujours cru que je serais proactive dans une situation de crise, que je me mettrais à courir, à crier, à me débattre, mais à présent je ne parviens pas à émettre le moindre son pour prévenir les autres.

La lune éclaire soudain la silhouette, révélant ses traits.

Mes genoux flanchent et, impossible de résister, j'éclate de rire tant je suis soulagée.

– Qu'est-ce que… commence Emmy avec une grimace d'incompréhension mêlée d'un début de colère.

Mais je lui fais signe de tourner la tête.

– Tone !

– Oh ! Coucou !

Enveloppée dans son manteau, les pieds enfoncés dans des bottes, elle s'arrête à quelques mètres de moi. Son visage est bouffi de sommeil, ses sourcils levés.

Le regard de Tone navigue entre Emmy et moi.

– Alors, on fait une petite réunion nocturne ?

Je secoue la tête.

– J'ai l'impression que tu as fait flipper Emmy. Une envie pressante ?

– Mmm, acquiesce Tone. Comment ça, *fait flipper* ?

– Elle a dû te voir quand tu es partie vers le coin du bâtiment. Elle croyait que quelqu'un fixait la camionnette.

Emmy n'a toujours pas ouvert la bouche. Elle observe Tone, les yeux plissés.

– Désolée. Je ne voulais pas te réveiller.

– Tu t'es arrêtée devant notre véhicule ? demande Emmy d'une voix assourdie.

– Non. Enfin… je ne sais pas. J'étais à moitié endormie. J'ai peut-être scruté les environs pour voir où je pouvais aller.

– Tu avais raison, Emmy. Pas de paralysie du sommeil, mais pas de fantôme non plus.

J'étouffe un bâillement du dos de la main. Le brusque réveil, la terreur et le soulagement font que la fatigue s'abat de nouveau sur moi.

– Je n'ai jamais dit que c'était un fantôme, rétorque Emmy d'une voix tendue. La silhouette que j'ai vue était immobile, poursuit-elle. Elle ne bougeait pas et elle fixait la camionnette. Elle *me* fixait.

L'épuisement me fait perdre patience.

– Allez, lâche l'affaire, Emmy. Tu étais à peine réveillée, tu as vu Tone, tu as flippé en croyant voir une créature mystérieuse et tu as hurlé. Ce n'est pas difficile à deviner. Allons nous coucher, la journée de demain va être longue.

Le visage d'Emmy se découpe comme un masque d'ombres. Je ne peux pas laisser cette discussion dégénérer en dispute sans rien faire.

À quelques pas de ma tente, je m'arrête et je me tourne vers la camionnette. Emmy et Robert sont encore là, deux formes dans la nuit. Robert a passé son bras autour des épaules d'Emmy et semble lui confier un secret, à voix si basse que les mots ne parviennent pas jusqu'à moi. Leurs regards sont braqués sur l'école.

Je me retourne et me glisse dans la tente.

MERCREDI

Présent

Je suis la première debout alors que j'ai à peine fermé l'œil de la nuit. J'ai toujours été matinale. Surtout les jours où j'ai la gueule de bois. Je me réveille au lever du soleil, je passe un moment dans mon lit, les yeux ouverts, la bouche pâteuse et le cœur battant jusqu'à ce que j'abandonne la partie et que je me traîne jusqu'à la cuisine, m'apprêtant à passer une longue journée sans sommeil.

Mais aujourd'hui c'est différent. Aujourd'hui, j'ai les paumes et les plantes des pieds qui picotent d'énergie malgré les événements de la nuit.

Aujourd'hui, nous commençons l'exploration.

Je me faufile hors de mon sac de couchage aussi silencieusement que possible, j'enfile le gros pull que j'ai utilisé comme oreiller et j'ouvre la fermeture Éclair de la tente. Dehors, il fait plus frais qu'à l'intérieur. Sous la toile, l'air est étouffant, lourd de sommeil, réchauffé par nos corps assoupis ; dehors, il est limpide et froid comme du verre.

J'inspire profondément.

Le soleil vient de se glisser au-dessus de l'horizon et la rougeur de l'aube colore la ville en rose. Dans la lumière du jour naissant, tout a l'air enchanté, espiègle, éthéré. Si seulement je savais utiliser un appareil photo. J'aurais voulu partir en exploration entre les ruelles, seule dans le silence, et capturer la ville telle que je la vois aujourd'hui, le premier matin. Vierge, en repos. À peine plus qu'une photographie vivante, une relique des temps immémoriaux.

Notre feu est devenu cendres et charbon sur les pavés. Je lève les yeux sur la façade désolée de l'école et sur la silhouette de l'église qui surplombe les toits. Svelte et parfaite, elle se découpe sur la forêt dans le lointain.

Une boule grossit dans ma gorge.

J'entends la voix de ma grand-mère, comme un écho dans mes oreilles.

La dernière fois que j'ai vu ma sœur, elle n'avait que dix-sept ans.

Petite, je n'envisageais l'histoire de Silvertjärn que comme un récit parmi d'autres. Il m'a fallu du temps pour comprendre qu'elle était non seulement vraie, mais qu'elle constituait les ruines sur lesquelles ma grand-mère avait bâti sa vie. C'était une femme robuste, ma grand-mère, avec des mains fortes, des épaules larges, qui vous fixait attentivement quand elle vous parlait, quel que soit le sujet. Comme si elle voulait s'assurer d'obtenir toute la vérité. Rien ne la fâchait plus que les mensonges, aussi petits ou involontaires fussent-ils.

– Maintenant nous allons connaître la vérité, chuchoté-je. Toi et moi.

Elle regardait toujours dans les yeux. Sauf quand elle parlait de Silvertjärn. Dans ces moments-là, son regard devenait fuyant, se perdait dans le lointain.

J'avais dix-huit ans quand je me suis installée à Stockholm pour suivre des études d'infirmière. Ma sœur Aina en avait douze. C'était à l'époque où la mine de Silvertjärn prospérait encore.

Ma famille vivait dans la maison où j'ai grandi, une bicoque jaune juste à côté de la rivière, non loin de l'église. Toutes les maisons de la rue étaient jaunes, mais la nôtre était la seule à avoir une porte verte. Comme j'étais fière de cette porte, quand j'étais petite ! Je me sentais spéciale.

J'allais rendre visite à ma famille quand j'avais les moyens d'acheter un billet de train. À l'époque, on ne prenait pas l'avion pour un rien, comme aujourd'hui. Il y avait deux trains par semaine, on devait prendre son mal en patience. Et les billets n'étaient pas donnés.

Elle avait de beaux yeux, ma grand-mère. Gris clair avec des éclats plus foncés, comme du granit poli. Avant que la cataracte se glisse peu à peu sur sa cornée comme une pourriture blanche et brumeuse et lui vole la vue comme la démence a volé son âme.

– Qu'est-ce que tu as dit ? demande une voix derrière moi.

Je sursaute et me retourne.

C'est Max. Il se masse le dos, enveloppé dans son gilet de laine démodé.

– Tu m'as fait une de ces peurs !

– Tu croyais que c'étaient les fantômes de Silvertjärn venus nous chasser ?

– Ha ha, très drôle.

– Mais il faut dire que ce village donne la chair de poule.

Max jette des coups d'œil alentour en me rejoignant. Il s'arrête et observe l'école.

– On comprend pourquoi les gens pensent que la ville est hantée.

– Hm, acquiescé-je.

J'enfonce mes mains gelées dans la poche ventrale de mon pull.

– Cette nuit, Emmy s'est réveillée. Tone était partie soulager sa vessie. Emmy l'a vue à travers la vitre et l'a prise pour un esprit malin, ou un truc dans le genre. Tu n'as rien entendu ?

– Bon Dieu ! réagit-il en haussant les sourcils. Non, je dormais à poings fermés.

Je lève les yeux au ciel.

– Ça ne m'étonne pas de toi !

Max ricane. Son regard parcourt les toits affaissés.

– C'est bizarre que personne n'ait eu cette idée plus tôt. Le pitch est génial, le décor parfait. Ces émissions de chasseurs de fantômes qui faisaient un tabac il y a quelques années auraient pu tourner un programme spécial ici.

– Trop loin. Il y a suffisamment de manoirs hantés autour de Stockholm et de Malmö.

– Oui, tu as raison.

Je me recroqueville un peu dans l'air froid. Max m'entoure de son bras et frotte doucement pour me réchauffer.

– Si j'allais préparer un semblant de petit-déjeuner ? Ce n'est pas pour me vanter, mais j'ai été élu meilleur cuistot sur réchaud de mon groupe de scouts quatre années d'affilée.

J'éclate de rire et je me libère délicatement de son étreinte.

– Toi, scout ? Tu parles !

Max ricane.

– OK, peut-être pas, mais je vais m'en sortir. Je ne suis pas seulement là comme boulet et investisseur ! Je peux apporter ma pierre à l'édifice.

– Comme cuistot ?

– Cuistot, apollon, gendre idéal. Ce que tu veux.

Max est parvenu à allumer un petit feu vacillant et y grille du pain, les autres arrivent. Emmy porte un tee-shirt presque aussi négligé que la veille, et le manteau de Robert. J'imagine qu'ils sont en couple.

J'attends un signe de tête, une référence amusée aux événements de la nuit – pour dissiper le malaise. En vain. Emmy m'évite du regard. J'éprouve une pointe de déception, mais en même temps, ce n'est pas nouveau. Elle était toujours fatiguée le lendemain des soirées tumultueuses et tardives dans notre résidence étudiante. Elle dormait et, pour calmer mon agitation, je faisais le ménage, une lessive, je préparais un énorme petit-déjeuner qu'elle touchait à peine.

Mais à l'époque, cela ne me dérangeait pas. Nous étions sur la même longueur d'onde. Même le rythme de notre respiration était le même, à ce moment-là.

Je veux empêcher les souvenirs d'affluer. Cela fait sept ans que je m'efforce de chasser Emmy de mes pensées et j'ai fini par y parvenir – mais sa proximité physique rend la chose beaucoup plus délicate.

Après avoir mangé et bu notre café lyophilisé noir et épais dans des gobelets en plastique blanc, je me racle la gorge pour obtenir l'attention de chacun. Le soleil a déjà grimpé sur la voûte céleste et l'aube s'est changée en matin. Je fais mon possible pour ravaler ma nervosité et me redresse un peu, assise sur mon tapis de sol.

– Alors, vous avez tous bien mangé ?

Je regrette immédiatement ma question : on dirait une puéricultrice pleine d'entrain dans une crèche. Emmy hausse les sourcils et les autres affichent une mine déconcertée, ce qui ne fait rien pour me donner confiance. Mais Max opine du chef avec un sourire.

– On peut peut-être passer en revue notre programme ? Puis on se répartit les missions du jour et on se lance. Ça vous va ?

Emmy hausse les épaules.

– Ça marche.

– Allons-y, alors.

J'examine mes papiers. Le planning que j'ai élaboré n'a rien de professionnel. Times New Roman corps 12 sur une feuille A4 bon marché. J'aurais peut-être dû la faire plastifier.

Il faut juste que je sois convaincante.

– Aujourd'hui et demain nous allons essayer de nous familiariser avec le village. Voir quel est notre ressenti. Dans vos dossiers, vous trouverez une liste de huit lieux clés : l'école, l'usine métallurgique, l'église, la gare, la maison d'Elsa et Aina, celle de Birgitta la simplette, le presbytère et le petit lac. Ce sont les endroits que nous jugeons les plus pertinents pour l'enquête et c'est là qu'il faudra concentrer notre repérage. On s'occupera du lac le dernier jour pour se laisser la possibilité d'y passer un peu plus de temps – d'après ce que nous savons, personne n'en a exploré le fond. Nous avons des équipements de plongée.

Robert lève la main et je m'interromps.

– Euh… Oui ?

Il baisse le bras et se gratte la nuque, visiblement gêné : je le pardonne sur-le-champ de m'avoir coupée dans mon élan. Il a beau être le copain d'Emmy – ou son petit ami, son *sexfriend*, son partenaire ou je ne sais quoi – il renvoie une image sympathique. Il semble un peu timide, d'une politesse un peu désuète.

– Comment avez-vous choisi les lieux les plus pertinents ?

Je jette un coup d'œil rapide à Tone, qui paraît peu encline à me porter secours.

– Ce sont les endroits de la ville où nous pensons pouvoir trouver quelque chose : de nouvelles informations, des indices de ce qui s'est passé.

Emmy hausse les sourcils.

– Permets-moi d'en douter ! Dans le pitch, tu dis que nous allons enquêter sur ce qui est *vraiment* arrivé aux habitants de Silvertjärn. Quelles sont les chances que nous trouvions quelque chose ? Ça me semble dangereux de faire ce genre de promesse. Il y a eu une enquête policière après la disparition, non ? Il me semble peu crédible qu'on tombe sur des preuves à côté desquelles ils seraient passés. On n'est pas dans l'*Inspecteur Barnaby*. Il y a peu de chances qu'on découvre le journal intime de Mattias, le pasteur.

Je sens mes joues brûler. Parce qu'elle a raison. Aussi bien dans son analyse de la situation que dans les espoirs secrets que j'ai nourris, et qu'elle décrit d'un ton guindé et ironique. Bien sûr, j'espère une avancée, j'espère que nous découvrirons des choses que personne ne savait, que nous résoudrons le mystère de Silvertjärn. Bien sûr, j'ai conscience que c'est très improbable, à la limite de l'impossible. Ce qui ne signifie pas que je n'en rêve pas.

– Nous ne promettons rien. Et l'enquête policière a concentré ses recherches dans les bois environnants. Il est fort possible qu'ils aient loupé des choses.

Emmy ne répond pas. Elle se contente de croiser mon regard sans ciller.

Je conclus, sans laisser transparaître mon impatience :

– Quoi qu'il en soit, les endroits que nous avons choisis sont les plus pertinents d'un point de vue thématique. Aujourd'hui, nous nous concentrerons sur l'école, l'usine et la gare. Vous avez reçu dans votre dossier des exemplaires de cartes extraites du rapport de la compagnie minière. Quant à la maison du prêtre et celle de mon arrière-grand-mère, nous avons deviné leur emplacement sur la base des descriptions de ma grand-mère et des informations contenues dans les lettres. Comme il reste des doutes, nous nous en occuperons en dernier.

J'ai à peine achevé ma phrase qu'Emmy intervient de nouveau. Le dossier ouvert sur les genoux, elle se lance dans une tirade sans me regarder, les yeux braqués sur sa carte, sourcils froncés.

– Pourquoi la mine n'est-elle pas sur la liste ? demande-t-elle. En tout cas, elle n'est pas indiquée sur la carte. On devrait essayer de prendre des photos là-bas. Ça pourrait être émouvant, surtout si on explique le contexte : la manière dont la ville a changé après sa fermeture.

– Je n'en suis pas sûre. Le terrain est instable surtout près de l'entrée. Le minerai était, semble-t-il, très proche de la surface. L'exploitation était superficielle et personne n'a entretenu les boyaux. Il y a de grands risques d'effondrement. C'est en partie pour ça que les inspecteurs, venus dans les années 1990, ont recommandé de ne pas reprendre l'exploitation de mines dans la région. Tout ça figure dans le rapport.

Emmy feuillette le dossier. Je déglutis avant de poursuivre.

– Apparemment, c'est pour ça que les portables ne captent pas ici.

Emmy lève les yeux.

– Parce que le sol est creusé ?

– Non, parce que le minerai est très proche de la surface. Ça a à voir avec… le champ magnétique, ou un truc comme ça.

– Ha ! ricane Emmy. Le champ magnétique. Une explication scientifique alors. Évidemment.

– Oui.

J'ai l'impression d'avoir perdu le fil, mais je me secoue et consulte le planning.

– Donc, heu…

Tone vient à ma rescousse.

– Prenez beaucoup de photos. Nous avons trois super appareils reflex à partager.

Robert lève de nouveau la main.

– Oui ?

– Ce serait bien de prendre le plus de clichés possible aux endroits où on prévoit de filmer. Juste pour que je sache ce que donne la lumière et quel est le meilleur moment de la journée pour filmer. Je ne sais pas si vous avez un planning plus précis du tournage, mais ce sont des informations utiles.

– Il a raison. Tone aussi. Beaucoup de photos. Des photos illustratives et des photos qui nous aideront au niveau logistique.

– Est-ce qu'on commence à filmer dès maintenant ou est-ce qu'on consacre la journée d'aujourd'hui au repérage ? s'enquiert Emmy. Et pourrait-on avoir accès au manuscrit préparatoire et au calendrier de production aussi ? Ce n'était pas dans le dossier.

Je me tourne vers Tone. Le manuscrit préparatoire et le calendrier de production ne sont autres que des ébauches, à peine plus que des réflexions éparses enregistrées sur deux documents Word. Je ne montrerais ça à Emmy pour rien au monde. Les yeux de Tone ne laissent rien transparaître. Ou bien elle ne voit pas mon inquiétude, ou bien elle garde la face pour ne pas la leur révéler.

J'arrache mon regard de celui de Tone et me tourne vers Emmy.

– Nous… nous n'avons pas tout apporté. Mais tu peux évidemment parcourir ce que nous avons.

– Super, répond Emmy.

Je repousse une mèche de cheveux derrière mon oreille. Ils me paraissent déjà plats et un peu gras bien que je les aie lavés le matin de notre départ.

– Nous allons explorer le village deux par deux. Interdiction d'entrer seul dans un bâtiment. Les constructions sont abandonnées depuis près de soixante ans, donc très instables. Soyez particulièrement prudents s'agissant des escaliers et des caves ; évitez-les si vous avez une quelconque raison de croire qu'ils ne sont pas sûrs.

Je marque une courte pause et je poursuis :

– Nous avons apporté des équipements de protection rudimentaires pour tout le monde. Les masques pour le visage ne sont pas très commodes, mais c'est important de les porter à l'intérieur des bâtiments. Il est très probable qu'il y ait de l'amiante dans certains d'entre eux, surtout ceux qui ont été construits au moment de l'expansion de la mine, pendant la guerre. Il peut aussi y avoir de la moisissure ou ce genre de chose, donc utilisez vos masques, même s'ils vous semblent inconfortables.

Je m'interromps pour réfléchir. Je suis presque sûre d'avoir omis un détail. J'ignore comment terminer ma présentation, alors je dis :

– Et amusez-vous, bien sûr.

À peine les mots ont-ils quitté ma bouche que je les trouve ridicules.

– Comment allons-nous communiquer ? demande Emmy. Mon téléphone est inutilisable, je ne capte plus depuis qu'on a quitté l'autoroute.

– Ah, oui, bien sûr ! Les talkies-walkies. Nous avons apporté des talkies-walkies.

– Comment se fait-il qu'ils fonctionnent alors que nos portables sont morts ?

Je lance un regard à Tone qui esquisse un rictus en biais.

– À vrai dire, nous ne sommes pas sûrs qu'ils marchent, répond-elle. Le type avec qui nous en avons parlé nous l'a garanti. Je n'ai pas compris toutes ses explications, mais comme la connexion est plus locale, le signal n'est pas coupé de la même manière que pour le réseau mobile. Apparemment.

Je complète :

– Oui, il nous a dit de nous préparer à quelques interférences, mais ça devrait marcher. Et si tout se passe comme prévu, nous n'en aurons même pas besoin. Comme pour les masques de protection : c'est juste au cas où.

Emmy acquiesce.

– OK. Super. On choisit son partenaire, alors ?

– Il n'y a pas beaucoup de choix, souligne sèchement Tone. Alice et moi pensions commencer par l'école. Ce serait bien si la deuxième équipe pouvait aller à l'usine puis explorer les autres lieux sur le chemin du retour.

Je me tourne vers Max.

– Ça ne te dérange pas de rester ici, pour surveiller les voitures et l'équipement ? Ce serait bien que quelqu'un fasse le guet, je trouve. Au cas où. On peut établir un roulement.

Max se fend d'un salut militaire.

– À vos ordres ! C'est toi la productrice.

Je souris, reconnaissante.

Puis je regarde les autres et mon sourire s'élargit ; je laisse cette sensation de picotements agréables se diffuser dans mon corps.

– OK. Enfilons l'équipement et allons-y.

Présent

J'aurais aimé avoir des images animées de Silvertjärn à l'époque de l'âge d'or du village, avant la fermeture de la mine. Nous n'avons hélas que quelques photographies floues en noir et blanc ou en sépia, visiblement prises d'une main mal assurée. J'ai prévu de les publier sur Instagram au fur et à mesure, de les joindre au pitch que nous présenterons à d'éventuels sponsors et pour déposer des demandes de subventions, mais il sera difficile de les intégrer au film de manière fluide. Espérons que les séquences tournées seront assez parlantes pour se suffire à elles-mêmes. Il n'y a pas de raison.

Le crépi rocailleux de l'école a pris une teinte grisâtre, d'un blanc sale et maladif. L'encadrement des fenêtres s'écaille, se fendille ; la plupart des vitres ont disparu. Le masque de protection respiratoire me tient chaud, l'élastique m'écorche les oreilles, je me sens enfermée, mais une fois en haut du perron à moitié effondré, quand nous nous arrêtons sur le seuil de l'école, je me félicite de le porter.

La lumière pénètre par les grandes fenêtres, révélant des tourbillons de poussière en suspension. En dépit du filtre, je sens le remugle de moisissure et de vieux papier. Nous entrons à pas comptés dans le vestibule, une pièce anonyme qui pourrait appartenir à n'importe quelle institution suédoise. Des murs crème, un plancher en bois mal dégrossi. Au détail près que la peinture se détache par grandes plaques et que le sol gondole, nous aurions pu nous trouver dans la salle d'attente d'un dentiste.

J'entends un petit rire chevrotant. Je tourne la tête : Tone observe le haut du grand escalier face à nous, qui mène au premier étage.

– Pourquoi ris-tu ?

– Comment ?

Tone se tourne vers moi.

– Pourquoi ris-tu ?

– Je ne ris pas. Je n'ai même pas ouvert la bouche.

– J'ai entendu quelque chose.

Ses yeux se plissent : elle sourit sous son masque.

– Des fantômes ?

Elle lève les yeux au ciel.

– Max a aussi parlé de fantômes ce matin. Peut-être qu'on devrait laisser tomber le documentaire et tourner un film d'horreur.

– Avec ton masque, tu pourrais sortir tout droit d'un *slasher*, grince Tone sous le masque qui assourdit sa voix. Michael Myers versus Dark Vador.

J'examine l'escalier devant nous.

– Ce sera notre plan B. Si nous ne trouvons rien d'assez intéressant pour un documentaire.

– Je crois que tu n'as pas à t'inquiéter pour ça.

Dans le silence de ce bâtiment abandonné, j'ai l'impression d'entendre la voix de ma grand-mère.

C'était une petite ville, mais il y avait tout ce qu'il nous fallait : un temple où se tenait l'office tous les dimanches et où mes parents se sont mariés, une petite épicerie et une pharmacie. Deux fois par mois, un médecin passait et examinait les bobos des habitants, et pour les maladies plus graves, il fallait aller jusqu'à l'hôpital de Sundsvall. Et puis, il y avait une école, bien sûr.

L'escalier qui monte à l'étage est en bois et non en pierre. Mauvais signe. Mais il semble mieux conservé que le reste du bâtiment. Les marches sont couvertes de ce qui a sans doute été un épais tapis rouge vin, mais il a été décoloré et élimé par des années de soleil, de vent et de neige. Ne subsistent que des taches touffues, semblables à la peau d'un animal galeux.

– Commençons ici, en bas, dis-je à Tone.

Pour préparer notre séjour, j'ai passé de nombreuses soirées interminables sur les forums consacrés aux explorateurs urbains. La plupart vivent aux États-Unis et en Allemagne, ils passent leurs nuits et leurs week-ends à parcourir des maisons et des bâtiments abandonnés en périphérie des villes. Ce sont leurs conseils que j'ai suivis pour choisir les masques respiratoires, pour savoir de quel équipement nous avions besoin et quelles règles de sécurité nous devions respecter. *Ne vous engagez jamais dans un escalier sans en avoir vérifié la solidité au préalable. Attention où vous mettez les pieds. Repérez les taches d'humidité ou de moisissure qui peuvent avoir fragilisé des poutres ou des murs porteurs.*

Le vestibule ouvre sur deux couloirs, l'un à droite, l'autre à gauche. D'un mouvement de tête, j'indique celui de droite. Tone acquiesce.

La première porte mène à des toilettes avec quatre petites cabines. Appareil à la main, Tone prend quelques photos, mais l'intérêt est limité : un carrelage aux joints crasseux, des lavabos en porcelaine fendus, au style ancien. Les portes des cabines sont encore suspendues à leurs gonds. J'effleure un battant : les gonds sont davantage rouille que métal et le bois se désagrège entre mes doigts.

À la hâte, nous gagnons la première salle de classe. Des pupitres et de petites chaises à barreaux sont alignés en rang d'oignons. La taille des chaises rend la vision encore plus effrayante. Quelques-unes des petites tables ont perdu leurs pieds et se sont effondrées, mais la plupart sont restées intactes. Un grand tableau noir est accroché au mur du fond, mais il n'y a rien d'écrit dessus.

Les deux pièces suivantes sont une salle de classe identique à la première et un placard à balais. Puis le couloir prend fin. Tone photographie le cul-de-sac, et nous faisons demi-tour, le long de la rangée de fenêtres brisées.

Le corridor de gauche ressemble au premier. Dans l'une des salles de classe, le tableau est tombé et s'est fracassé en mille morceaux sur le sol. Tone s'apprête à immortaliser la scène mais se ravise.

– N'est-ce pas un peu étrange ? demande-t-elle sans se retourner.

Elle esquisse quelques pas dans la pièce vers les fenêtres.

– Quoi ?

Je m'arrête sur le seuil de la porte.

Tone incline la tête sur le côté.

– Il n'y a pas d'insectes. Sur les bords des fenêtres. Pas de mouches mortes, pas de moustiques…

Elle fixe, les yeux écarquillés.

Je hausse les épaules.

– C'était l'hiver. Ils ont peut-être été balayés par le vent et la neige.

Tone se retourne et hoche la tête.

– Oui. Peut-être.

Elle lève son appareil et photographie les fenêtres. J'essaie de me départir de la sensation qui m'a envahie.

– On tente l'étage ? demandé-je.

– Bien sûr !

De retour dans l'entrée, elle scrute l'escalier, les lèvres pincées.

– Prête ?

Elle acquiesce sans mot dire.

Mon lourd sac à dos pèse sur mes épaules et me fait transpirer ; je baisse la fermeture Éclair de mon manteau pour laisser entrer un peu d'air tandis que je m'achemine vers l'escalier. Je lorgne par-dessus mon épaule. Tone me fixe, immobile. Son regard devrait me rassurer.

– OK.

Je m'adresse moins à elle qu'à moi-même.

Je pose le pied sur la première marche et je m'appuie dessus. Ça grince, mais pas de manière inquiétante. Lorsque je soulève le deuxième pied, je crains que le bois ne se brise sous mon poids, mais il n'émet pas le moindre bruit.

– Ça a l'air solide.

J'ose une marche de plus. Mes chaussures s'enfoncent dans le tapis comme dans de la boue, les fibres se détachent et collent à mes semelles.

Je tourne la tête.

– Je crois que ça va tenir.

Tone acquiesce à nouveau.

– Attention tout de même. Reste près du mur. C'est là que la structure est la plus solide.

– Je sais

L'escalier dessine un grand arc de cercle jusqu'à l'étage. Je monte la première, avec la sensation de retenir ma respiration jusqu'en haut. À chaque pas, je m'attends à ce que l'escalier cède sous nos pieds, à ce que nous chutions de plusieurs mètres pour nous écraser sur le parquet dur et bombé en contrebas. Mais ça tient. Une partie de la tension se relâche quand je pose le pied sur le palier, mais je continue à observer Tone, qui gravit lentement les marches en suivant ma trajectoire. Je ne me détends que lorsqu'elle m'a rejointe.

– Marche doucement, dis-je à Tone. Reste près des murs. Nous ne savons pas si le plancher est solide.

Je crois qu'elle va répondre qu'elle le sait déjà, mais elle se contente de hocher la tête.

Le sol est poussiéreux et rongé par les ans, mais on voit que le bois était joli, jadis. À notre droite, nous avons deux grandes portes en chêne sculpté qui semblent presque intactes, comme par miracle. Elles sont fermées. Je pose la main sur la poignée en laiton, l'abaisse. Les portes s'ouvrent en grinçant.

La salle contient huit tables hautes et étroites, et un bureau devant le tableau. Il n'y a pas de chaises, mais des étagères couvrent tous les murs, la plupart garnies de tubes à essai et de flacons en verre. Du matériel utilisé pour des expériences de chimie élémentaire. Sur l'étagère supérieure, en revanche…

Je pénètre dans la pièce à pas lents, le regard braqué sur les bocaux disposés là-haut. Le formol a viré au marron, donnant aux spécimens en suspension une teinte sépia. Il y a des plantes et des racines, quelques masses informes qui pourraient être des champignons ou des organes et, tout au bout de la rangée, trois bocaux qui contiennent à n'en pas douter des espèces de fœtus.

J'entends des cliquetis derrière moi et je me retourne. Je vois Tone qui photographie les rayonnages, s'approche, zoome pour immortaliser les trois derniers récipients.

Puis elle baisse l'appareil et les fixe.

– Ils sont vraiment flippants, dis-je pour détendre l'atmosphère.

Une petite ride est apparue entre les sourcils de Tone.

– À quoi ça servait, des trucs pareils ?

– À enseigner… l'anatomie et ce genre de choses aux enfants. J'imagine.

L'un des bocaux au milieu s'est fendu, peut-être à cause du froid, et a déversé son contenu épais couleur mélasse sur les étagères. Cela doit faire un certain temps déjà parce que la tache a complètement séché. Je ne distingue pas ce qu'il contenait.

Tone fixe les pots un long moment. Je finis par briser le silence :

– Je crois que nous en avons terminé ici.

Ma voix est un peu plus forte que nécessaire. Elle semble envahir tout l'espace.

– Nous devrions revenir ici au crépuscule, dit-elle. Pour filmer. La lumière sera parfaite à ce moment-là. Ça fera des images puissantes.

Les créatures intemporelles, informes et recroquevillées dans les bocaux s'évertuent à capter mon attention. Je sens un frisson me parcourir l'échine. Ce n'est pas une mauvaise chose après tout. Elle a raison. Ça vous prend aux tripes.

Nous sortons de la pièce et allons vers une porte à double battant, pareille à la première, qui nous attend de l'autre côté de l'escalier. Elle est un peu de guingois.

Un gond s'est détaché et l'un des battants pend contre l'autre, à un angle bizarre. Un rayon doré se hasarde par la fente laissée entre les deux rectangles de bois.

J'ouvre doucement. Un souffle de vent frais cingle mon visage, mes yeux s'embuent à cause du froid et de la soudaine lumière, m'obligeant à cligner des yeux.

La vaste pièce est quasiment vide, mais les murs sont couverts d'affiches. De grandes lettres en caractères d'imprimerie pour mesurer la vue, des coupes du corps humain et des images plus précises de l'œil et du cœur. L'infirmerie.

Près du mur le plus proche de la porte, un bureau en chêne ; derrière, une chaise à barreaux assortie. Dans le coin, un joli petit cabinet, et de l'autre côté de la porte, un lourd lavabo en porcelaine planche, criblé de fissures en toile d'araignée et surmonté d'un robinet tellement rouillé qu'il se délite.

Contre le mur du fond, un lit à l'allure de civière, aux draps fripés et jaunis par les ans. Au-dessus, une fenêtre. C'est la seule de la pièce à être ouverte. Elle semble l'avoir été à dessein – comme si on avait voulu donner de l'air et de la lumière à la personne qui a froissé les draps.

Il n'y a rien d'autre ici que de vieilles affiches, un petit bureau, un cabinet et le lit. La pièce paraît trop grande pour cet ameublement spartiate, et le vide la rend encore plus spacieuse.

– C'est ici qu'ils ont dû la trouver, dis-je.

Presque malgré moi, je fais quelques pas dans la pièce. Je suis vaguement consciente que mon cœur bat la chamade et je jette un coup d'œil par-dessus mon épaule.

– Ça doit être ici qu'ils ont trouvé le bébé. Ta mère. N'est-ce pas ?

Tone s'est figée sur le seuil. Ses pupilles sont minuscules dans les puissants rayons et la transpiration perle sur son front.

– Tone ?

Elle lève l'appareil photo vers son visage pour le baisser aussitôt.

– Prends-le, Alice, dit-elle dans un murmure. Je ne peux pas…

Elle se penche en avant d'un mouvement si rapide et souple que j'en suis déconcertée, et pose le reflex sur le sol poussiéreux. Puis elle se redresse et sort sur le palier.

– Tone !

Je m'apprête à la suivre, mais je m'abstiens. Elle a besoin d'être seule pour se ressaisir, se calmer. Elle n'est pas comme moi. Dans mes moments de faiblesse, je veux que l'on m'embrasse, que l'on fasse attention à moi.

– Bon. D'accord…

Ayant ramassé l'appareil, je regarde dans le viseur. Tone m'a donné un cours rudimentaire, mais pour être tout à fait honnête, je ne pensais pas avoir à l'utiliser.

Je me tourne vers les portes. Ne devrais-je pas tout de même aller la voir ?

J'aurais dû comprendre que ce serait difficile pour elle. J'aurais dû lui demander. Mais parfois, elle se ferme comme une huître.

Non, me dis-je. Prends quelques photos et fiche-lui la paix. C'est ce qu'elle veut. Dans quelques minutes, elle se sera calmée. Alors nous pourrons aller voir l'église.

Je fais le tour de la pièce, je saisis quelques clichés au hasard, honteusement consciente que Tone les trouvera minables quand elle les verra.

La lumière est gracieuse, légère, elle se reflète sur les particules de poussière mises en mouvement par mes pas.

Personne n'a posé le pied ici depuis près de soixante ans. La compagnie minière qui a envoyé des experts pour examiner le sol leur avait donné comme directives de cartographier les lieux et de prélever des échantillons. Pas d'entrer dans les bâtiments. Nous avons lu ce qu'ils ont écrit sur les ponts, les routes et la roche dans les années quatre-vingt-dix. Mais nous ne savons rien de la ville en tant que telle.

Le soleil d'avril grimpe vers le zénith. Je photographie la ville par la fenêtre. Je hume l'odeur du printemps qui approche. Et quelque chose d'autre. Un effluve qui ressemble à celui de la rouille.

Je baisse l'appareil vers le lit pour l'immortaliser, mais j'arrête mon geste. Ma main hésite au-dessus des draps jaunis. À la tête du lit, l'étoffe est garnie d'un liseré en dentelle, rêche et fin comme du papier.

Je retire le drap d'un geste vif.

Au-dessous, le matelas est maculé de plusieurs couches de taches couleur rouille. Du sang.

Je les fixe pendant quelques secondes avant que le silence assourdissant ne soit brisé par un fracas derrière moi : le craquement du bois qui se rompt. Suivi d'un cri perçant et interminable.

Présent

– Tu peux t'appuyer sur moi, Tone. Tu n'as pas besoin de poser le pied. Je te tiens.

Tone acquiesce, résignée. Son masque pend autour de son cou, et je vois sa mâchoire se crisper chaque fois qu'elle pose son pied blessé. Elle avance en boitillant.

Max nous voit arriver de loin. Il guettait peut-être notre retour, parce qu'en quelques secondes, il est à notre hauteur.

– Que s'est-il passé ? me demande-t-il, mais Tone répond à ma place.

– Je suis passée à travers l'escalier. Dans l'école. Le bois était pourri.

– Tu t'es fait mal au pied ?

Je hoche la tête :

– Tu peux lui trouver un semblant de siège ?

Max court jusqu'aux véhicules, fouille à l'arrière de notre fourgonnette et en sort une glacière. J'aide Tone à s'installer. Son front est luisant de sueur malgré l'air frais, et une veine bleue saillante serpente sur sa tempe.

Je m'agenouille devant elle sur les pavés froids.

– Il faut retirer la chaussure.

Elle ferme les yeux et hoche la tête.

– Attends, lance Max.

Je me retourne. Il sort de sa poche une petite plaquette argentée contenant des comprimés, en fait tomber deux dans sa paume et les tend à Tone.

– Qu'est-ce que c'est ? je lui demande.

– Du paracétamol.

Tone secoue la tête et lui rend les médicaments. Elle grimace. Son mouvement a fait bouger son pied.

– Il faut retirer la chaussure tout de suite. De toute façon, ça n'aurait pas le temps d'agir.

– Mais… commence Max.

Je l'interromps.

– Tu peux aller chercher le kit de premier secours ? Dans la fourgonnette d'Emmy et Robert. Sur le siège avant.

Max a l'air perdu ; puis il acquiesce.

– OK. Pas de problème.

L'humidité de la mousse entre les pavés a commencé à imprégner mon jean. Je regarde la grosse chaussure de Tone, puis le visage de mon amie. Ses lèvres sont pâles.

– On va voir si on a autre chose.

Tone secoue la tête.

– Je ne sais pas quels antalgiques j'ai le droit de prendre. Allez, retire la chaussure !

J'entreprends de dénouer les lacets serrés, essayant d'ignorer les gémissements étouffés qu'elle pousse quand mes gestes, aussi délicats fussent-ils, lui font mal.

Une fois que j'ai délacé toute la chaussure, je l'empoigne à deux mains et lève les yeux vers Tone.

– Prête ?

Elle acquiesce.

Je tire doucement. Tone garde le silence, les dents si serrées que sa mâchoire devient blanche, jusqu'au moment où il faut sortir le pied. Là, incapable de se contenir, elle laisse échapper un long gémissement plus glaçant que son hurlement quand elle est tombée à travers l'escalier. Le goût de l'adrénaline n'a pas quitté ma bouche depuis cet instant et la terreur tient toujours mon corps en tenaille. Je la sens dans mes membres, comme une douleur.

Je pose la chaussure à nos pieds et dévisage mon amie. Ses yeux sont brillants. Je passe une main sur ma bouche, et je me rends compte que mes joues sont humides.

– Le pire est passé, dis-je, consciente que je mens.

Elle essaie de répondre par un petit sourire qui est encore plus poignant que ses larmes.

Je retire sa chaussette. Elle ne saigne pas – c'est un petit soulagement – mais je vois que sa cheville a déjà commencé à enfler. La peau est rouge vif.

– J'ai entendu quelque chose.

– Ça doit être Max qui cherche le kit de premier secours.

– Non. Tout à l'heure. Dans la maison. J'ai entendu quelque chose au rez-de-chaussée. C'est pour ça que je suis descendue.

Je lève les yeux.

– Qu'est-ce que tu as entendu ?

Le regard de Tone est fixe, ses lèvres pâles.

– Des pas. J'ai entendu quelqu'un marcher.

– Mais il n'y avait personne d'autre en bas.

– Normalement non.

Je frémis. Je repense au visage pâle d'Emmy la nuit dernière.

– Tu es sûre que… je veux dire, tu es sûre que ce que tu as entendu était… réel ?

Aucune d'entre nous n'a le temps d'ouvrir la bouche : Max revient déjà en trottinant, une boîte blanche à la main.

– Tenez, dit-il en posant le kit à côté de moi. Il était tombé derrière un trépied d'appareil photo, j'ai dû fouiller un peu.

– Merci.

J'ouvre la boîte, en sors un rouleau de gaze. Du coin de l'œil, je vois Emmy et Robert traverser la place en courant. Ce dernier est ralenti par toutes les affaires qu'il trimballe. Emmy s'arrête à notre hauteur, essoufflée. Sous ses bras fleurissent de petites auréoles. Comme Tone, elle porte son masque autour du cou, à l'instar d'un bijou macabre.

– Qu'est-ce qu'il y a ? s'enquiert Emmy, les yeux braqués sur la jambe de pantalon remontée et la cheville enflée d'Emmy. Il s'est passé quelque chose ?

– Elles disent que Tone est passée à travers un escalier, explique Max.

– C'est toi qui nous as appelés ? demande Emmy à Tone.

L'incompréhension se lit dans ses yeux.

– Je n'ai appelé personne.

– Ça doit être quelqu'un d'autre alors. Quelqu'un a gémi dans le talkie-walkie. De douleur.

Tone plonge la main dans sa poche arrière.

– Non, dit-elle, je n'ai même pas mon talkie-walkie, il a dû se détacher quand je suis tombée.

Emmy se tourne vers Robert.

– C'est possible que ce soit ça que nous ayons entendu ? Elle a peut-être atterri sur le bouton d'envoi, ce qui a pu allumer le talkie-walkie.

Robert hausse les épaules.

– Peut-être. Ou bien il s'est brisé. Ça a pu créer une interférence ou un truc comme ça.

Emmy avance et se laisse tomber devant Tone, si près de moi que je perds l'équilibre. Je recule de quelques pas.

– Est-ce que je peux palper ? demande-t-elle à Tone.

Cette dernière répond dans un filet de voix, épuisée.

– Alice était en train de…

– J'ai mon certificat de premier secours.

L'agacement m'envahit, mais j'entends la douleur dans la voix de Tone. Sa cheville est à présent si gonflée qu'on dirait autre chose qu'une articulation.

Je ravale ma fierté.

– D'accord, vas-y.

Emmy palpe du bout des doigts, délicatement, la peau rouge et tuméfiée. Tone pousse un gémissement. Emmy lui jette un coup d'œil.

– Désolée, marmonne-t-elle. Tu as pris un anti-douleur ?

Tone secoue la tête.

– Elle est allergique aux antalgiques, dis-je, volant à son secours. Son estomac ne les supporte pas.

– C'est vrai ? demande Emmy.

Tone hoche résolument la tête.

– J'ai du whisky. Tu en veux ? C'est une manière un peu *old school* d'apaiser la douleur, mais ça marche.

Miraculeusement, Tone fait un petit sourire en coin, et Emmy tourne la tête vers Robert, qui se dirige tout droit vers la réserve d'alcool. Emmy sort un rouleau de gaze de la petite boîte blanche et bande fermement la cheville de Tone.

– Je crois que ce n'est ni cassé ni foulé. Mais le bandage permettra de tout maintenir en place pour le moment. Le mieux aurait été d'avoir quelque chose de froid à mettre autour de ta cheville.

Emmy me regarde.

– Tu n'aurais pas apporté des surgelés par hasard ? En tout cas, je n'en ai pas connaissance.

Je secoue la tête.

– Alors il faut se contenter du bandage. Et de mettre ton pied en hauteur.

– Comment te sens-tu ?

Tone est un peu moins pâle qu'avant. Elle ne transpire plus.

– J'ai connu des jours meilleurs. Mais je vais survivre.

Emmy lui sourit.

– Heureusement.

Voir les deux filles interagir provoque en moi une sensation désagréable, un mélange d'inquiétude et d'un sentiment qui ressemble, je le reconnais avec honte, à de la jalousie. Je me mords l'intérieur de la joue.

Robert revient avec la petite flasque cabossée qu'Emmy a sortie hier soir. Tone la saisit, reconnaissante, et avale quelques longues gorgées. Je ne suis pas sûre que ce soit une bonne idée, mais je m'abstiens de tout commentaire.

– Bon, conclut Emmy avant de se lever et d'essuyer ses genoux du plat de la main. Si on s'accordait une pause pour laisser redescendre la pression. On peut manger un bout et discuter de la suite des événements.

– Bonne idée, répond Robert.

C'est moi qui aurais dû lancer cette idée ! J'ai l'impression qu'elle a usurpé ma place de cheffe de projet. Mais ce n'est plus le moment de réagir, elle est déjà partie chercher des victuailles pour le déjeuner, avec Robert sur les talons.

Je la suis du regard lorsqu'elle se dirige vers la camionnette. Le malaise n'a pas quitté mon estomac.

Je ne me souviens pas d'avoir entendu des bruits dans mon talkie-walkie. Pas de cri de Tone.

Mais s'ils n'avaient rien entendu, pourquoi auraient-ils accouru ? Comment auraient-ils pu savoir qu'elle s'était blessée ?

J'ai entendu quelque chose au rez-de-chaussée.

Et si c'était autre chose qu'une illusion ?

Et si c'étaient Emmy et Robert ?

Et dans ce cas, pourquoi ?

1er décembre 1958

Ma chère Margaretha !

Joyeux premier dimanche de l'avent ! Ou peut-être devrais-je dire joyeux deuxième dimanche ? Quand tu liras cette lettre, le premier sera déjà passé.

Notre célébration était merveilleuse cette année ! Maman avait fait des brioches au safran pour le petit-déjeuner. Tu aurais été si fière de moi : de mon propre chef, sans que maman le suggère, j'ai proposé d'en offrir une à Birgitta, cet après-midi-là. Mais maman a dit que Birgitta n'y toucherait pas. Elle n'accepte que son poulet, son gâteau et son jus de groseilles. Mais maman a souri et m'a caressé la joue en déclarant que c'était gentil d'y penser, qu'habituellement nous lui apportons du gâteau aux épices, et que c'est suffisamment festif. Nous y sommes allées ensemble. Même Birgitta semblait de meilleure humeur que d'habitude. Maman et moi avons entonné des chants de Noël, et j'ai presque eu l'impression qu'elle essayait de fredonner la mélodie.

Mais oh ! Je ne peux plus me retenir. Je dois te faire part d'une grande nouvelle. (Peut-être que maman t'en a déjà parlé dans une de ses lettres ? Non, impossible, elle n'évoque jamais les choses agréables.)

Nous avons un nouveau pasteur !

Tu dois te demander pourquoi c'est à ce point excitant ? Tout le monde sait qu'Einar est un ivrogne. En réalité, c'est même étrange qu'il ait pu rester aussi longtemps. Maman se fâche quand je suggère cela – elle ne cesse de répéter que c'est un homme de Dieu et qu'il ne faut pas dire du mal d'autrui. Mais son état s'est dégradé ces dernières années. Lena m'a raconté que son père l'avait vu endormi sur la route il y a quelques semaines. Et sans pantalon ! Ce n'est pas médire de quelqu'un que dire la vérité, si ?

En tout cas, ce qui est palpitant, c'est qu'un nouveau pasteur est arrivé sans que personne ne soit au courant ! Ici au village, tout le monde sait tout sur tout (d'ailleurs, Albert, de la pharmacie, m'a demandé l'autre jour si tu étais bien installée dans ton nouvel appartement !). Mais là, personne ne s'y attendait !

Maman l'avait mentionné, car elle l'avait rencontré quelques jours plus tôt, mais je croyais que le nouveau garçon dont elle parlait était simplement une espèce d'assistant pour Einar, pas un nouveau pasteur. Tout le monde papotait à voix basse en entrant dans l'église. Dimanche dernier, c'est Einar qui prêchait – en marmonnant et en chuintant comme une cheminée – mais quand nous sommes arrivées pour l'office de l'avent, il était bien sagement installé au premier rang et le pasteur Mattias était à la chaire.

Qu'il est élégant ! Ah, Margaretha, désolée. Puis-je dire cela d'un pasteur ? Mais c'est la vérité. Il ressemble à une star de cinéma avec ses épais cheveux blonds et ses yeux clairs. Ils sont gris comme la brume, bordés de longs cils foncés très féminins. Il n'est pas très grand – maman est presque plus grande que lui – mais comme je ne le suis pas non plus, ça me convient bien.

Il a expliqué qu'il avait été envoyé de Stockholm pour aider Einar à s'occuper de la paroisse en ces temps difficiles, et qu'il était impatient de mieux connaître Silvertjärn. Et son sermon… c'était magnifique. Tu sais que je n'ai jamais été très attentive quand Einar prêchait (toi non plus, d'ailleurs !), mais cette fois-ci, j'ai été envoûtée. Sa voix était si mélodieuse, douce comme de la soie et si basse, si calme que nous ne pouvions pas faire un bruit sous peine de la couvrir. On entendait les mouches voler ! Il a parlé du paradis : pas des anges ailés et des portes dorées comme le fait Einar, mais du paradis comme une sensation. Créer le paradis ici, sur terre. C'était si beau que j'en ai eu des frissons.

Il est venu nous saluer après, au moment où nous sortions. (C'est là que j'ai remarqué ses cils !). Lui et maman avaient un sujet à aborder – une vieille dame malade je crois – et il en a profité pour me dire bonjour. Il m'a regardée droit dans les yeux, et il m'a serré la main. Oh, Margaretha, je me suis senti rougir jusqu'aux oreilles. Quelle honte ! Mais il n'a pas fait de commentaire, il s'est contenté de sourire et a déclaré que c'était un joli prénom, Aina. Ça signifie « beauté » en hébreu. Tu imagines ? J'ai cru que j'allais tomber dans les pommes, là, devant lui !

Le pasteur Mattias a expliqué qu'il allait former un petit groupe biblique pour les adolescents et m'a demandé si je voulais l'aider. J'ai immédiatement accepté, bien sûr. Sur le chemin du retour, maman m'a dit qu'il était bon que je m'occupe, que ça me ferait du bien. Oh ! Comme je suis excitée, Margaretha ! Viens nous voir pour Noël, tu comprendras de quoi je parle. Mais attention ! Peut-être que tu tomberas follement amoureuse de lui, tu quitteras Nils et tu reviendras ici pour l'épouser !

Je dois y aller, maman m'appelle. Écris-moi vite une longue lettre.

Ta petite sœur, Aina.

Présent

Max rejette la tête en arrière et crie :

– Hé ho !

Sa voix résonne sur le plafond voûté et les épais murs, paraît se briser contre les tessons de verre des fenêtres avant de se disperser dans la pièce. La gare est petite, mais étonnamment familière ; toutes les gares suédoises semblent avoir été construites sur le même modèle. C'est visiblement le cas même dans une petite ville minière au fin fond de la campagne. De hautes fenêtres et un sol en pierre ; au milieu de la pièce, des bancs où l'on peut s'installer pour attendre.

– Chut !

Max se tourne vers moi, étonné.

– Qu'est-ce qu'il y a ?

Je ne peux pas vraiment lui expliquer pourquoi je recherche le silence. Tone l'a compris de manière intuitive à l'intérieur de l'école.

– Désolée, j'imagine que je suis un peu nerveuse, avec tout ce qui s'est passé.

– Pas besoin de t'excuser. Tu as le droit d'être nerveuse. Je suis impressionné par ta capacité à tenir le coup.

Je laisse échapper un petit rire. S'il trouve que *ça*, c'est tenir le coup, je me demande bien à quoi s'il s'attendait.

Assez vite, l'alcool a fait effet sur Tone qui s'est mise à somnoler, étourdie. Elle n'a mangé que quelques bouchées du déjeuner préparé par Emmy, laquelle a de nouveau endossé le rôle de cheffe, une fois le repas fini. S'adressant à tout le groupe, mais tournée vers Tone, elle a soulevé la question que tout le monde se posait.

– On arrête tout et on rentre ?

Max avance jusqu'à la porte de l'autre côté de la pièce, celle qui donne sur les rails, et me fait signe.

– Viens voir ! Je crois que ça vaut la peine de faire une photo !

Je traverse à grands pas la salle crasseuse, j'enjambe les pavés fissurés et je sens les graviers crisser sous mes chaussures. La lumière de l'après-midi est plus douce que la clarté tranchante du matin.

Max est sorti sur le quai.

– Fais attention, lui dis-je.

Le quai est en béton, mais à l'instar du perron de l'école il est craquelé et a commencé à se désagréger. Deux bancs en fonte sont adossés au mur de la gare, si rouillés qu'ils ne sont plus que des carapaces ocre.

Je les photographie d'une main inexpérimentée, puis je lève la tête en entendant Max sauter dans les herbes sèches en contrebas de la plateforme.

Il y a quelque chose d'instinctivement inquiétant à voir une personne sur des rails, même si aucun train ne passe plus par ici depuis plus d'un demi-siècle.

On imagine sans aucun mal le petit bâtiment plein de monde. Des enfants qui s'ennuient et se chamaillent en attendant le train, des femmes endimanchées en partance vers le Sud pour rendre visite à leur famille. Ma grand-mère, si jeune, dix-huit ans, en route vers Stockholm, vers une nouvelle vie.

Et, plus tard, des hommes au chômage, sans nulle part où aller. Qui buvaient pour tenter d'oublier leur avenir incertain et qui s'endormaient sur les bancs durs de la gare.

La main en visière, Max fixe les bois, là où les rails disparaissent entre les arbres.

– Quand je pense que c'était leur seule manière de sortir de la ville, dit-il.

Je m'assieds sur le quai ; Max me tend la main, je l'attrape et je me laisse tomber lourdement bien qu'il me soutienne.

– Il y avait aussi la route.

Je lève l'appareil photo. À travers l'objectif, les rails et la forêt semblent infiniment lointains. Quelques petits boutons roses ont commencé à éclore au milieu de la bruyère.

Il a tort. Ce paysage, je ne veux pas tant le photographier que le filmer, tenter d'en saisir le calme, ce qu'il y a d'anormal dans ce silence ; laisser la caméra s'attarder et, dans l'absence de bruit, laisser le spectateur prendre conscience de sa propre respiration, des battements de son cœur. Lui donner l'impression d'être à Silvertjärn avec nous. Lui transmettre la sensation de picotement le long de la colonne vertébrale que je ressens actuellement.

Je me retourne pour prendre quelques photographies de la façade de la gare. Avec ses coins arrondis et son enduit couleur sable, elle ressemble à une maison de pain d'épices en ruine.

– En tout cas, dis-je, *nous*, on n'a pas à s'en faire : on peut partir quand on veut.

Les mots ont un goût amer dans ma bouche.

Max comprend ce que je veux dire : il me connaît suffisamment pour cela.

– Tone a dit qu'elle ne voulait pas aller à l'hôpital, répond-il d'une voix apaisante. Elle a dit qu'elle préférait rester.

– Bien sûr.

Mais ses yeux étaient embués de fatigue, de douleur et d'alcool et elle m'a longuement regardée avant de répondre. J'aimerais pouvoir dire qu'elle n'a pas vu à quel point mon visage était tendu, que ma poitrine formulait une prière silencieuse.

La vérité, c'est que nous n'aurons pas de deuxième chance. Nous n'avons loué le matériel que pour cinq jours et malgré les fonds investis par Max, notre budget est vraiment serré. Même si je restais, nous perdrions deux personnes pendant au moins vingt-quatre heures si Max devait la conduire à l'hôpital. Passer de cinq à trois personnes représenterait un coup d'arrêt à la production. Il serait impossible de finir dans le délai imparti.

Tone le sait, elle aussi. Et je sais qu'elle le sait. Le soulagement vif comme un coup de couteau que j'ai senti quand elle a déclaré « ce n'est qu'une entorse. On reste » avait quelque chose de laid, de honteux.

– Ce ne sont que quelques jours, dit Max. Tone est adulte. Elle nous dira si ça empire.

– Je l'espère, réponds-je, sans savoir si je le pense vraiment.

Je grimpe de nouveau sur le quai et retourne dans la gare. D'où je suis, j'aperçois une grande horloge suspendue au-dessus des portes qui donnent sur la ville. Les aiguilles se sont arrêtées à trois heures neuf et le cadran est fendu en deux par une profonde crevasse. Par réflexe, je regarde ma propre montre – dix-sept heures dix-sept – avant de photographier le mur.

– Cette fille de la production… elle semble assez autoritaire.

Je me retourne vers Max.

– Emmy ?

– Oui.

Accroupi sur les pavés poussiéreux, Max ôte son sac à dos, en sort une bouteille et boit à grosses gorgées.

– On dirait qu'elle essaie de tout reprendre à son compte.

Il s'essuie la bouche.

– J'avais l'impression de me faire des idées.

Max secoue la tête.

– Non, je ne crois pas.

– Elle a toujours été comme ça. (Je ne peux m'empêcher de commenter.) C'est juste qu'elle… elle aime décider. À la place des gens.

– Toujours ? Je croyais qu'elle et le caméraman n'avaient été engagés que pour le projet ?

J'entends la surprise dans sa voix, et j'hésite. Je n'ai parlé d'Emmy à personne d'autre qu'à Tone. Depuis plusieurs années. Mais le malaise qui me grignote les entrailles est trop fort. Je déglutis et je lui dis :

– Oui. Enfin, c'est le cas, mais nous… je connaissais déjà Emmy. C'est pour ça que je l'ai contactée pour le projet. En réalité, elle est surqualifiée pour ce qu'elle fait ici, elle a travaillé sur des tas de productions excellentes. Après ces quelques jours, elle va bosser sur une série télévisée dramatique pour C-More.

– Comment vous connaissez-vous ?

Je soupire, je me frictionne le front et me laisse tomber à côté de Max. Tant pis pour mon pantalon.

– On a fait nos études ensemble.

Les mots sortent péniblement, à contrecœur ; j'attrape la bouteille d'eau et je bois avidement pour vaincre la résistance de mes cordes vocales.

– C'était ma meilleure amie.

Les souvenirs affluent avec violence, contre mon gré. De longues soirées, des réveils aux aurores avec la gueule de bois, des blagues que nous étions les seules à comprendre, des fous rires. Je lui mettais toujours du vernis à ongles, en dépit de ses protestations, même si elle me disait à chaque fois qu'elle allait tout abîmer. Elle préparait des cocktails avant nos soirées, des mixtures acidulées et pétillantes qui n'avaient pas goût d'alcool, mais qui me faisaient monter jusqu'à la stratosphère en quelques gorgées.

– Tu ne m'as jamais parlé d'elle.

– Non, sans doute pas.

Les deux premières années de fac, j'ai dormi sur son canapé plus souvent que dans mon lit.

La troisième année, je ne m'en souviens plus vraiment. Je me rappelle en revanche l'obscurité devant la fenêtre, les lampes éteintes. Les larmes silencieuses qui se déversaient sur l'oreiller. Emmy qui grillait du pain, préparait du thé. Me grattait le dos de ses ongles sans vernis jusqu'à ce que je tombe de sommeil.

– Nous étions très proches. J'habitais plus ou moins chez elle les premières années. On parlait beaucoup de ce qu'on allait faire après notre diplôme, qu'on allait vivre ensemble, révolutionner le cinéma suédois… Enfin, tu vois. Comme on fait quand on est jeunes.

Je déglutis.

– Tu sais que j'ai eu des problèmes à l'université.

Je le regarde, il acquiesce brièvement.

– J'ai fait une dépression. Assez profonde.

Le mot semble informe dans ma bouche. Je déteste le prononcer, je déteste l'entendre. C'est un mot affreux, un mot gris, qui indique un état triste et pitoyable. Quelqu'un qui a perdu le contrôle.

– Emmy était là au début, mais elle s'est vite lassée. Elle devait trouver ça chiant, une copine qui ne voulait plus sortir et qui passait ses journées à pleurer sur son lit. Au bout d'un moment, elle en a eu marre. Et puis…

Le souvenir a un goût amer, un bourdonnement derrière le front. Mes yeux brûlent, mais je refuse de céder.

L'eau qui déferlait sous le pont.

Le téléphone contre l'oreille.

« S'il te plaît. »

Les rires, la musique en fond sonore. Il y avait une chanson de Kent.

Och bakom murarna vid ån lämnar jag spår Jag skrev mitt namn i vattnet
Så du vet var jag finns.[1]

Ce morceau, je ne peux toujours pas l'écouter.

1. Et derrière les murs près de la rivière je laisse des traces
J'ai écrit mon nom dans l'eau
Pour que tu saches que j'existe.

– J'ai fait une tentative de suicide, reprends-je d'une voix à peine plus forte qu'un murmure. J'ai essayé de sauter d'un pont.

– Merde ! répond Max, à voix basse lui aussi.

Il tend la main vers la mienne, mais je la retire.

– J'ai appelé Emmy. Depuis le pont. Je l'ai appelée pour lui demander de venir me chercher. C'était un vendredi soir. Elle devait être à une soirée.

Je déglutis. Ma gorge est sèche comme du sable.

– Elle a dit…

Ma gorge se noue. Je me force à poursuivre.

– Elle a dit qu'elle n'en avait pas la force. Que je ne pouvais pas « continuer comme ça ». Puis elle a raccroché.

La dernière phrase ressemble à un petit soupir. La tension dans ma poitrine n'a pas lâché, mais je suis contente de m'être confiée, comme la sensation d'avoir porté une enclume, puis de m'en être délestée.

Max secoue la tête. Je hausse légèrement les épaules.

– Alors pourquoi est-elle ici ?

Sa voix est douce, pas du tout accusatrice.

– Nous n'avions pas le choix. Nous avions besoin d'une personne possédant les compétences d'Emmy, avec de l'expérience dans le cinéma. Emmy est douée pour le montage. Sans compter qu'elle a des contacts, ce dont on manque cruellement.

– Non, je veux dire… pourquoi a-t-elle accepté ?

J'ouvre la bouche pour la refermer aussitôt.

– Je ne sais pas. J'étais sûre qu'elle allait refuser. Ça me surprend toujours qu'elle ne l'ait pas fait.

Max fait rouler un brin d'herbe entre ses doigts.

– Tu aurais pu me demander, tu sais.

Il me regarde de ses grands yeux brillants. Il a des cils étonnamment sombres et épais. Quand nous nous sommes rencontrés, il portait des lunettes. J'imagine qu'il les a troquées contre des lentilles de contact. Parfois, ces gros binocles laids me manquent, comme peuvent me manquer les cicatrices d'acné sur son front. C'est un manque qui n'a en réalité rien à voir avec lui. Il a à voir avec moi. Avec cette époque de ma vie. Avec ce que j'étais alors, fraîchement sortie de l'université, et avec ce que je suis aujourd'hui.

– Je sais. Mais je ne voulais pas que ce soit toi qui trouves quelqu'un. Je ne peux pas te demander de l'argent chaque fois que j'ai un problème. Je cherchais une personne vraiment compétente, que je savais douée, et quels que soient mes sentiments à l'égard d'Emmy, ce projet est plus important. Ce film est tout pour moi.

L'histoire de ma grand-mère. Mon histoire. Silvertjärn est à la fois mon passé et mon avenir. Je vis avec Silvertjärn depuis mon enfance, c'est Silvertjärn qui me fera connaître. Plus de boulots de réceptionniste. Plus de remplacements. Plus de sous-locations misérables, plus de conversations humiliantes avec mes parents pour mendier de l'argent afin de régler mes factures de téléphone. J'ai fêté mes vingt-neuf ans cette année, et tous mes anciens camarades de promo ont obtenu des augmentations, se marient et ont des enfants.

Le village perdu est mon billet pour quitter tout cela.

Max hoche lentement la tête.

– Je ne comprends pas que tu puisses lui faire confiance après ce qu'elle a fait.

– Je n'ai pas besoin de lui faire confiance, j'ai juste besoin de savoir qu'elle va faire son boulot. Et ça, j'en suis sûre. Elle est professionnelle.

J'avale le goût amer qui se diffuse soudain dans ma bouche. La lumière indolente brille dans les herbes folles.

Si seulement je pouvais croire à ce que je dis.

Présent

La nuit tombe, douce comme un soupir, sur la ville. Avant que Max et moi ayons eu le temps de rentrer, le soleil couchant s'est mis à lécher le ciel de ses langues rouge feu, et quand j'ai enfin transféré les images depuis les appareils, le soleil est déjà à moitié enterré sous l'horizon.

Je passe en revue les photos sur l'ordinateur tandis que Max prépare le repas. Robert semble s'être décidé à l'aider ; je les entends parler à voix basse du point d'ébullition et de la quantité de plomb dans les boîtes de conserve. Avec leurs têtes blonde et rousse penchées au-dessus du réchaud à alcool ils ressemblent à deux garçonnets qui s'échangent timidement leurs jouets dans le bac à sable.

Cette vision me fait sourire. Je me reconcentre sur mon écran. Je ne pense pas pouvoir tout regarder maintenant – je m'en occuperai à notre retour. Dans cette prochaine phase, j'aurai sans doute besoin de travailler en étroite collaboration avec Emmy. Avant de venir ici, cette idée ne me semblait pas complètement saugrenue, mais après à peine vingt-quatre heures à Silvertjärn, je commence à me demander s'il ne vaudrait pas mieux sous-traiter une partie des tâches les plus techniques. Sa présence provoque en moi des réactions imprévues.

Malheureusement, Emmy est une excellente monteuse. Un peu trop sûre d'elle, un peu trop convaincue d'avoir du talent, mais sa confiance dans sa méthode est souvent légitime, et elle est toujours bien préparée. La première fois que je l'ai vraiment remarquée, à l'Université des Arts de Stockholm, c'était pendant notre séminaire de dramaturgie. J'avais déjà aperçu cette fille de petite taille, aux vêtements un peu rock, yeux verts et cheveux hirsutes, mais je n'avais pas vraiment pensé à elle jusqu'au jour où j'ai présenté un exposé, selon moi extrêmement élaboré et bien informé, et où, à ma stupéfaction, je me suis fait descendre en flèche par la fille au sachet de snus[1] sous la lèvre, qui semblait tout droit sortie du lit. Elle est revenue sur ce que j'avais dit, point par point, pour réduire en miettes mes arguments contre la structure conventionnelle en trois actes.

Le soir, au pub étudiant, elle a soudain surgi de nulle part, avec une bière à la main et un sourire navré. Elle s'est présentée comme Emmy Abrahamsson et s'est excusée de ce qui était arrivé au séminaire. Il lui arrivait de se laisser « emporter par son enthousiasme ».

Je ne sais toujours pas si je regrette d'avoir accepté cette bière ou pas.

Je ne suis plus la même depuis cette nuit sur le pont. J'ai appris quelque chose sur les êtres humains, à cette occasion. Et sur moi.

Sept années ont passé. Près d'un quart de ma vie. Depuis ce jour-là, Emmy est comme une blessure mal

1. Poudre de tabac humide, à sucer ou à chiquer provenant des pays nordiques. (N.d.E.)

cicatrisée, une croûte que je ne peux m'empêcher de gratter.

C'était naïf de ma part de penser que je pourrais tout mettre de côté.

Je secoue la tête et tente de me concentrer sur les photos devant moi. Elles sont de bonne qualité. Les clichés pris dans l'école sont poignants. Certains sont un peu flous – Tone ne semble pas maîtriser tout à fait l'appareil. Mais les autres sont nets et touchants. Une atmosphère typiquement suédoise, identifiable, se dégage des images de ces salles de classe. Du tableau noir et des pupitres. Brisés et abandonnés. Un souvenir d'enfance déformé jusqu'à être méconnaissable.

Avec étonnement, je tombe sur une vidéo ; je ne savais pas que l'on pouvait filmer avec les appareils que nous avons achetés.

– Comment ça se passe ? demande une voix derrière moi.

Je sursaute. Max me toise, les yeux écarquillés.

– Ah ! Tu m'as fait une de ces peurs !

J'éclate d'un petit rire pour détendre l'atmosphère.

– Tu avais l'air hypnotisée, répond Max avec un sourire en coin. Je voulais juste te dire que le repas est bientôt prêt.

– Ah, merci.

– Est-ce qu'on réveille Tone ?

Je secoue la tête

– Non, laisse-la dormir. Ça vaut sans doute mieux.

Max acquiesce. Je braque de nouveau le regard sur mon écran et clique sur le picto de lecture.

Il semble que Tone ait filmé à son insu. L'image se balance, montrant le sol, le plancher lézardé et plein d'échardes, et les éclats de verre qui restent dans l'encadrement de la fenêtre. Je distingue le frôlement des chaussures contre le sol et je hausse le volume de l'ordinateur. L'appareil photo pointe toujours vers le bas lorsque les pas s'arrêtent ; je tressaille en entendant ma propre voix dire :

– Prête ?

L'objectif est braqué vers une plinthe. Le papier peint a commencé à se décoller.

– OK.

Encore ma voix qui parle.

Au moment où l'appareil se remet à bouger, où apparaissent un bout d'escalier et un tapis en décomposition, je comprends quand cette séance a été enregistrée. C'est le moment où nous sommes montées à l'étage. Par ce foutu escalier !

Il reste douze secondes. L'appareil se balance, Tone grimpe les marches derrière moi, immortalisant mes baskets.

Quatre secondes.

Et là, un bruit.

Sourcils froncés, je clique sur pause. Je déplace le curseur vers la gauche et j'appuie de nouveau sur lecture.

La caméra tangue. Tapis rouge, bois sombre et abîmé, murs rongés par l'humidité.

Là, à la quatrième seconde.

De nouveau.

J'arrête la vidéo. J'hésite. Puis je monte le volume au maximum et je rembobine encore une fois.

À présent, j'entends la respiration de Tone, le grincement de l'escalier sous nos pas. Et puis…

Une sorte de toussotement ?

Est-ce que j'aurais toussé ? Mais cela ne ressemble pas à de la toux. Pas vraiment. On dirait que le son vient de loin ; il est étouffé, sourd. Bas et semblable à un… gloussement.

Pas comme de la toux. Plutôt comme un rire. Rauque et voilé, comme un enfant qui essaierait de dissimuler son fou rire, caché dans l'armoire.

Le froid de la nuit est descendu sur la place. Je me frotte les bras, m'efforçant d'ignorer les frissons qui me parcourent l'échine. C'est idiot.

Pourtant, j'ai soudain vivement conscience que l'école ne se trouve qu'à cinquante mètres de moi, que ses portes ouvertes sont comme une bouche béante.

Je me fais des idées. Ce n'est sans doute rien d'autre que ma propre respiration que je perçois sur la bande. La qualité du son de mon ordinateur n'est pas particulièrement bonne ; avec un peu d'imagination, on peut entendre n'importe quoi. Comme lorsqu'on voit des visages dans les nuages.

Pourtant, je ne peux m'en empêcher.

J'approche les doigts de la souris pour revenir en arrière et écouter de nouveau.

Et l'écran s'éteint.

Je sursaute.

– Merde alors !

– Qu'est-ce qu'il y a ? demande Max, posté près du feu.

Je rabats l'écran de l'ordinateur posé sur mes genoux.

– L'ordi est mort. Plus de batterie.

– Ça tombe bien. On mange.

– J'arrive.

Je range la machine dans mon sac.

Après un dernier regard vers l'école, je m'en vais rejoindre les autres pour dîner, m'efforçant d'ignorer les frissons qui courent le long de ma nuque.

Présent

Les premières étoiles scintillent déjà lorsque nous terminons notre repas, et c'est à ce moment-là que Tone ouvre les portes arrière de la camionnette et descend doucement sur un pied.

– Tone ! dis-je en me levant. Comment te sens-tu ?

Tone esquisse un sourire prudent et se frotte le visage.

– J'ai les crocs.

Elle a de petits yeux ensommeillés, ses cheveux courts sont ébouriffés. Elle s'accroche à mon bras et je l'aide à marcher jusqu'au feu.

– Comment ça va ? demande Max plaçant une couverture sur les glacières et l'invitant à s'asseoir.

– Couci-couça.

Tone prend le bol de soupe que je lui tends. Elle goûte et grimace.

– Le minestrone de Findus ?

– On ne lésine pas sur la qualité, ironise Emmy en levant les yeux au ciel.

Incapable de me retenir, je lance :

– À la différence des tournages auxquels tu participes habituellement, nous n'avions pas le budget pour un traiteur de luxe. Navrée que les toasts aux crevettes te manquent.

Avant qu'elle n'ait le temps de réagir, je me tourne vers Tone et ajoute ;

– Il y a aussi du pain ; je peux t'en faire griller sur le feu, si tu veux.

– Volontiers, merci.

J'extrais deux tranches de pain blanc industriel du sachet que je referme avec un élastique, puis je les embroche sur une pique. J'écoute d'une oreille la conversation.

– Comment ça s'est passé cet après-midi ? s'enquiert Tone.

Elle avale sa soupe à toutes petites cuillérées.

C'est Emmy qui lui répond.

– Bien. Nous avons terminé l'inspection de l'usine et nous avons fait un tour dans certaines maisons. Pour faire un peu de repérage.

Je fais volte-face.

– Vous avez fait quoi ?

– On est entrés dans deux maisons mitoyennes. Il nous restait du temps. C'est incroyable : elles sont toutes identiques. Comme s'ils avaient acheté quatre cents habitations en kit chez IKEA et les avaient montées l'une à côté de l'autre.

– N'est-ce pas comme ça que ça s'est passé, justement ? s'enquiert Max à mon adresse. Les propriétaires de la mine ont fait construire les baraques pour loger la main-d'œuvre qu'ils ont attirée ici pendant la guerre, non ?

– Si.

Je me rappelle le pain quand l'odeur de brûlé me chatouille les narines et je retourne les tranches juste avant qu'elles ne s'enflamment. Elles sont un peu noircies, mais ça va aller. Au moins, ça donnera un peu de goût.

– Les photos sont splendides, affirme Emmy. Sur l'une d'entre elles, on voit un pommier du jardin entrer par la fenêtre ; il a continué à pousser et a ravagé la moitié du mur. C'est dérangeant, mais beau.

Je ne parviens pas à me retenir :

– Les habitations n'étaient pas prévues au programme d'aujourd'hui.

Je crois qu'Emmy va rétorquer, mais c'est Robert le taiseux qui s'explique :

– C'était mon idée. Je voulais voir comment c'était à l'intérieur.

– Ah ? Ah bon.

– C'est dur de résister à la curiosité, reconnaît-il sur un ton désolé, en se grattant la nuque.

Il a de très grandes mains et de très grands pieds, ce qui contribue à l'impression un peu gauche et maladroite qu'il donne. Il ressemble à un adolescent qui a poussé trop vite, bien qu'Emmy nous ait dit qu'il n'avait que quelques années de moins que nous. C'est peut-être pour cela qu'on a du mal à se fâcher contre lui.

– On se demande ce qui a bien pu se passer. Dans une des maisons, il y avait encore une tasse à côté de l'évier, comme si son occupant avait posé son café pour sortir chercher le journal et avait…

Tone termine la phrase dans un murmure :

– Disparu.

– Oui, exactement.

Je retire le pain du feu, détache délicatement les tranches de la pique et les tends à Tone. Elle les regarde.

– Bien grillées ! commente-t-elle avant de mordre dedans.

J'ai beau avoir quasiment carbonisé sa tartine, sa réaction me soulage. Tone est pareille à elle-même, malgré la fatigue et la douleur. Sardonique plutôt que vaincue.

– Il y a des théories ? me demande Emmy.

Je rentre les mains dans les manches de mon pull et m'installe sur un tapis de sol.

– C'est écrit dans le dossier.

– Oui, oui. Tout est écrit dans le dossier. Mais toi qui sais tout de ce village, tu ne peux pas nous raconter ?

Je me mords l'intérieur des lèvres, mais je vois que Max et Robert me dévisagent. Je soupire lourdement.

– Bon, d'accord. Bien sûr que je peux.

Je cherche un début naturel à l'histoire, un endroit où commencer, un fil à tirer. Je prends de nouveau conscience de la place qui nous entoure, des fenêtres vides qui nous fixent, des pavés froids. Le ciel incroyablement haut au-dessus de nos têtes. Tant d'étoiles ! Je n'avais jamais vu la Voie lactée avant Silvertjärn.

– L'enquête policière n'a rien donné. Vous le savez, c'est écrit dans le…

Je vois Emmy étirer les lèvres puis les pincer. Je poursuis :

– Enfin, peu importe ! Évidemment qu'il y a des théories. La plupart évoquent une sorte de suicide collectif. Comme Jonestown. Vous savez, cette secte en Amérique du Sud où un gourou cinglé a poussé près de mille personnes au suicide ?

– S'il les a poussées, il s'agit plutôt d'un assassinat de masse, non ? marmonne Emmy.

J'ignore sa remarque.

– On voit les similitudes, fait remarquer Max. Une secte, un lieu isolé, un fou charismatique…

– Je ne sais pas si on peut parler de secte. La plupart des gens parlaient d'église libre. Ou même pas cela. Elle ne s'est jamais séparée de l'Église de Suède. Techniquement, c'est une paroisse comme n'importe quelle autre.

– Pas besoin d'ergoter, réplique Emmy. C'était une secte, quel que soit le mot qu'ils utilisaient.

Je n'ai pas le temps de réagir, Tone me devance :

– Oui. Certaines caractéristiques font indubitablement penser à une secte. Du moins, c'est ce qui ressort des lettres.

– Les lettres d'Aina, tu veux dire ? demandé-je.

Tone hoche la tête. Je continue :

– Enfin, nous ne savons pas grand-chose de ce qui s'est passé à Silvertjärn les derniers mois. La dernière lettre d'Aina que nous possédons date de mai 1959. L'avant-dernière, plus exactement. J'ai cherché des missives qu'auraient écrites d'autres personnes au cours de la même période – car ma famille ne devait pas être la seule à avoir des parents hors de la ville – mais je n'ai rien trouvé. Les gens n'ont pas dû les garder, ou bien elles se sont perdues au fil des ans.

Il y a des témoignages de proches dans les rapports d'enquête, mais ils ne donnent pas beaucoup d'informations. Donc toutes les théories sur l'église et le pasteur sont basées sur de pures spéculations.

– Mais c'est forcément lié, non ? demande Emmy. Ce n'est pas un hasard s'ils ont créé un mouvement fanatique autour de ce type avant de disparaître subitement.

– Pas sûr, commente Tone, impassible. Certains pensent qu'ils ont été enlevés par des extraterrestres.

Je souris.

– Personnellement, je vote pour cette théorie. Dites-moi si vous voyez une soucoupe volante pendant la nuit.

Emmy lève les yeux au ciel, mais je crois voir ses lèvres se plisser, ce qui suscite une drôle de réaction au creux de mon estomac, comme le souvenir de notre intimité disparue.

– Plus sérieusement, je pense qu'il y a un lien, dis-je. D'après la théorie la plus courante, il se serait agi d'une migration volontaire. Le pasteur leur aurait dit que Dieu lui avait donné l'ordre d'amener la communauté vers le Nord, par exemple, et qu'ils sont morts en route. Le blog historique « Notre obscur passé » compare cela avec la croisade des enfants au XIIIe siècle. La ferveur religieuse peut avoir des conséquences étranges sur les gens.

– C'est tout de même bizarre qu'on n'ait rien retrouvé, remarque Max. Il aurait dû y avoir des traces. Neuf cents personnes qui migrent, ça laisse forcément des empreintes, surtout dans les alentours.

– Et ça n'explique pas le bébé, objecte Emmy. N'est-ce pas ?

– Non, dis-je. Ni les chiens et les chats. Ni le meurtre de Birgitta Lidman. Et ça n'explique pas pourquoi personne n'a rien emporté. Comme tu as dit tout à l'heure, Robert, il y a toujours des tasses de café dans la cuisine, des casseroles sur le feu. Selon le rapport de police, il y avait du linge qui séchait devant les maisons. Tout semble s'être passé très vite. S'il s'était agi d'une migration massive, ils ne seraient pas partis les mains vides.

– Selon d'autres théories, il pourrait s'agir d'une psychose collective, ajoute Tone.

J'acquiesce.

– Il existe des exemples dans l'histoire. Au XVIe siècle, il s'est produit un phénomène que l'on appelle la « Manie dansante » : près de quatre cents personnes se sont trémoussées dans les rues de Strasbourg pendant plus d'un mois, sans s'arrêter. Beaucoup sont mortes d'épuisement. On penche pour une forme de psychose collective déclenchée par le stress à cause de la famine et d'une anxiété généralisée. Quand on songe au désespoir que la fermeture de la mine a suscité, ça pourrait coller.

– Mais ça n'explique pas où les gens sont partis, répond Tone. Comme dans la théorie de la migration de masse.

– Non. S'ils ont simplement quitté le village, il y a beaucoup de choses qui ne concordent pas. Certains ont parlé d'une fuite de gaz. Du méthane contenu dans la croûte terrestre qui aurait été libéré par l'exploitation minière. C'est pour ça que la compagnie minière qui est venue dans les années quatre-vingt-dix a analysé la qualité de l'air. Elle n'a rien découvert, et même si cela justifiait le décès simultané de tous les habitants, cela n'explique pas non plus la présence du bébé. Ou pourquoi on n'a pas trouvé de corps dans la ville à part celui de Birgitta. Elle n'est clairement pas morte étouffée. Août était un mois chaud cette année-là. S'il y avait eu une fuite de gaz, la police serait tombée sur des cadavres en décomposition dans les rues, en arrivant.

Max esquisse une petite grimace.

Je me tourne vers Tone.

– J'ai oublié des théories ?

– Aucune importante. Mais j'ai toujours eu un faible pour celle de l'invasion russe.

– Ah oui, tu as raison. Elle est amusante. L'Union soviétique aurait mené une sorte de répétition générale d'une invasion de la Suède par voie terrestre et aurait kidnappé tous les habitants.

Je hausse les épaules et je continue :

– Honnêtement, je n'ai pas de contre-arguments concrets. J'espère presque qu'elle est vraie. Quel scoop ça ferait !

Emmy rit. Encore une fois, cette lueur de connivence, de chaleur.

Je la refoule.

– Alors en réalité, il n'y a pas de bonne explication ? grommelle Robert.

– Non, c'est pour ça que c'est une telle énigme. Près de neuf cents personnes, disparues sans laisser de trace... personne ne sait s'ils sont vivants ou morts. Personne ne sait s'ils se sont suicidés, s'ils sont tombés malades ou s'ils sont partis volontairement. Personne ne sait pourquoi cette pauvre Birgitta Lidman a été lapidée. Et personne ne sait à qui était le nourrisson dans l'école, ni pourquoi il a été abandonné.

Un silence étrange et pesant s'installe après mes derniers mots, comme si la réalité de mes paroles nous avait tous frappés simultanément. La brise qui balaie la place n'est pas un souffle d'été ; elle est encore froide et rude, chargée du frimas de l'hiver, elle traverse les vêtements et me donne la chair de poule.

– Ils doivent être morts, maintenant, non ? susurre Emmy, d'une voix qui tranche avec son ton habituel, criard et provocant.

Je déglutis.

– Je le crois aussi. Mais je ne sais ni comment ni pourquoi. J'espère que nous découvrirons quelque chose. Une piste.

Une demi-vérité. J'espère que nous trouverons plus qu'une petite indication. Je rêve d'une réponse ; nous ne sommes pas un tribunal : nous n'avons pas besoin de preuves. Juste un indice qui pointe dans une certaine direction. Une lettre qui n'a pas été envoyée, des empreintes fossilisées qui mènent dans les bois.

Je n'y crois pas vraiment, mais je ne peux me résoudre à abandonner cet espoir.

Max opine du chef. Tone ne pipe mot. Lorsque je regarde sa cheville, je remarque que sa jambe de pantalon s'est un peu relevée, dévoilant sa peau rouge et gonflée au-dessus du bandage. Elle n'a pas terminé son pain ; une pauvre tranche brûlée et à moitié grignotée gît à côté d'elle sur le sol.

– Alors nous avons un objectif pour demain, conclut Emmy.

Elle a repris son ton habituel. Elle se lève, tend une main à Robert qui la saisit. Il se met debout aussi.

– Je vais au lit, ajoute-t-elle. À demain !

Robert fait un signe de tête dans notre direction et lui emboîte le pas jusqu'à la camionnette.

Max les suit du regard et hausse les sourcils.

– Ça alors, dit-il à voix basse pour qu'Emmy et Robert ne l'entendent pas. Il n'est même pas 21 heures.

Je me tourne vers Tone. Ses lèvres sont pincées, elle a des cernes noirs sous les yeux, comme les traces d'un doigt plein de suie.

– Je crois qu'on devrait tous aller dormir. La journée a été longue.

Tone ne répond pas.

– Qu'est-ce que tu en penses, Tone ?

Elle lève la tête, surprise, comme si elle entendait la question pour la première fois.

– Aller nous coucher ? Oui, c'est peut-être une bonne idée.

Je me lève, roule le tapis de sol et tends la main à Tone. Ça ne suffit pas, je suis obligée de la prendre par la taille pour la soulever. C'est plus difficile que je ne le croyais, et elle s'appuie lourdement contre moi.

– Bonne nuit, Max, lancé-je par-dessus mon épaule.

Mon ami ne bouge pas de sa place près du feu. Il nous suit du regard et ajoute une branche au brasier.

J'aide Tone à se glisser dans la tente et je tire la fermeture Éclair derrière moi. Je transpire, mes aisselles sont moites, mais à la lueur de la petite lampe électrique qui éclaire l'intérieur, je vois que Tone est baignée de sueur, le visage livide. Mon cœur se serre.

Je me lave les dents tandis qu'elle retire en silence son jean et enfile un legging pour dormir – je vois bien que chacun de ses gestes provoque une décharge de douleur dans sa jambe.

Je sors la tête de la tente pour cracher le dentifrice. Je sursaute : Max est posté juste devant.

– Désolé, je ne voulais pas te faire peur.

– Pas de problème. Qu'est-ce qu'il y a ?

– Je peux emprunter ton dentifrice ? Je ne trouve pas le mien.

Je jette un coup d'œil dans la tente et attrape la trousse de toilette démesurée que nous partageons, Tone et moi. Elle contient tout depuis les pansements jusqu'au shampoing. Je la lui tends.

– Tiens, fouille. Attends, tu ne t'es pas brossé les dents depuis notre arrivée ?

Max ricane en plongeant la main dans le nécessaire pour en sortir le tube de dentifrice. Il en vide la moitié dans sa bouche, lance un « merci » pâteux et me rend la trousse.

Je ris.

– Va te coucher, petit monstre ! dis-je en lui jetant un baiser.

Je retourne dans la tente, j'enfile mes grosses chaussettes et me tourne vers mon amie.

– Tone ?

– Oui ?

– On ne devrait pas te conduire à l'hôpital ?

Poser la question ne m'enchante guère, mais ce serait encore pire de ne rien dire.

– Sérieusement, Tone, je sais que tu es forte, mais tu as l'air de souffrir. Et si ta cheville était cassée ? Si elle se remettait mal ?

Tone pince les lèvres et secoue la tête.

– Mais non, ce n'est pas cassé. C'est juste une mauvaise entorse.

– Tu es sûre ? Ça fait peur à voir.

– Je le sens. Je ne veux pas aller à l'hôpital – et je n'en ai pas besoin.

– Je n'ai pas envie que tu restes pour moi. Mon film n'est pas plus important que ta santé.

Elle plonge ses yeux dans les miens.

– Ce n'est pas ton film, Alice. Tu n'es pas la seule à avoir investi beaucoup dans ce projet. Tu n'es pas la seule pour qui il compte.

Sa remarque me cloue le bec.

S'il ne nous arrive rien de plus grave durant ce séjour qu'une entorse à la cheville, peut-être que le projet va aboutir, après tout.

Passé

Elle descend l'escalier, à peine réveillée, et se dirige vers la cuisine. Sur le seuil, elle s'immobilise. Dans sa poitrine, quelque chose s'affaisse. La sensation lui est étrangère et il lui faut quelques instants pour l'identifier.

Le désespoir.

Une bouteille d'eau de vie à demi vide trône sur la table devant lui.

Elsa ignore où il l'a trouvée. Elle n'en veut pas chez elle et il le sait. Elle a horreur de l'odeur, et les fois où il est rentré de chez Pettersson étourdi, empestant l'alcool, elle l'avait envoyé sur le canapé de la salle à manger. C'est sans doute la raison pour laquelle il n'a même pas essayé de monter dans la chambre.

Elle l'espère en tout cas.

Il souffrira au réveil. Depuis un accident quand il avait un peu plus de trente ans, il a des problèmes de dos ; celui-ci ne fonctionne comme il doit qu'à condition qu'Elsa le masse tous les soirs.

Sans sa calvitie naissante sur le haut du crâne, il ressemblerait à un petit garçon, affalé comme il est sur la table. Il reste encore aujourd'hui grand et élancé ; seul son début de bedaine révèle qu'il a commencé à prendre du poids. Son petit ventre est apparu ces dernières semaines. Il mange davantage maintenant, elle l'a remarqué. Il n'a pas grand-chose d'autre à faire.

Elsa jette un bref regard vers le haut de l'escalier. Aina n'est pas encore réveillée. Heureusement. Pour une fois, elle n'a pas à se plaindre que sa fille perde son temps en grasses matinées. Certes, ces dernières semaines, elle s'est levée aux aurores, même le dimanche, bien qu'il n'y ait plus école. Elle se fait belle pour l'office religieux. Elsa pense qu'elle est amoureuse du nouveau pasteur. Ce qui n'a rien d'étonnant. Il est élégant, et il n'y a pas grand-chose à regarder à Silvertjärn, quand on est une jeune fille.

Elsa marche jusqu'à la table de la cuisine et pose une main sur l'épaule de son mari.

– Staffan.

Pas un bruit. Elle lui caresse doucement le dos.

– Staffan.

Elsa sent à présent un mouvement. Il lève un peu la tête, la décolle du bois en gémissant. Il faut quelques secondes à ses yeux pour faire la mise au point et la fixer, mais elle y voit la honte, avant même qu'il ait le temps de cligner des paupières.

La honte semble l'accompagner ces temps-ci.

Il la contemple. Ses yeux sont injectés de sang, il n'est pas rasé. On dirait un ivrogne. Comme Einar, les jours où elle l'a trouvé au milieu de la nef et a dû le traîner dans la sacristie pour qu'il y cuve son vin.

Elle attend que la rage l'envahisse, tout comme Staffan, qu'elle voit se ratatiner sous son regard. Mais elle n'a pas le cœur à cela. Elle ne ressent pas de colère. Seulement du chagrin.

– Va te coucher dans le lit, Staffan, murmure-t-elle.

Elle lui caresse la tête. Staffan pince les lèvres et acquiesce. Ses yeux sont vitreux.

Tandis qu'il gravit lourdement l'escalier, Elsa continue d'observer sa chaise. Il faudrait la repeindre. Il faudrait toutes les repeindre. Les chaises de la cuisine sont d'un turquoise éclatant. Cela fait toujours sourire les gens qui leur rendent visite. C'est inattendu, tout comme le vert de la porte d'entrée. Elsa raffole de couleurs. Si elle pouvait décider, toute la maison déborderait de couleurs, du bleu, du violet, du rouge, de l'orange et du turquoise, mais ça donnerait une impression complètement dingue. Alors elle s'en est tenue à une touche çà et là. La porte. Les chaises de la cuisine. Des fleurs dans les plates-bandes au printemps et des pommes luisantes à l'automne.

Elsa gratte du bout de l'ongle un morceau de peinture qui s'écaille sur le dossier de la chaise. Le bois grisâtre et sans vie apparaît en dessous.

C'est comme si l'étincelle en lui s'était éteinte.

Elsa ferme les yeux.

Elle a toujours su ce qu'il fallait faire. Même dans ses moments les plus sombres, elle a compris ce qu'on exigeait d'elle. Elle s'est occupée de sa mère sur son lit de mort, elle lui donnait sa soupe à la cuillère, la tenait au-dessus du pot, changeait ses couches. Elsa n'a jamais pleuré devant elle.

Elsa a toujours su prodiguer des conseils aux autres. Elle a toujours été une femme sur laquelle on pouvait compter. Demandez à Elsa, disent-ils en ville. Si vous avez besoin d'aide ou d'avis, ou seulement d'une oreille attentive, allez voir Elsa. Elle en était fière.

Mais à présent, elle se réveille le matin avec l'impression de ne pas pouvoir respirer.

Qu'allons-nous faire ?

Il leur reste un peu d'argent, mais pas assez, loin de là, pour acheter une nouvelle maison ailleurs. Ils peuvent en vivre encore quelques mois si elle demande un délai pour payer les factures, mais après…

Il n'y a pas de travail. Pas à Silvertjärn. Mais ils n'ont nulle part où aller. Le monde a commencé à rétrécir autour d'eux.

Elle ouvre les yeux. Elle n'a pas le temps de réfléchir à tout cela. Ça ne sert à rien.

Elsa range rapidement le gâteau aux épices, le reste du poulet froid et du jus de groseilles dans le panier. Elle doit faire des courses. Elle s'efforce de ne pas penser à ce que ça coûte de nourrir Birgitta alors qu'ils ont à peine assez pour eux.

Dehors, l'air du matin est frais et vivifiant, avec ce tranchant typique de la fin de l'hiver. La ville se découpe en relief sur un ciel pâlissant. Il est dégagé, seuls quelques nuages clairs flottent à l'horizon, et la neige crisse sous ses semelles lorsqu'elle se dirige vers la maison de Birgitta.

Les rues sont vides dans le bourg. L'année dernière à cette heure-ci, il y aurait eu de la vie et du mouvement, même avant le lever du soleil. L'équipe d'ouvriers du dimanche serait déjà en chemin. Lorsqu'elle allait chez Birgitta, elle se réjouissait toujours à l'idée de rencontrer les garçons en route vers la mine, de plaisanter avec eux, de prendre des nouvelles de leurs mère, sœur et épouse. À présent, elle en arrive presque à craindre la promenade matinale jusqu'à chez Birgitta. Si elle croise quelqu'un, c'est qu'il a dormi dehors, ivre et fatigué, ou parce qu'il erre sans but. Comme un fantôme indolent.

Il fait plus froid qu'Elsa ne le pensait, et elle aurait dû nouer une écharpe autour de son cou, mais malgré tout, ça sent le printemps. La rivière coule plus vite et bien que les soirées et les matinées soient encore sombres, le soleil de midi darde de chauds rayons. Elle sent son cœur s'alléger à mesure qu'elle marche. Tout va s'arranger. Ça s'arrange toujours. Même si la situation peut paraître désespérée, ça finit toujours par s'arranger.

Arrivée devant chez Birgitta, elle frappe quelques coups brefs à la porte.

– Birgitta, c'est Elsa.

Birgitta reconnaît sa voix et lui ouvre. Elle semble plus farouche que d'ordinaire. Quand Elsa pénètre dans la maisonnette, elle voit que Birgitta s'est de nouveau blessée. Son visage est couvert d'hématomes.

– Oh, ma chère Birgitta, lui dit-elle d'une voix douce.

Parfois Elsa aimerait la serrer dans ses bras et la bercer comme une enfant, bien que Birgitta ne soit pas beaucoup plus jeune qu'elle. Mais Elsa sait que la femme serait prise de panique si elle essayait. Elle refuse le contact physique, Elsa l'a bien compris au fil des années.

En regardant Birgitta déballer la nourriture, selon le rituel qui lui est propre, elle sent l'écho de cette terrible sensation d'affaissement au creux de la poitrine.

Ce n'est pas seulement à cause de la maison qu'ils ne peuvent quitter Silvertjärn. Car s'ils partaient, qui s'occuperait de Birgitta ?

JEUDI

Présent

L'église n'est située qu'à quelques pâtés de maisons de la place principale, mais à Silvertjärn, cela signifie qu'elle est quasiment de l'autre côté du village. Le vent s'est levé ce matin et les bâtiments affichent un air sinistre avec les lourds nuages couleur plomb en arrière-plan.

Le temple est notre première destination de la journée, mais dans la brume grise, on dirait que le crépuscule n'est pas loin.

J'ai décidé que nous visiterions le monument religieux tous les quatre ; nous nous séparerons ensuite. Tone était d'accord avec moi. Elle va passer en revue les clichés d'hier pendant que nous explorons la ville. Elle semblait plus en forme ce matin, les joues moins pâles et l'œil vif. Je n'ai rien dit, mais je l'ai vue détacher des comprimés d'une plaquette d'ibuprofène et les avaler avec son café lyophilisé.

Le grand vitrail qui surmonte les portes de l'église est intact, hormis un petit carreau bleu et craquelé au milieu. Les murs en crépi sont aussi étonnamment en bon état, d'un blanc éclatant, et les portes paraissent si solides que c'en est inquiétant.

– Est-ce qu'elles sont verrouillées ? demande Emmy lorsque nous nous arrêtons au bas des marches qui tombent en ruine.

Elles témoignent de la désolation de la ville, moulées dans du béton disloqué et couvertes d'aiguilles de pin.

Je gravis le perron et tente d'ouvrir. Je dois pousser un peu. Les portes sont lourdes ; des années d'humidité et de froid semblent les avoir fait gonfler. Avec un bruit mêlant raclement et grincement, elles finissent par céder et s'ouvrent lentement.

À l'intérieur flotte une odeur de renfermé doublée de légers relents de moisissure, mais ce n'est pas aussi fort que dans l'église. L'humidité n'a pas pu pénétrer ici comme elle l'a fait dans les habitations. Les bancs en bois sombre sont alignés, silencieux. L'autel trône à l'avant, visiblement intact. Un Christ famélique et sanglant nous fixe de ses yeux vides depuis la croix suspendue au-dessus. Le crucifix est gigantesque, bien plus grand que la plupart de ceux que j'ai pu voir ; la statue doit faire au moins ma taille et peser un poids conséquent. Elle est très réaliste. Les pommettes paraissent saillir sous la peau, les côtes se démarquent clairement et le ventre est creux comme après des années de disette. À la différence de beaucoup de Christ dans ce pays, inexplicablement aryens et bien nourris, celui-ci a les cheveux sombres et manifeste une vraie souffrance. Ses yeux, malgré leur coloration bâclée, semblent infinis, noirs et accusateurs. Comme un lac sous une couverture de nuages.

– Merde ! susurre Emmy.

Quand je me retourne, elle a le regard braqué sur le crucifix.

– Je comprends qu'on se mette à croire en Dieu avec cette statue qui vous fixe continuellement, dit-elle.

Si ses mots sont enjoués, sa voix est discordante ; Emmy ne lâche pas la croix des yeux.

Un cliquetis me fait sursauter ; Robert photographie le monument religieux. Il immortalise l'intérieur de l'église depuis la porte puis s'approche de l'autel.

Le bâtiment est haut de plafond. Levant les yeux, je distingue les épaisses poutres en bois qui se croisent au-dessus de nos têtes ; mais il n'y a pas d'écho. J'avance lentement vers l'autel.

Je me représente le pasteur, debout à l'avant, les manches retroussées, les traits angéliques, les joues rouges d'excitation. J'ai une image si nette de son visage que j'ai dû le voir quelque part. Ce doit être celui d'un homme tout à fait innocent que j'ai croisé dans la rue, quelqu'un qui correspondait, par le plus grand des hasards, à la représentation que mon esprit avait constituée. Visage lisse, front large, yeux pétillants, longs cils. Sourcils épais et marqués, nez fin. Comme un ange dans les peintures de la Renaissance. Le prophète scandinave des forêts profondes.

Cette partie du récit de ma grand-mère m'a toujours le plus fasciné.

C'était un jeune homme d'à peine plus de trente ans, au visage juvénile. Il n'était pas très grand, mais il avait les épaules carrées et un sourire avenant. Les femmes du village ont soudain commencé à s'installer au premier rang dans l'église tous les dimanches, vêtues de leurs plus beaux atours, pour écouter avec des yeux pétillants les sermons du pasteur Mattias.

J'ai envisagé d'essayer de rejouer l'histoire dans le documentaire. Embaucher des acteurs et filmer sur place. J'ai même écrit le script pour quelques courtes séquences : un office religieux, une scène avec Birgitta la simplette. On pourrait même représenter la lapidation. Cela donnera au film un petit *plus*. Un côté plus sensationnaliste. Mais ce n'est pas réaliste. Et nous n'avons pas le budget pour que la qualité soit au rendez-vous. Mieux vaut s'en tenir au format purement documentaire et miser sur l'histoire, la rendre passionnante.

Il faut se démener pour sortir du lot. Avec Netflix et HBO, avec un environnement médiatique pléthorique, nous devons tout faire pour être visibles.

Je lève de nouveau les yeux. À quoi pouvait bien ressembler la voix du pasteur quand elle montait vers le toit. À plusieurs reprises, j'ai demandé à ma grand-mère quel dialecte il parlait, mais elle n'a jamais pu me répondre. Une vague impression d'étrangeté, comme s'il n'était pas de la région, me disait-elle. Je n'en ai jamais appris davantage.

Mon regard est happé par la petite porte en bois fermée, près de l'autel. Une sorte de débarras ? Je m'y dirige, contourne l'autel et saisis la poignée, un fin bouton rond en laiton. Je le tourne.

La pièce est exiguë, mais agréable. Ici aussi, les carreaux des fenêtres ont bien résisté ; la lumière grise et mate de cette journée printanière filtre par les vitres sales. À travers, je vois l'image floue d'un joli petit cimetière, diaboliquement idyllique avec sa verdure luxuriante.

J'ai l'impression d'entrer dans une cuisine ou une salle à manger, avec une petite cuisinière et une table en bois simple. Sur le bord de la fenêtre, j'aperçois un bocal en verre qui contient des fleurs séchées, extrêmement pâles et fragiles ; une cafetière ancienne est posée sur l'une des plaques de la cuisinière. Je soulève le couvercle. L'intérieur est tapissé d'une sorte de pâte noire. J'approche mon nez et j'ai la sensation – impossible – de humer une faible odeur de marc de café.

Est-ce ici que se tenaient les réunions du groupe biblique ?

Il croyait profondément en la Bible, le pasteur Mattias. Il disait qu'il l'avait lue quatre fois intégralement, et pensait que tous les bons chrétiens devaient avoir fait de même ; Aina se mit laborieusement à la déchiffrer, elle aussi. Quelques pages par soir, écrivait-elle. Le pasteur Mattias lui avait demandé de l'aider à monter un groupe de jeunes pour l'étude de la Bible. Elle était si fière qu'elle aurait pu exploser.

La voix de ma grand-mère devenait toujours monotone lorsqu'elle parlait d'Aina. Comme s'il était plus simple de se couper de ses sentiments.

– Qu'est-ce que c'est, cette pièce ? s'enquiert Emmy derrière moi.

Sa voix me fait sursauter et je pivote sur mes talons.

– Je crois que c'est une sorte de salle de réunion. Ou un bureau, dis-je en posant les yeux sur un petit tas de feuilles empilées sur une chaise à l'assise tapissée de velours.

Je ramasse délicatement les documents, noircis d'une écriture manuscrite serrée et un peu épaisse. Le papier a jauni et pâli au fil du temps, mais c'est encore lisible.

Je n'ose pas les garder à la main, de peur de les abîmer. Je ne sais pas à quel point le papier se fragilise en soixante ans. Alors je les pose sur la table et me penche en avant pour déchiffrer le titre.

Celui qui est sincère et fidèle à Dieu n'a pas besoin de secrets.

– Qu'est-ce que c'est ? demande Emmy.

Ses yeux parcourent les phrases.

– Je crois que c'est un prêche, réponds-je, le souffle coupé.

Les cœurs purs n'ont rien à dissimuler, ni à Dieu ni aux autres. Vous voulez vous cacher, vous soustraire aux regards acérés, camoufler l'obscurité en vous, masquer ce dont vous avez honte ? C'est le diable qui parle. C'est ce qui est pourri en vous qui se dérobe à la lumière, car vos âmes ne sentent pas la peur. Elles sombrent sous le poids du mal. Elles veulent voir et être vues par Dieu.

Ce n'est que lorsque vous vous livrerez entièrement que vous deviendrez un avec Lui. Ce n'est que lorsque vous abandonnerez vos possessions temporelles, vos pensées et vos préoccupations futiles et terre à terre que vous serez purifiés. Ce n'est que purifiés que vous serez libres.

Ce n'est que purifiés que vous pourrez vous élever, vous transformer. Celui qui est pur ne sombre pas dans les ténèbres, mais marche sur l'eau comme le Christ lui-même.

– Pas très miséricordieux, fait remarquer Emmy à voix basse.

– Non, c'est vrai.

Un fracas au-dessus de nos têtes. Je sursaute, lève les yeux et vois les premières gouttes de pluie s'écraser contre les carreaux.

– Et merde !

Je serre les dents. Moi qui pensais qu'il ne pleuvrait pas, malgré les nuages.

– On doit sortir d'ici, dis-je. On retourne aux voitures. (J'arrange délicatement les documents en une pile soignée et je les glisse dans mon sac à dos.) Ce n'est pas prudent de traîner dans des bâtiments abandonnés sous une telle averse. Il arrive que les structures s'écroulent sous le poids de l'eau.

Emmy acquiesce.

– Je vais prévenir les autres.

Sans attendre ma réaction, elle se dirige vers la porte.

– Hé ho ! crie-t-elle aux autres, restés dans l'église. Il faut sortir !

Une voix masculine lui répond :

– Pourquoi ?

– Il vaut mieux ne pas rester ici, avec la pluie. Rangez vos affaires, on se tire !

Ils ne semblent pas protester. Évidemment. Puisque c'est Emmy qui le dit. Les gens lui obéissent, car c'est ce qu'elle attend d'eux.

Je lui ai toujours envié cela.

Je ferme le zip de mon sac à dos, et je me redresse au moment où le ciel devant la fenêtre s'éclaire.

Un vrai orage de printemps, en somme. Pourquoi faut-il que ça tombe pendant mes cinq jours ?

Mais avec un peu de chance, ça ne durera pas. En général, ça passe vite.

– Tu es prête ? s'enquiert Emmy, jetant un regard par-dessus son épaule.

– Oui.

Je rabats la capuche de mon manteau tandis que le tonnerre éclate au-dessus de nos têtes.

Présent

La pluie crépite contre le toit du véhicule. Il fait frais à l'intérieur, bien plus qu'auparavant, mais je me suis enveloppée dans une couverture et j'ai allumé l'une des petites lampes à piles. Tone dort dans la tente. J'ai commencé à rédiger un post de blog sur la première journée. Je me demande si Tone accepterait que nous intégrions une photo de sa cheville. Ce n'est peut-être pas de très bon goût, mais cela donne une légitimité à l'histoire, un côté tangible.

Sinon, des clichés de l'escalier effondré feront l'affaire. Avec un peu de chance, nous pourrons en prendre tout à l'heure, quand la pluie aura cessé. Nous devons de toute manière retourner dans l'école pour chercher le talkie-walkie perdu de Tone.

Cela doit faire une dizaine de minutes que je fixe la même phrase. Le bruit de la pluie contre le toit est curieusement soporifique. Je bâille contre l'arrière de ma main. Je comprends que Tone soit tombée dans les bras de Morphée. Je voudrais faire de même. Je n'avance pas avec ce texte.

À mes pieds, mon sac à dos m'attire.

Pourquoi ne pas jeter un coup d'œil aux documents que j'ai trouvés dans l'église ? Cela fait partie du boulot, après tout. C'est une partie de l'histoire.

Je ferme l'ordinateur et me penche pour attraper mon sac à dos. Lentement, pour éviter que les gouttelettes de pluie qui perlent à l'extérieur ne mouillent les feuilles.

Elles sont si fines entre mes doigts que j'ose à peine les toucher. La moiteur de mes mains va-t-elle les abîmer ? Les archivistes et les bibliothécaires utilisent généralement des gants pour tenir de si vieux papiers, mais je n'en ai pas apporté. Je tremble d'excitation.

Le divin.
~~Laisser entrer la lumière divine~~.
Il n'y a pas de peur devant Dieu. Seulement de l'amour.

Les premières pages s'apparentent au document qu'Emmy et moi avons lu dans l'église. Cela ressemble à des prêches. Le pasteur Mattias a écrit, puis biffé et modifié son texte. Il semble avoir multiplié les brouillons et affiné ses idées, comme n'importe quel bon auteur. Le langage est ampoulé, mais engagé.

Je passe à la page suivante.

Ce texte-là, il a dû le rédiger à un autre moment. Ici, pas de rature ; tout est écrit d'une traite et même la calligraphie est différente. Elle est plus grande et moins soignée, comme s'il avait composé dans une ivresse frénétique.

Dieu a toujours exigé des sacrifices de la part des siens. Le salut n'est ni aisé ni bon marché. Le vrai chemin nous conduit à travers les ténèbres. Ce n'est qu'en osant traverser la vallée de l'ombre de la mort que l'on peut renaître pur et neuf de l'autre côté. Ce n'est que dans le silence que nous trouverons la liberté. Ce n'est qu'en se laissant étreindre par l'obscurité que l'on peut trouver la lumière.

Le vrai chemin n'est ni paisible ni attrayant. Il est tortueux. Il est éreintant. Il sépare les fidèles des paresseux et des faibles. Les fidèles des infidèles.

Hors du chemin, le diable vous attend. Il rôde parmi vous, dissimulé derrière des visages innocents et des voix douces. Il murmurera à vos oreilles : suivez-moi. Choisissez les plaisirs de la vie, les choses superficielles qui peuvent vous distraire pour l'heure. Qui s'occupe de l'éternité ?

Vous devez trouver leurs serviteurs parmi vous. Ils s'adresseront au mal en vous. Ils prieront, ils imploreront, mais vous devez fortifier vos cœurs et n'écouter que la voix de Dieu. Restez sourds aux mensonges qui coulent comme du miel de leurs lèvres, s'enroulent autour de votre cœur pour l'alourdir. Endurcissez-vous et suivez la lumière de la vérité.

Vous êtes ses combattants. Il vous a choisis. Mais vous devez accepter de Le suivre. Vous ne pouvez pas vous arrêter et attendre le salut. Le paradis n'est pas une évidence. Vous devez lâcher votre vie terrestre. Vous devez oser traverser l'obscurité pour apercevoir la lumière. Vous devez accepter de voir le vrai visage de ses ennemis et les abattre avec une force et une colère divines.

Je passe la langue sur mes lèvres desséchées et je tourne la page. Un éclair déchire le ciel au-dehors, je vois la lumière à travers la petite fenêtre de plexiglas qui sépare l'habitacle de l'espace de chargement de la camionnette. Je compte lentement – un, deux, trois, quatre – puis le tonnerre éclate, rapide et impitoyable. L'orage doit être juste au-dessus de nous.

Les pages sont en désordre, comme si on les avait rangées à la hâte. La page suivante n'est pas la suite du sermon rédigé à la va-vite. Je ne comprends d'abord pas ce que je regarde. On dirait une peinture d'enfant. Des barbouillages décousus. Certaines des figures ressemblent à des bonshommes bâtons maladroitement dessinés. J'éprouve un certain malaise à l'idée que des enfants aient pu être présents dans la pièce avec la personne qui a écrit ces pages.

Les mots me font penser à cette pauvre Birgitta Lidman. Déjà marginalisée quand le pasteur Mattias est arrivé dans le village. Ces mots les ont-ils retournés contre elle ?

La voix de ma grand-mère résonne dans ma tête.

Elle s'appelait Birgitta, mais elle était simple d'esprit, comme on disait à l'époque. Alors on la surnommait Gitta-la-simplette. Sa mère était décédée quelques années plus tôt, et sur son lit de mort, elle avait demandé à ma mère de s'occuper de Birgitta. Ma mère était le genre de personne qui voulait aider tout le monde, alors elle avait accepté.

Birgitta était une femme imposante et maladroite aux cheveux raides et ternes. Elle avait de petits yeux sombres qui ne croisaient jamais votre regard. Parfois, avant la disparition de sa mère, on pouvait les voir en ville, toutes les deux. Mais une fois seule, elle a cessé de sortir de chez elle. Alors, avant mon départ vers le sud, ma mère et moi nous relayions pour lui apporter chaque jour un panier de victuailles. Toujours les mêmes : c'était important pour Birgitta que rien ne change.

Birgitta pouvait faire peur avec ses bredouillis, son regard fuyant et ses étranges habitudes. Il lui arrivait de piquer des crises de rage pendant lesquelles elle se blessait. Je me souviens d'une fois quand maman et moi sommes arrivées avec une table et deux chaises que maman avait convaincu un garçon du village de fabriquer. Elles étaient un peu de guingois, mais nous nous sommes dit que c'était mieux que rien. Son lit et son pot constituaient son seul ameublement. Mais elle est devenue comme folle, elle s'est mise à secouer la tête, à se balancer d'avant en arrière sur place. Puis ses marmonnements se sont changés en hurlements et elle s'est mise à mouliner des bras de manière effrénée. Ma mère a reçu un coup violent, mais celle qui s'est fait le plus mal, c'est Birgitta elle-même, qui s'est tapé la tête contre le mur et s'est ouvert le front.

Le pasteur Mattias estimait-il que le mal se dissimulait en elle ?

Ces pages sont-elles le début de ce processus qui s'est terminé par la lapidation de Birgitta Lidman, attachée à un pieu au beau milieu de la place de Silvertjärn ?

C'est impensable que les gens écoutent ces discours. Ce langage pompeux et fleuri sur le surnaturel et le mal. Mais quelqu'un a bien dû écouter.

Aina, par exemple.

Je commence à tourner la page, mais le ciel s'éclaire de nouveau et le tonnerre suit après seulement deux secondes. Je sursaute, éclate d'un petit rire gêné bien que personne ne soit là pour me voir.

Je pose les documents à côté de moi et je sors de mon sac à dos les dossiers placés tout en haut. J'ai quelques difficultés à les extraire ; ils sont si lourds qu'ils sont à deux doigts de m'échapper.

Les recherches effectuées par ma grand-mère remplissent plusieurs centaines de pages. J'ai choisi de ne mentionner que les éléments les plus importants dans la synthèse que j'ai distribuée aux autres. Ma grand-mère a gardé tous les articles traitant de Silvertjärn et la disparition. Beaucoup sont inutiles. Ce ne sont que des spéculations, des pistes qui ne mènent nulle part, des textes qui ne font que répéter ce que d'autres ont déjà écrit.

Mais d'autres m'ont surprise.

Présent

Je pose les chemises cartonnées à côté de moi, les parcours du regard et jette mon dévolu sur « MATTIAS ÅKERMAN », au-dessous du dossier « SKANDIJÄRN -92 ».

J'ignore comment ma grand-mère est parvenue à mettre la main sur le rapport de la compagnie minière. Le groupe qui a acheté l'entreprise au début des années 2000 a répondu par la négative lorsque j'en ai demandé une copie par e-mail. Quelle n'a pas été ma joie quand j'en ai découvert un exemplaire, certes jauni, mais totalement lisible, dans les dossiers de ma grand-mère. J'ai eu l'impression d'avoir déniché une mine d'or.

Et je n'ai pas trouvé que cela dans les archives de ma grand-mère.

La chemise intitulée « MATTIAS ÅKERMAN » est si vieille que le carton part en lambeaux. Pour la plupart des autres dossiers, j'ai changé le classeur et recopié le titre, mais pour celui-ci, tracé de la main de ma grand-mère, je n'ai pu m'y résoudre. Son écriture est anguleuse, verticale, pragmatique. Je passe le doigt sur les mots au crayon avant d'ouvrir le dossier.

La première coupure de presse est brève et à peine lisible. Il s'agit d'une petite notice dans un journal local :

Nils et Edda Åkerman ont donné naissance à un fils, MATTIAS ÅKERMAN, le 12 septembre 1928. Le baptême aura lieu à l'église de Forshälla dimanche prochain, le 23 septembre.

Comment ma grand-mère l'a-t-elle localisé ? Comment a-t-elle réussi à trouver sa trace ? Était-elle sûre de ne pas se tromper de personne ? Je l'ignore. Lorsque j'ai découvert ses archives, elle avait déjà subi son premier accident vasculaire cérébral, et c'était déjà trop tard pour lui poser des questions.

Je pensais que nous aurions plus de temps. C'est ce qu'on pense toujours.

L'extrait suivant n'est pas un article de journal, mais la copie du dossier médical de Mattias Åkerman, onze ans. Mattias, né le 12 septembre 1928, aurait effectué trois séjours à l'hôpital entre 1939 et 1940. La première fois pour une côte brisée, la deuxième pour des maux d'estomac et la troisième pour un bras cassé. La cause des blessures n'est pas précisée. On dit seulement qu'il a été traité à chaque fois, et renvoyé chez lui.

Dans les deux premiers rapports, Nils Åkerman était indiqué comme le responsable légal de l'enfant, mais dans le troisième – le bras cassé – ce champ est laissé vide. Ma grand-mère a écrit : « a déménagé chez son oncle ? » dans la marge à côté.

Le document suivant est un avis de décès, extrait semble-t-il du même journal local, datant de la fin mai 1940.

EDDA ÅKERMAN nous a quittés après une longue maladie. Elle laisse son époux, NILS ÅKERMAN, dans le deuil.

Les obsèques se tiendront à l'Église de Forshälla, ce samedi 5 juin.

L'avis est accompagné de l'image ternie d'un visage pâle. Impossible d'en distinguer les traits. Les yeux sont deux taches plus sombres dans l'ovale blanc. Elle ne semble pas sourire.

Dans la marge, ma grand-mère a écrit : « Déjà déménagé ? Pas de mention d'un fils. »

Puis, au-dessous :

« Cause du décès ? »

Il n'y a pas de réponse à la question.

Puis vient la chronologie. J'ignore si ma grand-mère s'est livrée à des conjectures ou si elle s'est appuyée sur des documents qui ont disparu entre ses classeurs.

12/09/1928 : Naissance à Forshälla, Blekinge. Fils de Nils et Edda Åkerman.

1928 – ? : Passe ses premières années chez ses parents. La date du déménagement est incertaine. La cause n'est pas mentionnée. Causes possibles : mort de la mère ; problèmes financiers ; tendances violentes précoces.

1939–1940 : au moins trois séjours à l'hôpital pour fractures et possibles hémorragies internes. Aucune enquête ultérieure n'est réalisée.

1940 ? –1944 : quitte le foyer familial et s'installe chez son oncle Gustaf Larsson (le frère de son père). Année exacte du déménagement inconnue. L'avis de décès de la mère porte à croire qu'il part avant la mort de cette dernière en juin 1942, mais aucune preuve concrète ne montre que Mattias vit chez la famille Larsson avant 1944.

Juin 1942 : la mère, Edda Åkerman, meurt au début du mois de juin. Mattias doit avoir environ treize ans. Vit-il chez ses parents ou chez son oncle à cette époque ? Cause de la mort inconnue.

21/10/1944 : première preuve que Mattias habite officiellement chez son oncle et la famille de celui-ci. Voir extrait d'état civil. Le même extrait montre que la famille de Gustaf est aussi composée de son épouse Berit ainsi que ses filles Linnea et Sofia, nées respectivement en 1934 et en 1936. Voir aussi l'acte de mariage et les actes de naissance.

Mai 1946 : Linnea à l'hôpital. Sa mère, Berit Larsson, est indiquée comme responsable légale accompagnatrice. Le dossier médical précise qu'elle s'est déjà plainte de maux de ventre. Linnea présente des hématomes au bras gauche et aux deux cuisses. Elle refuse d'en expliquer la cause. L'infirmière juge qu'aucun traitement n'est nécessaire et la renvoie chez elle en l'exhortant à être plus prudente dans ses jeux.

Novembre 1946 : Linnea est admise à l'hôpital pour la seconde fois. Sa mère, Berit Larsson, est indiquée comme responsable légale accompagnatrice. Motif de la consultation : Linnea a perdu connaissance au cours de règles très abondantes. Les saignements se révèlent être une fausse-couche précoce. Linnea refuse de révéler le nom du père. Elle reste trois jours en observation.

Juillet 1947 : Un extrait d'état civil montre que Mattias ne vit plus chez la famille Larsson. N'habite pas non plus chez son père, Nils Åkerman. Aucune trace de lui.

16/02/1951 : Mattias Åkerman est arrêté pour vagabondage à Stockholm. Condamné à des amendes, qui ne semblent pas avoir été payées.

09/07/1953 : un jeune homme décrit comme « de taille moyenne, blond, aux yeux gris, portant une chemise élimée et un pantalon reprisé », est arrêté, accusé d'agression sexuelle par une jeune fille à Falun. Il dit s'appeler « Mattias Larsson », mais ne peut pas prouver son identité. Relâché le lendemain : la fille ne peut pas l'identifier avec certitude. La nature exacte de l'accusation n'est pas précisée. Il n'est pas sûr qu'il s'agisse de Mattias Åkerman. La description physique correspond. Le nom « Mattias Larsson » peut venir de la famille de son oncle.

Juin 1955 : Mattias Åkerman postule à la formation de prêtre. Demande rejetée.

Juin 1956 : Mattias Åkerman postule à la formation de prêtre. Demande rejetée.

La chronologie s'arrête là.

Il y a d'autres documents après celui-ci – les actes de naissance des cousines Sofia et Linnea, les comptes rendus d'hospitalisation de Linnea. Le premier comporte des photographies de ses hématomes, lesquels sont flous. Des taches noires sur ses membres blancs.

J'ai lu les documents plusieurs fois ; j'ai examiné les articles, les extraits d'état civil et les rapports de police succincts. J'ignore pourquoi ma grand-mère semblait si convaincue que Mattias Åkerman est l'homme qui deviendrait le pasteur Mattias. Peut-être a-t-elle retrouvé sa trace par le biais de ses demandes rejetées pour accéder au sacerdoce.

Beaucoup de détails sont incertains, mais il est en même temps assez facile de tisser une histoire autour des quelques faits concrets qu'elle a dénichés. Une enfance violente qui paraît avoir provoqué son déménagement chez son oncle, une mère qui meurt prématurément. Un jeune homme instable élevé avec ses deux cousines plus jeunes. Sans doute l'adoraient-elles. Leur beau cousin plus âgé devient à la fois un grand frère et un amoureux secret.

Et il profite de sa position. Il profite d'elles. Jusqu'à ce que l'affaire soit révélée au grand jour, et qu'il soit chassé.

Quelques années de vagabondage. Petite délinquance. Éventuellement soupçonné d'agressions sexuelles de nature exacte inconnue contre une fille à Falun. Tentative manquée d'entrer dans les ordres.

Puis il apparaît un beau jour à Silvertjärn, avec un accent de Blekinge discret et doux et un passé mystique, pour devenir le sauveur et le prophète de tout le village.

Impossible de savoir si c'est vrai, mais il semblerait qu'il y ait un fond de vérité. Et il n'est pas difficile de réfléchir aux implications ; à l'adoration d'Aina, son amour presque obsessionnel pour lui, et aux potentielles conséquences.

Je pense à Silvertjärn, à cet après-midi d'août. La chaleur cuisante. Le vide inexplicable. Un nourrisson tout seul dans une salle déserte au premier étage d'une école abandonnée.

J'ai parfois cherché dans le visage de Tone des ressemblances avec celui de ma grand-mère, je me suis demandé si ses yeux froids avaient quelque chose à voir avec le regard ferme de me grand-mère.

Est-ce possible que le bébé ait été la fille d'Aina ?

Je ne me suis jamais autorisée à aller jusqu'au bout de cette idée.

La pluie tambourine toujours contre le pare-brise. Combien de temps cela peut-il durer ?

Le ciel s'illumine et je distingue, floutée doublement par la vitre de plexiglas et le pare-brise, la silhouette de Max qui passe au niveau de l'autre camionnette pour s'approcher de moi. Vêtu d'un gros manteau, il marche à pas rapides, il est à peine plus qu'une ombre dans la pâle lueur de l'orage.

Sans doute s'ennuie-t-il tout seul dans sa Volvo, et cherche-t-il un peu de compagnie. Je sens une pointe d'agacement. Nous sommes ici pour travailler, pas pour nous la couler douce. Je ne peux pas l'occuper chaque fois qu'il est en manque de stimulation.

Des pas s'approchent de la fourgonnette, s'arrêtent devant la porte arrière. Je ne suis pas sympa. Peut-être qu'il vient me voir pour discuter du projet ?

J'attends qu'il frappe, en vain.

Les secondes passent. La pluie fait un bruit assourdissant contre le toit. Je n'entends que son souffle et les gouttes qui s'écrasent contre la tôle.

Va-t-il rester dehors, comme ça ?

Je me redresse et me faufile vers la porte arrière pour l'ouvrir, mais je suis prise d'une hésitation.

Le duvet sur ma nuque se hérisse. Pourquoi ?

Quelque chose cloche.

Pourquoi ne frappe-t-il pas ? Pourquoi reste-t-il planté là, sous la pluie ?

Mon cerveau reptilien me murmure quelque chose, de loin, à l'arrière de la tête. Ma respiration est devenue silencieuse et superficielle.

D'où est-il arrivé ?

La Volvo est garée à droite de mon véhicule, un peu en arrière, mais ce n'est pas de là qu'il est arrivé. Il a traversé la place. Depuis l'école.

Le temps semble ralentir. Je suis tout à coup consciente du froid dans la camionnette, de mes doigts qui tremblent d'adrénaline. Pour une obscure raison, une phrase passe en boucle dans ma tête :

Son serviteur se cache parmi vous.

Un nouvel éclair. Le fracas du tonnerre le suit immédiatement. Je plaque une main sur ma bouche pour ne pas hurler. Je décoche un coup de pied à la lampe à piles qui s'éteint.

Je l'ai vu. Je l'ai vu.

Dans la lumière de l'éclair, je l'ai vu assis dans la Volvo. Max. Rien qu'une silhouette, le visage penché sur un livre ou un téléphone. Mais c'était lui. C'était Max.

Mais si Max est resté dans la voiture…

C'est Emmy, je tente de me convaincre. *C'est Emmy qui est là, dehors. Elle veut quelque chose.*

Mais dans ce cas, pourquoi reste-t-elle sans bouger ?

Si seulement Tone était avec moi. Si seulement je n'étais pas seule dans ce petit espace qui tout à coup ressemble à une cage.

Les portes ne sont pas verrouillées.

La pluie tambourine au rythme de mon cœur.

Soudain, un grésillement perçant retentit ; pendant une seconde interminable et insensée, j'ai l'impression qu'on gratte aux portes, puis je comprends que le bruit vient de moi. Ou plutôt, de ma ceinture.

C'est le talkie-walkie. J'essaie de le détacher, les doigts tremblants.

Je presse le bouton.

– Alice, j'écoute.

Ma voix est un murmure strident et chevrotant.

Nouveau grésillement, plus fort encore, qui me perce les oreilles. Et au milieu du crépitement, un gémissement.

La voix d'un enfant, d'une femme, déformée, rendue métallique par les bruits parasites.

La porte s'ouvre ; je hurle et lâche le talkie-walkie. La batterie se détache.

La silhouette devant moi baisse la capuche de son pull. Les cheveux rouge henné d'Emmy déferlent sur ses épaules.

– Qu'est-ce qu'il y a ?! Calme-toi ! Ce n'est que moi !

Elle se glisse à l'arrière du véhicule sans fermer. Dehors, de grosses gouttes s'écrasent dans les flaques qui se sont formées sur la place.

– Qu'est-ce qu'il y a ? répète-t-elle. Il s'est passé quelque chose ?

Ses pupilles sont gigantesques dans le noir.

Il me faut quelques instants pour retrouver ma voix. Mon esprit rationnel est enfermé dans une petite cage de terreur et d'adrénaline. Les mots sortent de ma bouche comme une explosion.

– Qu'est-ce que tu fous ? Pourquoi tu es restée plantée là ? Et qu'est-ce que tu as fichu avec le talkie-walkie ?

Emmy esquisse un mouvement de recul, puis ses traits se durcissent.

– Mais c'est quoi, cette hystérie ? Tu ne peux quand même pas te mettre dans un état pareil parce que je viens te voir ? Je voulais juste te proposer de venir déjeuner !

– Je ne suis pas hors de moi parce que tu viens me voir, mais parce que tu te comportes comme une psychopathe : tu restes plantée devant la bagnole pendant cinq minutes et tu gémis comme un zombie dans ton talkie-walkie. On dirait une gamine !

Mes paumes sont moites, j'ai un goût de fer dans la bouche. Ma rage est si intense qu'elle transforme ma voix en quelque chose de rugueux, de saccadé.

– Quoi ?! réagit Emmy, sincèrement étonnée. De quoi tu parles ? Qui gémit dans son talkie-walkie ?

– Ne joue pas à ça avec moi, bordel !

Je prends un air dégoûté, mais Emmy secoue la tête.

– Non, Alice, je… je ne sais pas ce que tu crois que j'ai fait, mais je n'ai même pas apporté mon talkie-walkie.

Elle retourne les poches de son pull à capuche pour montrer qu'elles sont vides et gesticule vers sa ceinture.

– Regarde.

Je la fixe.

– Et je ne suis pas restée plantée à côté de ta voiture, j'ai couru depuis la mienne. Je ne veux pas être plus trempée que nécessaire.

Ses cheveux sont ébouriffés, la peau autour de ses yeux lisse.

Presque contre ma volonté, mon regard est attiré par le pare-brise. Par l'école qui apparaît comme un mirage de l'autre côté. Par les grandes portes ouvertes qui pendent à leurs gonds rouillés et l'espace désert derrière elles.

Au-dessus de nous, le ciel s'illumine de nouveau, mais le tonnerre ne retentit que plusieurs secondes plus tard. L'orage s'éloigne. La pluie commence à se calmer.

J'observe Emmy, puis son sweat à capuche gris clair.

Il est presque sec.

Ses yeux semblent sans fond quand elle me dévisage. Puis elle dit, d'une voix basse et implacable :

– Tu as vu quelqu'un. C'est ça ?

Le 9 février 1959

Ma chère Margaretha !

J'espère que le voyage en train s'est bien passé et que tu n'as pas eu trop de nausées ! Tu étais un peu verte lorsque nous t'avons dit adieu à la gare. Je ne voulais rien dire, de peur que cela empire les choses ! Maman en a parlé ce matin au petit-déjeuner. Elle a dit qu'elle se sentait si mal quand elle était enceinte de toi qu'elle quittait à peine son lit, les premiers mois.

Comme c'est excitant ! Je sais que tu es très occupée avec ton travail, la grossesse, le nouvel appartement, mais s'il te plaît, essaie de m'écrire chaque semaine. Je ferai de même pour t'y faire penser.

Ah ! J'ai trouvé un prénom magnifique pour le bébé si c'est une fille ! Dagny qui prenait le café à la maison quand je suis rentrée aujourd'hui a dit qu'elle était sûre que ce serait une fille, car on a plus de nausées lorsqu'on attend une fille. Maman s'est contentée de sourire en l'entendant, mais une fois que Dagny a été partie, elle a déclaré que c'étaient des bêtises. Tu imagines ? Je crois tout de même que Dagny a raison, ou bien c'est juste que je l'espère. Une petite fille ! Ce serait magnifique ! Ah ! Comme je suis impatiente ! J'ai tellement hâte d'être en août !

Pour le prénom : Ruth, tu ne trouves pas que c'est joli ? Je sais que tu as parlé d'Elisabet et de Charlotta, mais moi je préfère les prénoms courts. (Est-ce si important que le prénom ait une sonorité « continentale » ? Je ne sais même pas ce que ça veut dire. Papa dit qu'à t'entendre, on croirait une vraie citadine ! Il te l'a dit aussi ? Je n'aurais peut-être pas dû te le raconter. Mais à mon avis, il ne pensait pas à mal.)

J'ai découvert ce prénom hier au groupe biblique ! Ruth a un livre entier dans la Bible. Mattias nous avait demandé d'en lire un extrait avant la réunion. Nous sommes assez nombreux à présent. Même Lena a commencé à y assister, mais d'après moi, ce n'est pas tant pour étudier la Bible que pour flirter avec le pasteur. Hier, elle portait son chemisier resserré à la ceinture. Elle dit toujours qu'il lui fait une taille de guêpe. Mais le pasteur n'a pas semblé s'y intéresser ; avec un sourire, il a déclaré qu'il était heureux de voir tant de nouveaux visages dans le groupe, et il ne lui a pas prêté plus d'attention qu'aux autres. Je crois qu'elle a été un peu vexée.

Nous avons parlé de Ruth et de sa famille, de la difficulté de ne pas avoir de maison. Ce qui a fait pleurer Karin Änglund. Tout le monde s'est tu ; personne n'a su comment réagir, mais le pasteur s'est assis à côté d'elle sans rien dire, il a attendu qu'elle se calme et lui a demandé ce qui l'avait rendue si triste. Karin a répondu que ses parents ne resteraient peut-être pas à Silvertjärn, qu'ils devraient peut-être partir pour chercher un autre travail et qu'elle ignorait où ils iraient. Elle a dit qu'elle allait perdre sa maison, exactement comme Ruth. Alors le pasteur lui a rappelé que Ruth finit par trouver une nouvelle maison, et qu'elle n'avait pas à s'en faire parce que nous et l'Église serions sa nouvelle maison. Karin s'est mise à sangloter de plus belle en murmurant « merci, merci, merci ». J'en ai eu un pincement au cœur et j'ai failli me mettre à pleurer, moi aussi.

Maman pense que je ne vois pas qu'elle est de plus en plus fatiguée, et de plus en plus inquiète. Elle a fait comme si de rien n'était quand tu es venue, pour ne pas t'alarmer, mais je l'ai entendue dire à Dagny qu'ils n'ont plus beaucoup d'argent et que papa ne retrouve pas de travail. Si la situation ne s'améliore pas bientôt, je serai comme cette pauvre Karin Änglund.

Et tu sais, c'était miraculeux, car au moment où j'ai imaginé cela, le pasteur Mattias m'a regardée : on aurait dit qu'il lisait dans mes pensées. Il nous a dit – mais j'avais l'impression qu'il ne s'adressait qu'à moi :

« Tout le monde a une maison auprès de Dieu. Aucun d'entre vous ne doit avoir peur de s'égarer. Si votre famille perd sa maison, vous trouverez dans notre temple un nouveau foyer ; si vos parents et vos frères et sœurs vous quittent, nous serons votre famille. Dieu veille sur les siens. »

Il avait un ton si sincère, si rassurant que je l'ai cru. Pour la première fois depuis plusieurs mois, je me suis sentie apaisée.

Après la réunion, j'ai un peu traîné, et le pasteur Mattias m'a remerciée de l'avoir aidé à organiser le groupe et à attirer autant de jeunes. Il a affirmé qu'il n'aurait jamais pu faire tout cela sans moi. Tu te rends compte ? Je ne savais pas quoi répondre, mais il a semblé comprendre, comme il comprend toujours, et il a souri. Puis il m'a demandé de choisir des versets pour la prochaine rencontre ! Il m'a dit que j'étais libre de sélectionner ce que je voulais, mais que je pouvais jeter un coup d'œil au Cantique des cantiques ; ça pouvait me plaire, selon lui. Je n'ai pas eu le temps de regarder, mais il a sans doute raison. Comme toujours.

Mais réfléchis à ce nom ! Ruth ! Ce n'est peut-être pas très continental, mais elle finit par devenir reine, malgré toutes les épreuves. C'est un nom royal, et c'est encore mieux, je trouve !

À présent, je m'en vais lire le Cantique des cantiques pour essayer de choisir un passage. Écris-moi vite !

Ta petite sœur, Aina.

Présent

Je me réveille.

Mon cœur tambourine dans ma poitrine, mais je cligne des yeux et je m'assieds dans mon sac de couchage pour me débarrasser de mon rêve. Je tends un bras et laisse glisser mes doigts sur la toile. Je ne suis pas dans la camionnette, je suis dans la tente.

Qu'est-ce qui m'a réveillée ?

Il fait nuit noire à l'intérieur ? J'ignore quelle heure il est, mais la lumière du matin n'a pas encore commencé à filtrer à travers la fine étoffe. Ça sent le sommeil et l'humain ici. Et une faible odeur de pluie.

J'entends Tone se retourner en dormant et je prononce son nom à voix basse.

Pas de réponse.

Lorsque je me tourne de nouveau vers la silhouette recroquevillée de Tone, j'ai l'impression de voir ses yeux briller dans la nuit. On dirait qu'elle me fixe, immobile, muette. Les battements de mon cœur redoublent, mais l'instant suivant je me persuade que ce n'était qu'une illusion. Ce ne sont que les voiles oubliés du rêve qui couvrent mes yeux. Elle dort.

Je ne suis pas accoutumée à me réveiller en pleine nuit. À bosser tard le soir, oui, mais pas à la sensation d'avoir été arrachée au sommeil ; cette sorte de calme désagréable qui découle du fait que l'on est involontairement debout alors que tout le monde dort. Mon ouïe semble plus fine que d'habitude ; j'ai beau lutter, je ne peux m'empêcher de tendre l'oreille.

Des pas.

Il n'y a personne, ici, me dis-je. *Tu sais qu'il n'y a personne.*

Je n'y crois pas.

Le silence est profond à l'extérieur de la tente.

Tout à l'heure, j'ai nié avoir cru voir quelqu'un, et j'ai demandé à Emmy de partir, mais la peur n'a pas quitté mon corps, même après avoir fermé les portes arrière de la camionnette. J'ai continué à me sentir mal à l'aise, même après que les nuages ont commencé à se dégager, à temps pour un coucher de soleil d'un rose tendre. Comme il était impossible d'allumer un feu sur le sol humide, nous avons fait griller des tartines sur le réchaud. Je n'ai pas dit grand-chose pendant le repas. En silence, j'ai observé les autres qui bavardaient la bouche pleine, en projetant des miettes sur les pavés.

J'ai observé Emmy.

Après tout, c'est elle qui était là, qui a ouvert les portes. Et même si son sweat à capuche était sec, elle a pu se débrouiller d'une manière ou d'une autre, le porter dans un sac en plastique, par exemple, et l'enfiler pour me convaincre qu'elle venait tout droit de sa voiture.

Mais pourquoi ?

Tone a dit avoir entendu quelqu'un au rez-de-chaussée de l'école avant de descendre l'escalier, Emmy et Robert sont arrivés en courant plus vite qu'ils auraient dû en être capables.

Il semble absurde de croire qu'Emmy pourrait être derrière tout cela. Cela irait à l'encontre de tout ce que je crois savoir d'elle. J'ai beau ne pas la porter dans mon cœur aujourd'hui, je ne peux nier qu'elle a toujours pris son travail très au sérieux. Elle était insupportable à l'université, si pointilleuse que personne ne voulait bosser en groupe avec elle. Elle découpait, modifiait le montage, redécoupait, jusqu'à avoir les yeux rougis et le bout des doigts engourdi. Elle était déterminée. Le résultat avant tout.

Impossible de penser qu'elle puisse saboter le projet.

Et pourtant…

Je me suis demandé pourquoi elle avait accepté de travailler avec moi malgré le salaire minable, malgré la hiérarchie qui faisait de moi sa supérieure.

Non. Je secoue la tête. C'est une pensée insensée. Emmy a beau être égoïste, pragmatique et froide, elle est loin d'être folle. Elle n'est pas en train de ruiner mon projet et le film. Ce ne sont que des chimères. C'est Silvertjärn qui m'affecte.

Si seulement Tone était éveillée. Une voix familière dans le noir. Sa voix sceptique me dirait d'arrêter mes délires, que la pire chose qui puisse nous arriver est la visite d'un ours mal luné, affamé après l'hiver, qui traverserait Silvertjärn au milieu de la nuit et déciderait de faire de nous son quatre-heures.

Mais Tone dort profondément, et je suis la seule à être éveillée.

Je me sens très seule.

Je ne peux m'empêcher de penser à ma grand-mère, seule dans un petit lit à Stockholm, alourdie par sa grossesse et consumée d'angoisse. À ce qu'elle dit dans la dernière lettre d'Aina.

La lettre est arrivée à la fin du mois d'août. J'étais quasiment à terme. L'été avait été froid, mais à la fin juillet, le temps changea et le mois d'août fut terrible. Comme si l'air ne bougeait pas. Je pouvais à peine respirer, encore moins me déplacer. Je n'avais eu de nouvelles ni d'Aina ni de ma mère depuis près d'un mois, et j'étais inquiète, mais la chaleur et la douleur accaparaient toute mon attention.

La lettre était brève. Ce n'était pas l'écriture habituelle d'Aina ; on l'avait toujours félicitée pour sa calligraphie, mais cette fois, les mots étaient tracés à la va-vite, négligemment, sur une feuille tachée d'encre. Le texte était décousu, incompréhensible. Elle écrivait que le moment était venu ; que je devais rentrer avant qu'il ne soit trop tard.

Ça m'a rendue folle d'inquiétude, comme tu peux l'imaginer. J'ai supplié ton grand-père de me laisser monter à Silvertjärn. La lecture de la lettre l'a alarmé, lui aussi. Mais je ne pouvais pas voyager. J'étais au neuvième mois et j'avais du mal à me tenir debout.

Alors, c'est lui qui est parti.

Il avait appelé son meilleur ami pour que celui ci l'accompagne, au cas où il aurait besoin d'aide. Ils ont pris le train de 9 h 13 à la Gare Centrale de Stockholm, en direction de Sundsvall ; là, ils ont changé pour Silvertjärn. Le voyage a duré onze heures. Les trains étaient plus lents, à l'époque.

Ton grand-père et Nils sont arrivés au crépuscule. La gare était déserte, silencieuse. Il n'y avait pas âme qui vive. Ils ont marché vers le bourg. Les ombres s'étiraient, les maisons étaient vides. Ils ont frappé à quelques portes pour demander leur chemin – ton grand-père n'était pas venu depuis longtemps et ne trouvait pas la maison de mes parents, surtout que les habitations se ressemblaient toutes – mais personne n'a ouvert.

Ce n'est qu'après avoir traversé la rivière vers la Grand-Place qu'ils l'ont vu.

Au milieu de la place, on avait dressé un pieu, et au pieu était accroché un corps sans vie. Gitta-la-simplette devait être suspendue là depuis plusieurs longues journées, car les mouches bourdonnaient autour d'elle et ses membres avaient gonflé dans la chaleur de l'été. Son visage ensanglanté était ravagé, méconnaissable. Les pierres utilisées pour son exécution gisaient autour d'elle. Des galets lisses et ronds dont toutes les aspérités avaient été limées par l'eau, ramassés sur les berges du lac. Ils étaient maculés de sang et de cheveux.

Ton grand-père et Nils sont restés pétrifiés. Ils ne savaient pas quoi faire. D'abord, ils ont voulu la décrocher, mais ils ont vite compris qu'il n'y avait plus rien à faire. Elle était morte depuis plusieurs jours. Alors, ils se sont précipités dans la maison la plus proche pour trouver de l'aide.

Mais elle était vide. Comme la suivante. Et celle d'après. Les portes étaient ouvertes, les pièces désertes.

Leur terreur était devenue telle qu'ils approchaient de la folie. Ils sont retournés sur la place. La nuit avait commencé à tomber. Le corps de Birgitta pendait toujours au pieu. Mais quand ils l'ont observée – ton grand-père jure par Dieu le père que c'est vrai – elle a tourné la tête et les a dévisagés.

Ils ont marché toute la nuit à travers les bois jusqu'à atteindre la ville la plus proche, cent kilomètres plus loin. Nils s'est écroulé à la vue des premières maisons, mais ton grand-père a résisté. Il a dit qu'il fallait envoyer de l'aide à Silvertjärn, que quelque chose de terrible y était arrivé, avant de s'effondrer.

Quand la police est arrivée, elle a trouvé le corps de Birgitta au beau milieu de la place, comme ton grand-père l'avait indiqué. Il régnait un silence de mort. Et soudain, le cri d'un nourrisson a brisé le silence.

Le bébé était nu, posé à même le sol dans l'infirmerie scolaire. Il n'avait pas plus de quelques jours. De la personne qui l'avait abandonné – et de la femme qui l'avait mis au monde – il n'y avait aucune trace.

Ils ont fouillé dans toutes les maisons, cabanes et pavillons, sans trouver personne. C'était comme si chacun des huit cent quatre-vingt-sept habitants de Silvertjärn était parti en fumée. Les portes étaient ouvertes. Les fenêtres entrouvertes. La rivière coulait paisiblement vers le lac. Et la ville était déserte.

On a mené une battue dans les bois, en vain. Pas la moindre trace. Aina, ma mère et mon père avaient disparu, tout comme nos voisins, nos amis et les gens que nous connaissions. Envolés. Comme s'ils n'avaient jamais existé.

VENDREDI

Présent

L'aube naissante est claire, magnifique. L'air dégage une senteur fraîche que l'on ne retrouve qu'après une vraie pluie de printemps, une odeur d'aiguilles de pin, de terre humide, et le ciel s'étend, immense, au-dessus de nous. Bleu pâle, sans un nuage à l'horizon.

L'eau de la rivière est glaciale, mais étonnamment limpide. D'après ce que j'ai lu, elle viendrait tout droit de la montagne. Nous nous sommes lavées avec un shampoing tout-en-un. La fille du magasin de plein air nous a garanti qu'il est biologique et biodégradable. Lorsque je me redresse pour essorer mes cheveux, je vois les petites bulles blanches descendre le courant vers le lac. La surface lisse scintille dans la lumière du matin. Peut-être aurions-nous dû nous baigner dans le lac – il aurait été un peu moins froid – mais Emmy dit que l'eau n'y est sans doute pas aussi claire, puisqu'elle est dormante. Pour être tout à fait honnête, j'ai été soulagée de l'entendre dire cela. Cette profondeur insondable est tout sauf attirante.

J'ai si froid que je sens à peine mes pieds lorsque je remonte sur la rive et m'enveloppe dans mon affreuse serviette Coca-Cola élimée. L'air me semble presque tiède après ce bain glacial, et malgré ma nuit agitée, je me sens bien réveillée.

Tout paraît plus facile à la lumière du jour. L'angoisse de la nuit semble bien loin. Ma suspicion ne s'est pas totalement dissipée, mais quand je vois Emmy claquer des dents en rinçant la mousse de ses cheveux, j'ai du mal à l'imaginer comme l'ombre dans mes cauchemars. Je la contemple du coin de l'œil. Elle porte un tatouage à la hanche que je ne reconnais pas, une petite chouette stylisée, et elle est plus musclée que dans mes souvenirs.

Un bruit me fait tourner la tête. C'est Tone qui lutte pour sortir de l'eau. Je lui tends la main pour l'aider. Elle tire si fort sur mon bras que je manque de la lâcher, mais je parviens à conserver mon équilibre. Quand je regarde son pied, je comprends pourquoi : il est enflé, sa cheville est aussi large que son mollet, et rouge vif.

– Comment va ton pied ?

Ma question est superflue, en réalité. Je vois bien comment va son pied. Je veux seulement recevoir une réponse différente.

Tone fait un signe de tête.

– Ça va, ne t'inquiète pas.

Ses lèvres sont bleutées à cause du froid ; pourtant sa main est brûlante de fièvre dans la mienne.

– C'est juste que tu ne l'avais pas vu sans bandage, poursuit-elle.

J'entends Emmy sortir de l'eau derrière nous et commencer à s'habiller.

Tone se laisse tomber lourdement sur sa serviette et, sans quitter ses sous-vêtements mouillés, se met à panser de nouveau sa cheville.

J'ouvre la bouche pour dire quelque chose – je ne sais pas exactement quoi – quand la voix de Max appelle depuis les maisons.

– Vous avez fini ?

Je ferme la bouche.

– Oui, on est prêtes ! répond Tone.

Sa voix ne tremble pas ; elle ne semble pas souffrir. Sa voix est pareille que d'habitude.

Je m'habille à la hâte, sans ôter mes sous-vêtements humides. Mon jean me colle aux cuisses et aux hanches, mon sous-pull s'enroule sur lui-même et refuse d'obéir. J'ai à peine terminé que Max et Robert nous rejoignent.

– Comment est l'eau ? s'enquiert Max.

– Froide, répond Emmy en passant la tête dans le col de son grand tee-shirt. Très, très froide.

Je lui souris.

– Tu as mis ton pull à l'envers.

Max baisse les yeux, voit l'étiquette sous son menton et rougit.

– Bah ! Peu importe ! De toute façon, je vais le retirer.

Je souris.

Robert n'est qu'à quelques pas derrière lui. Ses cheveux d'un roux doré brillent dans la lumière matinale. Il a un air androgyne avec ses sourcils invisibles.

– Lavez-vous vite, les gars ! leur dis-je. Aujourd'hui il faut qu'on rattrape le temps perdu hier.

Max lève le pouce.

– On va être rapides comme l'éclair.

Tone, Emmy et moi nous dirigeons vers la place, lentement pour que Tone puisse nous suivre. À cette heure-ci, on se croirait presque dans une petite ville suédoise ordinaire ; un samedi matin, peut-être, quand tout le monde dort encore, avant que la vie ne reprenne.

Je ralentis.

– Attendez !

Le repaire de Birgitta se dresse devant nous, juste à gauche du chemin que nous avons choisi d'emprunter. Depuis cet angle de vue, l'arbre nu qui pousse au coin de la maison semble presque bienveillant, et les fenêtres brisées m'attirent.

Je me tourne vers Tone.

– On y jette un petit coup d'œil ? C'est prévu pour cet après-midi, mais on peut le faire maintenant.

Tone acquiesce.

– Bien sûr.

Emmy fronce les sourcils et regarde Tone.

– Tu es sûre que tu en as la force ?

Tone opine du chef de nouveau.

– Autant s'en occuper tout de suite et ne pas perdre de temps.

J'hésite, mais ma curiosité prend le dessus sur ma mauvaise conscience. Je soutiens Tone lorsque nous avançons vers la maisonnette, plus isolée qu'on le croirait. J'essaie de me représenter ce que c'est de venir ici tous les jours avec un panier au bras. Les fenêtres aux rideaux tirés. La singularité de la femme qui vit là.

La porte n'est pas fermée à clef ; elle est même légèrement entrouverte, de sorte qu'en approchant on peut voir l'intérieur. Je la pousse délicatement ; elle pivote sur ses gonds en grinçant.

C'est encore plus exigu que je le pensais. À peine assez grand pour nous trois. Malgré les vitres cassées et le ciel lumineux et dégagé, il fait sombre à l'intérieur. Les fenêtres sont étroites, l'avancée du toit bloque les rayons du soleil et l'arbre mort fait de l'ombre à gauche.

Le petit lit est en mauvais état. Il n'a pas été fait depuis soixante ans. Un seul minuscule coussin est posé au niveau de la tête de lit, les couvertures sont de différentes couleurs ternes mal assorties. Il n'y a pas de drap sur le matelas rayé décoloré, maculé çà et là de taches marron clair. Il doit à peine mesurer quatre-vingts centimètres de large, mais il occupe près de la moitié de la surface du sol.

– Avance encore un peu, dit Emmy derrière moi.

Tone se faufile à l'intérieur, boite jusqu'à la table et se laisse tomber sur l'une des deux chaises à barreaux. Je veux l'arrêter, mais elle s'assied avant que j'aie eu le temps d'ouvrir la bouche et, en dépit du craquement dans ses pieds, la chaise bancale tient le coup.

Nous sommes entrées toutes les trois et il y a à peine la place de se mouvoir. Emmy embrasse du regard l'espace exigu.

– Pas de lavabo, pas de toilettes.

Je me demande si nous pensons toutes la même chose. Ici, dans cet espace sombre et réduit, la déprimante réalité m'oppresse.

– Quelle vie ! dit Emmy à voix basse, laissant mes réflexions résonner entre les murs. Tu parles d'une vie de merde !

Je suis étonnée qu'elle soit touchée. Mais c'est vrai qu'elle a toujours aimé s'occuper des gens, à partir du moment où cela ne lui coûte rien. Il est plus facile d'avoir de l'empathie pour les morts, pour des victimes de tragédie disparues depuis longtemps. Cela n'exige pas grand-chose. C'est de la compassion bon marché.

Ou c'est peut-être parce qu'il est quasiment impossible de ne pas être frappé par la misère de la vie de Birgitta Lidman quand on se trouve ici, confiné entre ces quatre murs.

La respiration de Tone s'est calmée. Ça lui a sans doute fait du bien de s'asseoir. Elle se penche en avant sur la table et l'effleure des doigts.

– Il y a quelque chose ici.

Je m'approche, baisse la tête et observe le bois sombre, les yeux plissés.

Ce sont des dessins épais, comme si on avait tracé du bout des doigts des traits malhabiles. La couleur a séché et s'est effritée au fil des ans, elle s'est incrustée dans la surface inégale de la table, mais je vois tout de même ce que cela représente. Des bonshommes bâtons. Irréguliers, semblables à des gribouillis d'enfants nerveux. Les bouches, des trous noirs, semblent dessinées avec rage. La craie grasse a été appuyée si fort qu'elle semble s'être brisée.

Soudain, c'en est trop.

Sans rien dire, je me faufile devant Emmy et je sors. L'air extérieur devrait me revigorer. Je fixe l'orée des bois en m'efforçant d'inspirer cet air frais, je lutte pour que cette déprimante cabane me fiche la paix. J'essaie de ne pas penser à la naïveté intrinsèque des petits dessins sur la table ; à cet enfant enfermé dans un corps de femme, avec la force d'une adulte. À sa peur, à son angoisse de ne pas comprendre ce qui se passe, au fait d'être attaché à un pieu au beau milieu de la place, à la première pierre qui…

Une main se pose sur mon épaule et je fais volte-face.

Je pensais que ce serait Tone, mais c'est Emmy. Je reconnais l'expression de son visage, je l'ai vue des milliers de fois. Tous les soirs où je suis allée la trouver dans sa chambre d'étudiante, l'angoisse emplissant mes poumons, chaque fois que l'obscurité se déversait et qu'elle restait à m'écouter, les yeux calmes, imperturbables, qu'elle soutenait mon regard jusqu'à ce que les battements de mon cœur s'apaisent et que ma respiration se calme.

– On devrait ramener Tone vers les voitures. La faire manger un peu.

J'en reste comme deux ronds de flan.

– Oui, réponds-je une fois que j'ai repris mes esprits. Tu as raison.

Je me tourne vers la bicoque. Tone est toujours penchée sur la table. Ses cheveux pendent devant son visage et le dissimulent presque. Sa jambe blessée est étendue devant elle.

Lorsque je repasse le seuil, je l'entends marmonner. On ne dirait pas qu'elle se parle à elle-même, mais plutôt qu'elle répond à une question ; comme une bribe de conversation.

– Tone ?

L'hésitation rend son nom tout petit dans ma bouche.

Elle ne lève pas les yeux. Son regard reste braqué vers la table. Elle fait un mouvement de la main, qu'elle réitère comme un motif. En m'approchant, je vois ce que c'est.

Concentrée, elle suit du doigt l'une des petites figures sur la table, encore et encore.

– Tone ?

Je répète son nom un peu plus fort. Elle se fige et lève la tête.

Elle cligne des paupières comme pour se forcer à faire la mise au point. Son regard, habituellement acéré comme un silex, ressemble à une brume d'automne. Perdu dans le vague. Comme les yeux de ma grand-mère à demi aveugles derrière les voiles de la cataracte.

Ma peau me gratte. Je me racle la gorge.

– On pensait aller prendre un petit-déjeuner, lui dis-je sur le même ton que si je m'adressais à un enfant. Tu as faim ?

Tone hoche la tête, se prépare à se redresser et grimace lorsqu'elle pose le pied par terre.

– Aïe !

Le moment étrange est passé ; elle est redevenue normale, bien que fatiguée et les cheveux mouillés.

– Allez, appuie-toi sur moi. On va explorer le presbytère aujourd'hui, on y trouvera peut-être une canne, une béquille ou autre chose pour toi.

– Sinon, tu peux m'en tailler une dans une vieille branche de pin, marmonne Tone avec un léger sourire. À quoi ont servi toutes tes recherches si tu ne sais pas faire ça ?

Présent

Nous rejoignons tant bien que mal les voitures. Tone clopine et s'appuie lourdement sur mon bras.

– Tu ne veux pas te reposer un peu ? On prépare le petit-déjeuner.

C'est un ordre de ma part, plus qu'une question.

Tone pince les lèvres, on dirait qu'elle va protester, mais elle se contente d'acquiescer. Ses courts cheveux blonds luisants de sueur lui collent aux tempes.

– C'est peut-être une bonne idée.

Je l'aide à entrer dans la tente, puis je me dirige vers la camionnette de Robert et Emmy. Cette dernière, à genoux dans l'espace de chargement, fouille parmi des boîtes de conserve.

– Tu peux sortir le réchaud ?

Emmy s'arrête en entendant ma voix. Elle attrape un carton et me le tend. Ses yeux verts me fixent un court moment, suffisamment pour que je voie son regard plein de rage. Je tressaille.

Je reste immobile quelques instants, le carton à la main, avant de m'éloigner vers le centre de notre petit campement. Je sors le réchaud. Emmy s'affaire derrière moi, puis me rejoint. Elle pose le sachet de café lyophilisé entamé et le récipient d'eau. Je lève les yeux.

– Alice, il faut qu'on parle.

Elle s'assied en tailleur par terre, en un enchaînement de mouvements gracieux. Avant, elle n'était pas gracieuse. Avant, elle était raide et un peu fainéante, lente le matin et rapide le soir. Au réveil, elle bâillait la bouche ouverte, comme un chat, dévoilant sa langue rouge.

Combien de fois avons-nous pris notre petit-déjeuner ensemble ? Cent ? Mille ? Elle, les cheveux mouillés après la douche, comme moi maintenant, encore barbouillée du mascara de la veille. À présent, mon visage est nu, le sien fermé.

La cuisinière de fortune est érigée entre nous comme un mur. Je l'allume.

– Qu'est-ce qu'il y a ?

La petite flamme apparaît et j'agite l'allumette pour l'éteindre. J'essaie de garder une voix distante et professionnelle. Je suis la productrice, après tout. La cheffe de projet. Sa supérieure.

Les bras d'Emmy reposent sur ses genoux ; elle a des taches d'herbe sur son jean.

– Tu vois bien que Tone est malade, commence-t-elle sèchement. Et je comprends que tu rechignes à mettre le projet en pause, mais ça ne peut plus durer. Il faut l'amener à l'hôpital. Maintenant.

Ses mots ne sont pas agressifs, ils sont francs. Mais ils font l'effet d'une main qui, efficacement, pénètre dans mon ventre et me broie les entrailles.

– Elle dit qu'elle ne le veut pas. (Je pose la bouilloire sur la petite flamme.) Tone est adulte, elle sait ce qui est bon pour elle.

Emmy lève les yeux au ciel.

– Déconne pas Alice, répond-elle d'une voix à la fois flegmatique et agacée. N'essaie pas de me faire gober ça, tu vois bien qu'elle va mal. On l'a vue toutes les deux dans la maison de Birgitta, elle avait l'air de délirer ! Peut-être à cause de la fièvre. Il faut qu'un médecin l'examine. Sans attendre.

– Je n'ai pas l'impression qu'elle ait de la température.

Je serre les dents, ma mâchoire se crispe. Paradoxalement, les paroles d'Emmy diminuent ma propre inquiétude. J'ai quasiment porté Tone de la cabane jusqu'aux voitures, elle ne me semblait pas chaude.

– Elle dit elle-même que ce n'est qu'une entorse.

– Une entorse, ça ne ressemble pas à ça, Alice.

Je ne peux plus me retenir.

– Qu'est-ce que tu en sais ? Tu n'es pas médecin, aux dernières nouvelles !

– Pas besoin d'être médecin pour voir que Tone peut à peine marcher et s'affaiblit à vue d'œil !

Emmy serre les poings.

– Je ne suis pas sa mère ! Tu crois que je ne lui ai pas parlé ? Tu crois que je ne lui ai pas demandé ? J'ai abordé cette question plusieurs fois et elle a insisté. Qu'est-ce que je dois faire, à ton avis ? L'enfermer à l'arrière d'une camionnette et l'emmener ? Elle est adulte. On doit respecter ça.

– Hum, si tu le dis…

Dans les interstices entre les mots, j'entends tout ce qu'elle ne dit pas.

Quelle malédiction que de connaître par cœur les inflexions de quelqu'un ; de comprendre ce qui se trouve derrière les phrases qu'elle prononce.

– Qu'est-ce que tu insinues ?

Emmy se lève et s'essuie les genoux. Ne supportant pas qu'elle me toise, je bondis sur mes pieds moi aussi.

– Rien, Alice, rétorque-t-elle, la voix un peu rouillée. Je n'insinue rien du tout. Je dis juste que Tone est mal en point et que c'est bizarre que toi, son amie, tu ne t'en soucies pas plus que ça.

L'offensive me coupe le souffle. La rage me crispe la mâchoire.

– Je ne te permets pas de me dire que je ne suis pas inquiète. Je ne te permets pas de sous-entendre que je ne me fais pas de souci pour Tone. Et je ne te permets pas de me parler comme ça.

Emmy hausse les sourcils, ouvre la bouche, mais je l'interromps avant qu'elle ait pris la parole. C'est libérateur de dire tout haut ce que je rumine depuis que je l'ai revue pour la première fois lors de notre réunion de recrutement, quand j'ai remarqué les jolies petites rides de sourire au coin de ses yeux, sa teinture au henné qui faisait ressortir de nouveaux reflets, et à quel point les lignes de ses oreilles m'étaient familières. Le choc, la rage et la peine de cette prise de conscience.

– Comme c'est touchant que tu te ronges les sangs pour Tone ! Je ne te considérais pas comme quelqu'un qui s'intéresse au bien-être d'autrui. Mais ce n'est peut-être pas vraiment pour Tone que tu te fais du souci ? C'est surtout que tu as la possibilité de me dire que je suis trop égocentrique et que j'en demande trop. Ça vaut de l'or pour toi, non ?

J'ai entendu dire que les yeux peuvent devenir noirs de rage, mais je ne l'avais encore jamais vu. Les pupilles d'Emmy s'agrandissent, j'esquisse un pas en arrière.

Elle ne dit rien. Je prends tout à coup conscience que nous sommes seules. Tone dort dans la tente. Il n'y a qu'Emmy ; Emmy, agile et musclée, les yeux noirs de furie et les poings serrés.

J'en ai le souffle coupé, j'essaie de déglutir, mais impossible. Le temps semble s'être arrêté.

– Coucou ! Comment ça se passe ?

Le silence est rompu et le choc manque de me faire perdre l'équilibre. Je n'ai sans doute jamais été aussi soulagée d'entendre la voix de Max.

– Tout va bien ! dis-je d'une voix rauque.

Je jette un coup d'œil à Emmy. Elle se passe les doigts dans les cheveux. Toutes les traces de son masque de colère ont disparu. Toutes, sauf une ombre de rigidité dans les muscles de son visage.

– Comment était l'eau ?

Max et Robert traversent la place pour nous rejoindre, les cheveux mouillés, l'air frais et dispo. Je vais à leur rencontre et ne peux m'empêcher de prendre Max dans mes bras tant je suis soulagée.

Max me serre contre lui et rit.

– Waouh ! Quel comité d'accueil ! Une accolade et du café !

Lorsque je relâche mon étreinte, je vois qu'Emmy a versé du café lyophilisé dans la bouilloire chaude qu'elle vient de retirer du feu.

– Tu peux aller chercher le pain ? demande-t-elle à Robert qui s'est arrêté près d'elle. Et de l'huile, et une poêle ?

Robert apporte tout le nécessaire pour cuisiner des toasts aux haricots rouges et se met à assister Emmy. Je tremble encore un peu, mais l'illusion de normalité est si convaincante que je suis prise de vertige. Le soleil me chauffe le corps à travers ma veste, et les fins voiles nuageux à l'horizon ne font que mettre en valeur le ciel dégagé.

Quand nous nous installons pour déjeuner, Max s'enquiert du programme de la journée.

– On finit l'église. Je voudrais terminer le repérage et filmer l'intérieur. Et le presbytère. Après, on verra en fonction de l'heure.

– Par équipes de deux ? demande Max.

Avant que j'aie le temps de répondre, Emmy intervient, la bouche pleine de pain et de haricots à moitié mâchés.

– Je reste ici.

Robert la dévisage, étonné. Je me fige.

– C'est bien si quelqu'un tient compagnie à Tone, non ? De toute façon, j'aimerais passer en revue le matériel qu'on a déjà, et élaborer un planning plus précis pour les prochains jours.

Son regard est stable et complètement éteint, ses yeux comme deux billes vertes.

L'instant semble durer une éternité, mais je me surprends à acquiescer. Bien sûr. Si ça peut la calmer et lui faire lâcher l'affaire, le prix à payer n'est pas très élevé.

Nous pouvons faire le repérage sans elle pendant quelques heures, et elle a raison de dire qu'il y a du travail ici aussi. C'est peut-être bien que quelqu'un reste avec Tone.

– OK, dis-je.

Passé

Elsa se tortille un peu sur son siège. Les bancs de l'église sont durs et défoncés, et depuis quelques années, elle commence à avoir mal aux hanches si elle reste trop longtemps dans la même position. Sa mère se plaignait toujours de ses hanches, de ses genoux et de ses chevilles. Mais Elsa ne pensait pas que ça lui arriverait.

Enfin, elle n'est pas si vieille, tout de même. Est-ce vraiment si étrange qu'elle ait mal au derrière après une heure sur une mauvaise planche de bois sec.

– … qui pense aux actes de Jésus dans sa vie quotidienne ? dit le pasteur, s'adressant à la communauté. Nombreux sont ceux qui se disent chrétiens, mais qui font peu pour être dignes de Dieu. Il est facile de se laisser distraire par le labeur quotidien et d'oublier…

Elle trouve que le prêche traîne en longueur aujourd'hui. L'église est pleine à craquer, et c'est une bonne nouvelle – nombre des personnes qu'elle aperçoit aux premiers rangs sont des gens qu'elle n'a pas l'habitude de voir très souvent ici, un joyeux mélange d'adolescents et d'hommes célibataires plus âgés – mais elle a peur qu'ils trouvent le pasteur intarissable. Einar ne dépasse jamais les quarante, quarante-cinq minutes, un sermon bref et concis. Il comprend que le dimanche n'est pas un jour chômé pour les habitants de Silvertjärn, quoi qu'en dise la Bible.

Enfin, en ce moment, la plupart des gens de Silvertjärn sont oisifs.

Elsa sent son cœur se serrer. Mais elle secoue la tête. Elle ne peut pas penser ainsi. Ça va s'arranger. Elle va trouver une solution. Elle va écrire à son cousin en Scanie. Sait-on jamais, il trouvera peut-être une place à Staffan, à l'usine ou ailleurs.

L'idée de quitter Silvertjärn est presque insupportable, mais Elsa remarque qu'elle commence, elle aussi, à être en proie à la mélancolie qui plane sur la ville comme un brouillard.

Il fait froid dans l'église. Ce froid vif et mordant du printemps s'insinue par les grandes fenêtres et Elsa serre son châle autour de son corps.

– Ce n'est pas que Jésus n'aime pas les méritants, mais la seule manière de se montrer méritant est d'être absorbé par le Christ. Chaque âme humaine peut se fondre dans le divin. Quel homme, quelle femme renoncerait à une telle possibilité ? Un homme ou une femme qui s'est déjà détourné de Dieu, qui est déjà tombé dans la fange, qui a choisi les plaisirs de la vie terrestre. L'âme qui opte pour la voie de la vérité est pure et transparente comme l'eau, mais celle qui se laisse tenter et séduire devient noire, sale et grossière comme de la cendre.

Elsa fronce les sourcils. La voix du pasteur grossit, s'emporte, s'élève vers le plafond de l'église et y résonne. Mattias hausse la voix, écarte les bras, comme possédé.

Pourtant, sa peau ne se colore pas, reste pâle, et ses yeux gris clair brillent au milieu de son visage.

Elsa se penche vers Staffan et susurre :

– Il n'est pas un peu dur ?

Mais avant que son mari ne puisse réagir, Aina crache un « chuut ! » à l'adresse de sa mère en la foudroyant du regard.

Elsa a un mouvement de recul. Les yeux d'Aina sont un concentré de fureur. La mère cherche une réponse, mais sa fille s'est déjà retournée vers l'autel, et son visage est comme transformé. De la rage à l'adoration. Elle semble subjuguée.

Elsa se tourne vers Staffan, ébahie, mais il se contente de secouer la tête et hausser les épaules. N'a-t-il pas vu ce qui s'est passé ? Peut-être pas. Il n'a jamais été très attentif.

Elle balaie le temple du regard : Aina n'est pas la seule à fixer le pasteur avec dévotion, comme ensorcelée. Plusieurs de ceux qui sont aux premiers rangs affichent la même expression. Ils sont nombreux dans cette église, en fin de compte, à paraître s'accrocher au moindre de ses mots.

Son estomac se noue, mais ce n'est pas comme quand elle pense à la mine, à Staffan, ou à quitter la ville. C'est une sensation plus vive, plus douloureuse.

Peut-être devrait-elle tout simplement parler au pasteur. Après tout, elle a été en contact avec lui. Il l'a aidée au cours des derniers jours de cette pauvre Agneta Lindbord, et avec Pär Nilsson quand il s'est retrouvé seul avec sa petite Elinor et ne savait pas comment s'occuper d'elle.

Mattias semble tout de même un homme raisonnable. Aina en pince pour lui, c'est tout, mais elle est jeune et il est élégant. Ce n'est pas sa faute si son joli visage et son charisme font tourner la tête de certains membres de la communauté.

Elsa va lui demander d'adoucir un peu ses propos, peut-être laisser Einar se charger du prochain prêche. Tout ira bien. Il s'agit simplement d'ajuster le cap. Elle a aidé beaucoup d'habitants du village à le faire au fil des années pour préserver la paix.

Heureusement, le sermon semble enfin toucher à sa fin. L'assemblée entonne un psaume et se lève comme un seul homme. Elsa pose une main sur le bras de Staffan.

– Je vais échanger deux mots avec le pasteur. Rentre avec Aina, j'arrive.

Staffan acquiesce, mais il regarde autour de lui, l'air étonné.

– Où est-elle passée ?

Elsa tourne la tête et aperçoit la longue chevelure sombre de sa fille au milieu d'un groupe qui s'est constitué devant l'autel, où se trouve encore Mattias. Une vingtaine ou une trentaine de personnes se pressent autour de lui.

Elle ne comprend pas ce qui se passe.

Vraiment ? De petites observations lui reviennent à l'esprit, des choses qu'elle a vues ou entendues, mais auxquelles elle n'a pas pensé jusqu'à présent.

Aina n'a-t-elle pas eu un comportement bizarre, ces derniers temps ? N'est-elle pas plus taciturne, plus sèche ? Certes, nombreux sont ceux qui saluent la bonté du pasteur, s'émerveillent de tout ce qu'il fait pour la ville, disant qu'il veut évincer le mal de Silvertjärn. « Le Mal », comme si c'était un sujet de discussion au quotidien.

Elsa se redresse et tente de chasser son inquiétude. Il n'y a pas de problème. Elle peut gérer cette situation. Comme toujours.

Elle s'avance vers l'autel et se retrouve bloquée derrière le groupe compact. Elle se racle la gorge poliment, mais personne ne la laisse passer, on ne lui accorde pas un regard. Elle n'entend pas ce que dit le pasteur. Il converse à voix basse avec une adolescente du premier rang, la main posée sur sa tête.

C'est la petite Lena, comprend Elsa tout à coup. Lena, l'amie d'Aina. Elle pleure en silence en fixant le pasteur, les yeux écarquillés, comme ensorcelée.

Alors Elsa n'y tient plus.

– Pasteur Mattias, dit-elle tout fort, d'une voix qui lui semble stridente, qui transperce les murmures et les chuchotis devant elle.

Le pasteur lève la tête et la considère. C'est étrange : ses lèvres se plissent pour former le même sourire doux que d'habitude, mais ses yeux sont froids comme la pierre.

– Pourrais-je échanger quelques mots avec le pasteur ? s'enquiert Elsa, sans se laisser effrayer.

Elle n'a rien à craindre, ni de ce garçon ni de son petit groupe de fidèles, après tout. Elle connaît tous les habitants de Silvertjärn ; le pasteur, lui, n'est là que depuis quelques mois. Elle doit lui montrer comment on fait les choses ici, tout simplement.

D'abord, il ne répond pas. Le silence s'installe. Elsa prend conscience avec malaise que tout le monde la dévisage.

– Bien sûr, madame Kullman. À quel sujet ?

– Pourrions-nous en discuter dans la sacristie ?

Le pasteur continue de la contempler calmement, sans ciller.

– Ici, ce sera très bien.

Elsa déglutit. Elle refuse de se laisser intimider, mais il est difficile de rester de marbre avec ces yeux qui semblent scruter chacun de ses mouvements.

– Je me demandais seulement s'il ne serait pas bon d'écouter Einar dimanche prochain. Même si tu es très engagé, il serait agréable d'entendre celui qui a été notre pasteur pendant tant d'années.

Pasteur Mattias esquisse de nouveau son étrange petit sourire froid.

– Einar a décidé de démissionner, madame Kullman. Il est parti chez sa sœur dans le sud. Pour sa santé.

Elsa cligne des yeux.

– Sa… sa sœur ?

Elle sent que sa voix tremble et elle est incapable de l'en empêcher.

– Oui. Évidemment, il va beaucoup nous manquer, mais Einar m'a assuré, avant de nous quitter, que j'avais toute sa confiance.

Elsa ne sait que répondre.

– Y avait-il autre chose, madame Kullman ?

– Oui…

Elsa déglutit de nouveau. Sa gorge est sèche comme de l'amadou.

– Je…

– Alors je vous souhaite une bonne journée, madame Kullman, l'interrompt-il, le regard pétillant. À dimanche prochain.

Ce n'est pas une bourrade. Seulement une houle légère. Comme si toute la foule esquissait un pas en arrière. Elsa perd pied.

Elle cherche ses mots, veut ajouter quelque chose, mais tout le monde s'est retourné. Plus personne ne la regarde. Personne ne semble conscient qu'elle est toujours là. Pas même le pasteur.

Pas plus qu'Aina, dont la tête sombre, tournée dans la direction opposée, est un coup plus fort et plus douloureux que n'importe quelle bourrade.

Présent

En sortant de l'église, j'abaisse le masque et sens le soleil d'avril sur mon visage. Il tape fort aujourd'hui, on pourrait presque dire qu'il brûle, et sa chaleur donne à la ville une odeur de printemps.

– Bon, dit Max, on va au presbytère maintenant ?

– Oui. Si la carte du XIXe siècle est exacte, il devrait se trouver juste à côté. Vous pouvez enlever vos masques tant qu'on est dehors.

Robert hausse les épaules ; Max, lui, retire le sien. Il sourit. Le masque lui a laissé une marque rouge autour de la bouche – j'imagine que j'ai la même.

Cette partie de la ville – qui a poussé entre le lieu de culte et la place – est plus ancienne que les rangées de maisons identiques de l'autre côté de la bourgade. Ici, les habitations sont toutes différentes, en taille comme en forme, plus basses et plus robustes. Jaune délavé ou rouges, aux coins blancs écaillés et aux façades ornées de solides piliers. Elles résistent mieux au passage des années que les maisons mitoyennes, bien qu'elles soient plus âgées.

Nous avons eu le temps de filmer l'intérieur de l'église et de prendre de nombreuses photos, d'immortaliser des détails qui nous avaient échappé la première fois. Nous avons été plus rapides que prévu. Le stress commence à s'apaiser un peu, même s'il reste lancinant dans mon esprit. Quelle que soit notre efficacité aujourd'hui, nous avons perdu vingt pour cent de nos ressources. Nous allons devoir établir des priorités. L'une des scènes dans la mine devra sans doute passer à la trappe. Pour être honnête, il n'est hélas pas aussi passionnant de se plonger dans la crise économique d'une petite cité ouvrière que de se concentrer sur les volets les plus sensationnalistes de l'histoire. Le meurtre. L'enfant. Le pasteur.

Après tout, nous sommes ici pour réaliser une bande-annonce, pour montrer pourquoi nous avons besoin d'argent et de soutien pour pouvoir faire notre documentaire. Pour donner envie aux internautes de voir le produit fini. Il s'agit de susciter l'intérêt. Autour de questions et non de réponses.

Il ne nous reste que deux jours, à part aujourd'hui, cela paraît insensé. Comme le temps a-t-il pu passer si vite ? Malgré tout, j'ai commencé petit à petit à espérer que nous allions réussir.

Deux jours de plus. Deux jours à limiter au maximum la douleur de Tone ; deux jours à surveiller Emmy ; deux jours à recueillir du matériel qui, souhaitons-le, nous donnera suffisamment d'élan pour trouver quelqu'un capable de remplacer Emmy dans le projet. Une personne, ou plusieurs.

Je peux supporter deux jours. Nous pouvons supporter deux jours.

Lorsque j'aperçois la jolie maison, elle ne me paraît pas très différente des pavillons environnants. Pourtant, mon sang pulse au bout de mes doigts. Je regarde de nouveau la carte imprimée. Tous les lieux sont indiqués à la main, d'une écriture quasiment illisible, et les proportions ne sont pas respectées – la rivière paraît plus éloignée qu'elle ne l'est, la place est plus à l'est – mais le parfait petit rectangle légendé « presbytère » semble correspondre parfaitement à la maison devant moi.

– Je crois que c'est là.

Je m'arrête devant une bâtisse jaune équipée d'une petite terrasse. La porte est fermée et le perron qui y mène tombe en ruine.

– J'y vais, Alice, dit Max.

Il me contourne et pose le pied au milieu de la première marche.

– Non, attends...

Je suis interrompue par un craquement : son pied traverse le bois vermoulu et Max pousse un cri d'étonnement.

– Ça va ?

– Attention ! ajoute Robert lorsque Max remonte sa jambe du trou.

– Il ne faut jamais mettre le pied au milieu des marches, dis-je à Max d'une voix que l'inquiétude rend tranchante. C'est là que la structure est la plus faible.

– J'ai remarqué, merci, répond Max.

Il se force à rire en retroussant son pantalon pour dévoiler un mince mollet blanc. Il semble indemne.

– Ça va aller ? Tu m'as fait une de ces peurs !

Je le contourne et place doucement le pied sur la deuxième marche, puis je gravis l'escalier, collée à la rampe. L'édifice grince, mais tient bon.

Sans attendre les autres, je pose une main sur la poignée en bronze au motif de volute, démodée, mais jolie.

La maison n'est pas très grande, mais on voit bien qu'elle abritait un notable.

J'ajuste mon masque sur ma bouche ; il est chaud et humide sur mon visage. Je pousse la porte. Elle oppose une résistance, mais finit par s'ouvrir.

Derrière moi, j'entends les cliquetis de l'appareil photo de Robert, et je pénètre dans l'entrée. C'est étonnamment haut de plafond. Une lampe – un petit lustre – pend au-dessus de nos têtes.

Comme sur un accord tacite, Robert bifurque vers l'étroite cuisine, et Max et moi franchissons la porte qui nous fait face. C'est une chambre, délabrée et assez nue. Un lit aux draps rêches, maculés de taches jaunes, et une grande armoire constituent l'ensemble du mobilier. Pas de rideau autour de l'encadrement déformé de la fenêtre. Je m'agenouille près du lit et jette un coup d'œil au-dessous. Deux bouteilles vides en verre brun.

– Elles devaient être à Einar.

Je photographie les bouteilles.

– Einar ? répète Max.

Je me relève en époussetant mon pantalon.

– Celui qui était pasteur avant Mattias. Je n'ai pas pu retrouver sa trace. Il a sans doute disparu avec les autres.

Nous retournons dans l'entrée et Robert nous y rejoint.

– Alors, du nouveau ? lui demandé-je.

Il secoue la tête.

– C'est plutôt austère. Et la chambre ?

– Vide. C'est un endroit auquel on devrait consacrer du temps ? Du point de vue purement esthétique ?

Robert se frotte le menton, sa barbe de trois jours crisse contre ses doigts.

– Peut-être plus tard. Ça peut faire de belles images d'arrière-plan, de bons détails. Mais je ne crois pas que ce soit nécessaire de l'inclure dans notre matériel préliminaire.

– Non, approuvé-je, soulagée que mes propres doutes soient confirmés. Je préviens les autres. Je voudrais qu'on prenne une pause déjeuner assez tôt pour revoir notre planning.

Je détache mon talkie-walkie de ma ceinture.

– Allô, ici Alice. Emmy, tu es là ?

Je distingue l'écho métallique de mes mots dans la poche de Robert. Je lâche le poussoir et j'attends. Rien.

– Emmy. C'est Alice. Tu m'entends ?

Toujours rien.

– Emmy ?

– Ça pourrait être les murs ? suggère Robert en posant les yeux sur les cloisons. Ça semble fonctionner ici, entre nous trois. Le signal aurait plus de mal à sortir. Ça arrive.

J'acquiesce, même si ça ne calme en rien mon angoisse. C'est une explication crédible.

Nous retournons vers la sortie. À peine sur la terrasse, je l'appelle de nouveau.

– Emmy. Allô ! Tu m'entends ?

Rien, à part les grésillements faibles et mélodiques de la ligne.

Je déglutis et me tourne vers Robert

– Est-ce qu'elle a pu le poser ? demandé-je à Robert.

J'espère qu'il va hausser les épaules et répondre de sa grosse voix qui inspire confiance qu'il n'y a pas de raison de s'inquiéter. Mais il ne le fait pas. Une petite ride est apparue entre ses sourcils, et je le vois tirer son talkie-walkie de sa poche.

– Emmy ?

Silence.

– Vous croyez qu'il est arrivé quelque chose ? s'enquiert Max, mettant des mots sur ce que nous pensons tous.

Je secoue la tête. Pour tenter de me convaincre moi-même, je lance :

– Ce n'est sans doute rien, c'est juste que… ces machines font des leurs depuis que nous sommes arrivés. Ça doit être comme les portables.

Je me tourne vers Robert. Nos regards se rencontrent et je suis sûre que nous pensons la même chose.

– On devrait y retourner, murmure-t-il.

– Oui, dis-je. De toute façon, on n'a plus rien à voir ici.

Je devrais rester pour prendre quelques photos de l'extérieur, mais la boule qui grossit dans mon estomac me fait ranger illico mon téléphone dans ma poche. Je me dirige vers la place au pas de course. Ce n'est que quand les lanières du masque commencent à m'entailler le visage que je prends conscience que je le porte encore. Je le retire d'un coup sec.

Nous passons sous une plaque de rue, rongée par la rouille, devenue fine comme du papier. On ne peut pas distinguer toutes les lettres du nom.

« So ägen »

J'entends la respiration haletante de Max qui trottine pour ne pas se laisser distancer. La route bifurque vers la rue principale et la place apparaît devant nous. La grande route défoncée et couverte de végétation se change en pavés.

– Où… dis-je.

Je suis à deux doigts de m'arrêter. Mais je me mets à courir.

L'une des camionnettes a disparu. C'est la première chose que je vois ; l'asymétrie me pique les yeux. Il n'y en a qu'une alors qu'il y en avait deux.

– Emmy ! crie Robert.

Sa voix se brise sur la deuxième syllabe.

Personne ne répond.

Je ralentis en arrivant sur la place, je la parcours du regard avec le vain espoir qu'elles aient simplement éloigné le véhicule.

– Où sont-elles, bordel ? dit Max derrière moi.

Robert se précipite vers la fourgonnette restante et ouvre la porte. J'ai le temps de rêver pendant quelques millisecondes avant de voir qu'elle est vide.

Lorsqu'il se retourne, la peur bleue qu'il exprime transforme son visage. Lui qui était auparavant si calme. Ses grains de beauté flamboient sur sa peau pâle.

– Où sont-elles ? demande-t-il, impuissant.

Je fixe la place déserte, la bruyère qui pousse entre les pavés, les murs peints en blanc de l'hôtel de ville, les portes ouvertes de l'école.

– Merde !

Je me frotte les tempes. Quelle idiote je suis, j'aurais dû comprendre.

– Emmy a sans doute conduit Tone à l'hôpital.

Robert affiche un air déconcerté, mais le soulagement a déjà commencé à lisser la ride de désespoir entre ses sourcils.

Mes mâchoires se tendent, mais je m'efforce de dissimuler ma colère. Je ne peux pas perdre le contrôle. Pas maintenant.

– Sans rien dire ? s'étonne Max.

– Elles ont peut-être essayé, suggère Robert, et sa voix prend de l'assurance à chaque mot. Mais si les murs bloquent les signaux des talkies-walkies…

– Nous ne sommes pas sûrs que ce soit le cas, dit Max. Je ne crois pas…

Je l'interromps :

– Il y avait peut-être urgence.

La colère lutte en moi contre le soulagement et la mauvaise conscience.

Quelle lâcheté ! Quelle incroyable lâcheté ! Je pensais beaucoup de choses d'Emmy, mais je ne la croyais pas lâche.

Mais en même temps, elle a une telle volonté de gagner ! Une fois déterminée, elle ne se détourne pas de son objectif. Elle voulait amener Tone à l'hôpital et je n'ai pas obtempéré. Elle s'est donc placée dans une position où je ne pouvais pas lui barrer la route.

C'était peut-être la bonne chose à faire, après tout. Je ne peux nier ma propre inquiétude. La pensée m'a traversée, même si j'ai essayé de la balayer.

Prend-elle toujours ses médicaments ?

Nous nous en sortirons sans Tone, je tente de m'en convaincre. Nous pouvons filmer sans elle. Nous pouvons réunir suffisamment de matériel pour maintenir le projet à flot sans elle. Qu'est-ce que ça peut faire si elle rentre quelques jours plus tôt ? Cela ne lui fera pas plaisir, c'est sûr, mais c'est peut-être mieux. Elle pourra participer au vrai tournage.

Tout à coup, je distingue un grondement, mais je ne comprends pas tout de suite de quoi il s'agit. Puis je lève les yeux vers la route ; Max et Robert m'imitent.

C'est un bruit de moteur.

Lorsque la camionnette se profile de l'autre côté de la place, elle paraît presque sortir d'un film d'animation. Elle contraste tellement avec le paysage qu'elle semble surgir d'un autre temps. C'est le cas, d'ailleurs.

Je vois Emmy sur le siège conducteur, elle vire et ralentit progressivement ; les cahots sur les pavés cassés se muent en un léger balancement. Avec une manœuvre experte, elle se range à côté du deuxième véhicule et détache sa ceinture.

– Écoutez, commence-t-elle, une fois descendue, je suis désolée. Je peux tout vous expliquer. Je…

Elle nous contemple, puis jette un coup d'œil à la ronde. Elle scrute l'autre camionnette et l'espace de chargement vide derrière les portes grandes ouvertes. Lentement, son regard glisse sur nous et s'arrête sur moi.

– Où est Tone ?

Présent

Il me faut quelques instants pour retrouver ma voix. Max me devance.

– Elle n'est pas avec toi ?

Emmy nous regarde comme si elle s'attendait à ce que nous lui disions que tout ça n'était qu'une plaisanterie, comme si Tone allait, d'un moment à l'autre, apparaître derrière nous et révéler la farce.

– Non, répond-elle en secouant la tête. Elle jette un coup d'œil vers l'autre camionnette. Elle était… Elle était là, elle…

Je cligne des yeux, mon regard passe d'Emmy à la voiture puis à la place.

– Qu'est-ce que tu veux dire ? Vous n'êtes pas allées à l'hôpital ?

Emmy passe le bout de sa langue sur ses lèvres gercées.

– Non… Elle était là quand je suis partie, il y a moins d'une heure.

Je sais que c'est un vain espoir, mais je fais quelques pas vers la tente et je l'ouvre d'un coup.

Elle est vide. Bien sûr.

Je me redresse. La gravité de la situation me frappe comme un coup de massue. Je manque de perdre l'équilibre.

– Alors où étais-tu, bordel ?

Emmy ne répond pas. Elle s'écarte du véhicule et dit, d'une voix à peine plus forte que le ton de la conversation, comme si elle ne la maîtrisait pas :

– Tone ! Ohé !

Le silence retentit dans mes oreilles.

– Emmy. (Prononcer son nom me fait mal aux dents.) Si tu n'as pas amené Tone à l'hôpital, où étais-tu ?

Avant qu'elle ne puisse répondre – avant même qu'elle ait songé à répondre – Robert renchérit :

– Et combien de temps es-tu partie ?

Il y a un truc qui me dérange : sa voix, sa posture, sa façon de baisser la tête, le menton collé à la poitrine. L'absence d'étonnement dans sa voix.

– Qu'est-ce que vous avez fait ? chuchoté-je.

– Ce qu'il fallait faire, rétorque enfin Emmy. Ses yeux vitreux sont devenus sauvages, et sa queue-de-cheval rousse brille comme un feu de signalisation au soleil.

– C'est-à-dire ? demande Max.

Emmy ne le regarde pas quand elle répond. C'est moi qu'elle fixe.

– Quelqu'un devait agir, Alice. Tu ne m'écoutais pas.

Je me contente de secouer la tête. Un petit rire déformé m'échappe.

– Bien sûr, c'est ma faute. C'est ça ?

– Il y a quelqu'un ici, Alice, lance Emmy.

Ses mots me pétrifient.

– Quoi ?!

– Il y a un truc qui ne tourne pas rond dans ce bled. Vraiment pas. Je sais que tu as vu quelqu'un l'autre jour depuis la camionnette. Et ce n'est pas tout : Robert et moi avons entendu des choses.

Elle secoue la tête avant de reprendre.

– Et Tone qui va de moins en moins bien – bien sûr, je n'avais pas envie de la forcer à consulter un médecin, mais je ne pouvais pas non plus rester sans rien faire. Nous sommes coupés du monde, ici. J'étais obligée d'agir.

Emmy pince les lèvres d'un air décidé.

– Je ne me suis même pas absentée une heure, OK ? Tone dormait encore quand je suis partie. Nous avions largement assez d'essence, je n'ai rien gaspillé. Je voulais juste sortir de la zone sans réseau pour passer un coup de fil.

– À qui ?

Les mots semblent difformes dans ma bouche.

J'entends Emmy déglutir.

– Ma mère. Tu sais qu'elle est infirmière. Je voulais lui parler de la cheville de Tone. Et avoir un contact avec le monde extérieur. Au cas où il y aurait un accident. Nous sommes sans ressources ici. Pas de téléphone, aucune manière d'appeler à l'aide…

– Tu es en train de dire, articulé-je lentement, que tu étais si inquiète que quelque chose ne tourne pas rond que tu as laissé Tone toute seule. Alors qu'elle est malade, et qu'elle dormait ? Pendant une heure ?

C'est peut-être la première fois que je vois Emmy décontenancée. Ses mains pendent le long de son corps, les paumes tournées vers nous, pâles et exposées.

Cela ne me donne aucune satisfaction.

– Et maintenant elle a disparu, je conclus, à la fois comme un jugement et une constatation.

– Peut-être qu'on s'inquiète pour rien. Si ça se trouve, elle est allée aux toilettes.

– Dans ce cas, elle nous aurait entendus. Ça fait près d'une demi-heure qu'on est là.

– Mais elle a mal au pied, objecte Max. Peut-être qu'elle est juste partie se soulager, mais qu'elle est tombée et ne peut plus se relever. Ce ne serait pas surprenant.

Max pose une main sur mon bras.

– Allez, on part à sa recherche. Je suis sûre qu'on la trouvera vite. Je peux venir avec toi.

Il me serre légèrement le coude, comme pour me soutenir.

Je secoue la tête.

– Non, dis-je en indiquant Emmy d'un signe de tête, accompagne-la. Surveille-la. Il faut bien que quelqu'un le fasse pour éviter qu'elle se barre de nouveau avec une voiture.

Je m'attends à de la rage, mais Emmy reste immobile un instant. Puis elle se tourne vers Robert.

– Ça marche. Va avec Alice. L'important, c'est qu'on retrouve Tone avant qu'elle se blesse encore une fois.

Présent

– Tone !

Je me précipite au hasard dans une ruelle. Robert me saisit le bras. L'étreinte est délicate, mais je sens mon corps tiré vers l'arrière.

– C'est plus simple si on cherche de manière systématique. Rue après rue. Sinon on risque de la rater.

Sa voix est douce. Je la ressens comme une provocation.

Je m'arrête et je le dévisage.

– Tu savais qu'Emmy allait partir en voiture ?

Robert ne répond pas tout de suite. Son regard est fuyant, ses pupilles semblent minuscules dans ses petits iris couleur noisette.

La sensation qui grandit en moi s'apparente à du dégoût.

– Bien sûr que tu étais au courant !

Si seulement Emmy n'avait pas proposé de rester avec Tone. Max et moi aurions pu le faire. Si seulement Emmy m'avait avoué qu'elle voulait aller appeler quelqu'un, qu'elle était inquiète. J'aurais accepté.

N'est-ce pas ?

Le soleil me brûle les yeux et les façades des maisons semblent se rapprocher, s'affiner, pousser vers l'extérieur. Bientôt nous serons avalés par Silvertjärn. Nous serons enfouis dans le terreau ; nous ne deviendrons qu'un avec les murs, la pourriture et le silence. Comme Tone. Comme Aina, Elsa et Staffan.

Il ne restera aucune trace de nous.

J'essaie de chasser ces pensées morbides et inutiles.

– Tone ! crie Robert.

Sa voix est plus claire et moins désespérée que la mienne, mais c'est peut-être une mauvaise chose. Peut-être qu'elle porte moins.

Mes nerfs me donnent l'impression d'être aussi frêles que des cheveux carbonisés, recroquevillés et endoloris sous ma peau. Mes oreilles me paraissent d'une sensibilité surnaturelle. C'est comme si chaque seconde était celle qui précédait son appel « Ici ! », un cri faible et misérable, empreint de douleur.

Elle doit être tombée sur le pied et s'être blessée encore plus. Elle doit être allongée quelque part, les larmes aux yeux, les dents serrées.

Dès que nous la trouvons, nous quittons cet endroit. Nous la conduisons à l'hôpital. Nous laissons cette ville maudite derrière nous.

Les maisons se dressent de part et d'autre, trompeusement idylliques. Je traverse la rue au petit trot et écrase impitoyablement les scilles de Sibérie et les crocus qui ont péniblement pris racine dans le sol dense et poussiéreux. Des boîtes aux lettres rouillées pendent de guingois sur de maigres poteaux comme des têtes ratatinées aux plaques de tôle en guise de visage. 16, 17, 18.

– Tone !

Ma voix commence à flancher. Est-ce que je crois vraiment qu'elle va répondre ?

Où peut-elle bien être ?

Bien malgré moi, j'entends dans ma tête l'écho assourdi du rire étrange dans le film. Je vois sur ma rétine la silhouette sous la pluie. La voilà, l'idée que je refuse d'admettre.

Nous ne sommes pas seuls ici.

Je n'arrive pas à admettre que Silvertjärn, mon village perdu, abandonné, ne l'est peut-être pas tant que cela. Que quelque chose nous attendait. Que cette chose – ou cette personne – aurait enlevé Tone, nous guetterait dans l'ombre, nous observerait, peut-être en ce moment même.

La peau nue de mes bras picote.

Robert me rattrape et je m'arrête devant une maisonnette à la façade grisâtre. La jardinière blanche brisée, autrefois suspendue au rebord de la fenêtre, est de travers.

Lorsque je ferme les yeux, le soleil brûlant d'avril passe à travers mes paupières.

Robert pose une main sur mon épaule ; je la repousse et secoue la tête.

– Non.

– Elle ne pensait pas à mal.

J'ouvre les yeux.

– Quoi ?

– Emmy et moi en avions discuté avant.

Sa voix est basse, hésitante.

– Je savais ce qu'elle allait faire. Elle se faisait un sang d'encre. Elle m'a dit qu'elle n'était pas sûre que tu l'écoutes, alors… Elle était inquiète pour Tone, c'est tout. Je te jure.

Il semble si sincère, si honnête. J'ignore si je le crois, mais il a le genre de visage qui donne envie de lui faire confiance.

Sans répondre, je lève les yeux vers la rue, prends une profonde inspiration et crie :

– Tone ! Tone, tu m'entends ? C'est Alice ! TONE !

Pas un bruit. Rien à part ma respiration rauque et la brise qui siffle à travers les vitres cassées.

Je ne supporte pas de rester sans bouger. Je regarde autour de moi avant de retourner vers le carrefour. Lorsque j'ai le soleil dans les yeux, je place mes mains en visière pour mieux voir, m'arrête et regarde vers l'autre rue.

Et là, dans le silence oppressant…

Toute la réalité se pétrifie l'espace d'un instant. Le temps se délite en millisecondes. Une image où je m'immobilise ; une image où je plaque les mains sur les oreilles ; une où je m'accroupis, où je me roule en boule sur le sol ; une où je ferme les yeux aussi fort que je le peux, où je tente de mettre tous mes sens en veilleuse pour me protéger de ce vacarme tonitruant. Une violente déflagration qui secoue la ville.

C'est une explosion, et ça vient de la place.

Présent

Je sens l'odeur avant de voir la fumée.

L'exhalaison piquante, âcre me fait tousser lorsque je cours. J'ai beau être en assez bonne forme physique, je suis vite essoufflée et je commence à accuser un retard sur Robert qui ne m'attend pas.

Devant nous, d'épaisses volutes noires s'élèvent au-dessus de la place.

Robert se moque bien de moi, de Tone, de lui-même. Il se précipite vers Emmy.

Je prends quelques profondes inspirations, la fumée envahit mes poumons ; je tousse dans ma main et j'essaie de rattraper Robert.

On se croirait dans un film de guerre. Les débris carbonisés de l'une des camionnettes sont éparpillés sur les pavés.

Nos affaires brûlent encore ; ce sont elles qui créent les épaisses volutes qui s'élèvent vers le ciel. L'autre fourgonnette est renversée. L'extérieur est maculé de suie noire et les roues semblent avoir fondu à cause de la chaleur.

Avec l'onde de choc, la Volvo de Max s'est encastrée dans la façade de l'hôtel de ville. On dirait qu'un poing gigantesque a écrabouillé la tôle bleue.

Les herbes folles sur la place ont pris feu, les fines flammes tremblotent, comme cherchant l'oxygène.

Mes oreilles bourdonnent encore.

De l'autre côté de la place, je vois Emmy et Max arriver en courant ; ils s'arrêtent net. Les cheveux d'Emmy se sont évadés de sa queue-de-cheval et partent dans tous les sens, rouges et hirsutes, autour de sa tête. À travers le chaos, je vois son regard chercher le mien.

Nos affaires brûlent encore, elles noircissent et se consument dans les flammes. On ne les distingue presque plus les unes des autres.

– Emmy ! crie Robert, comme si le nom était arraché à sa gorge.

Emmy saisit Max par le poignet et lui souffle quelques mots. Puis ils commencent prudemment à se diriger vers nous. Ils restent près des bâtiments, à distance du feu qui lèche toujours les pavés.

Lorsqu'ils arrivent à notre hauteur, Robert se jette dans les bras d'Emmy et la serre si fort qu'il semble à deux doigts de la briser. Elle ferme les yeux. Ils gardent tous deux le silence.

Une étrange douleur se propage en moi, et le fait que Max me serre contre lui ne fait qu'empirer les choses ; je me libère de son étreinte.

Emmy a lâché Robert et me fixe.

– On ne peut pas rester là, s'étrangle-t-elle. L'autre camionnette peut exploser aussi.

– Mais qu'est-ce qui se passe, ici ?

J'ignore si c'est à Emmy, aux autres ou à la ville elle-même que je m'adresse.

– Je ne sais pas, répond Emmy. Mais il faut qu'on se mette à l'abri. Et on essaiera de comprendre.

Elle cale une mèche de cheveux derrière son oreille et regarde Robert, qui acquiesce.

J'entends un craquement métallique : un morceau de la camionnette en feu cède.

Je ne sais pas comment marche une explosion. Je sais seulement que je veux m'éloigner le plus possible du véhicule. Il paraît que ce n'est pas le feu qui représente le plus grand danger, mais l'onde de choc qui peut réduire vos organes en bouillie.

Je ne m'autorise pas à y penser.

Emmy se met à courir, et je la suis.

Passé

– Elsa !

Elle distingue la voix de Dagny derrière son dos. Elle hésite, songe un instant à faire comme si elle n'avait pas entendu, mais le respect des bonnes manières prend le dessus. Elle fait volte-face.

Comme toujours, Dagny est un peu trop chic pour une promenade au village avec sa jupe serrée et sa broche criarde au col de son manteau. Son rouge à lèvres sombre a coulé dans ses commissures. Plus jeune, elle était la beauté de Silvertjärn, et si elle est encore très élégante aujourd'hui, on voit que les années ont marqué son visage. Elle et son mari n'ont pas d'enfants, et Elsa se doute que ce n'est pas faute d'avoir essayé. Le chagrin a laissé des traces et lui a donné une expression dure, comme figée par de la laque, tel un joli vase en porcelaine fragile.

– Bonjour, lui dit Elsa quand elle l'a rattrapée. Comment vas-tu ?

Dagny esquisse un geste de la main vers le ciel gris et froid. On se croirait en janvier plutôt qu'en avril.

– Eh bien, tu sais, il fait un temps de chien, se plaint-elle, comme si c'était une chose qui la frappait personnellement plutôt qu'un phénomène touchant tout le village.

– Et toi, comment vas-tu ?

Elsa se demande comment répondre. Comment va-t-elle, en réalité ? Sa fille ne lui parle plus, son époux boit trop, son aînée qui se trouve à mille kilomètres d'ici est alitée à cause d'une pré-éclampsie et Elsa ne peut pas lui rendre visite parce qu'elle n'ose pas laisser sa protégée seule pendant quelques jours.

– Bien, répond-elle. Très bien.

– As-tu vu le chien des Axelsson ?

Elle semble vouloir suivre Elsa jusqu'à la maison.

– Non. J'aurais dû ?

Dagny secoue la tête.

– Apparemment, il s'est enfui il y a quelques jours. C'est ce qu'ils disent en tout cas. Pour ma part, je crois qu'il y a des ours dans la forêt.

– Des ours ?

– Oui, des ours. Le chien de Klaes Ekman a disparu lui aussi il y a quelques semaines. La bête se serait sauvée, selon lui. Il n'est pas très affecté, le toutou était surtout là pour éloigner les rats, mais je crois qu'un ours les a attrapés. J'avais une cousine là-haut, en Laponie, dont le chien a été enlevé par un ours l'hiver dernier. Ils n'ont pas assez à manger, vois-tu.

– Ça arrive surtout en hiver, non ? Pas au printemps.

– Bah ! Avec ce temps, c'est quasiment la même chose.

Elsa a la langue qui la démange, tant elle a envie de corriger cette affirmation, mais aujourd'hui elle n'a pas le courage d'expliquer à la femme la réaction des ours aux saisons.

Elles s'approchent de la maison de Dagny et cette dernière ralentit ; Elsa se sent obligée de faire de même.

– Elsa, je voulais te parler d'une chose, annonce Dagny, l'air gêné. Depuis quelque temps, Birgitta fait un boucan de tous les diables.

Le cœur d'Elsa cogne dans sa poitrine

– Un boucan de tous les diables ?

– Tard le soir, et la nuit, nous l'entendons jusque chez nous.

Dagny pince les lèvres, qui deviennent un trait couleur prune sur son visage maigre. Elle poursuit :

– Eh bien, tu sais que je ne fais pas partie de ceux… Enfin, je ne dis pas de mal de Birgitta. Je trouve ça révoltant que certains membres de la communauté cancanent sur elle. Elle est malade. Ce n'est pas sa faute si elle est comme elle est.

Elle prend un air si pieux, si hypocrite qu'Elsa a presque envie de s'emporter contre elle, mais elle ravale sa colère.

– Mais s'il te plaît, essaie de lui faire comprendre qu'elle doit faire moins de bruit.

Elle baisse la voix et embrasse du regard les maisons environnantes.

– Vu ce que les gens racontent… (Elle secoue la tête.) Je crois qu'elle devrait être prudente, murmure-t-elle en levant un regard inquiet vers la cabane de Birgitta.

Présent

Emmy ne s'arrête que trois rues plus loin. Elle bifurque à droite derrière les bâtisses, et je la suis. Je n'entends rien à part les claquements des semelles contre les pavés, le bourdonnement dans ma tête, les jambes d'Emmy en jean qui court devant moi, ses cheveux qui dansent au rythme de ses pas.

Elle s'arrête dans la rue transversale et se plie en avant, les mains sur les genoux, prise d'une quinte de toux sèche. La fumée s'est posée comme une mince pellicule sur ma langue et au fond de ma gorge, mais je ne parviens pas à tousser. J'ai l'impression que mes poumons se sont resserrés, jusqu'à devenir des noyaux ratatinés dans ma poitrine.

Les pas de Max et Robert s'approchent derrière moi et s'arrêtent. Je m'appuie moi aussi sur mes genoux et m'autorise à fermer les yeux un instant. J'attends que le monde cesse de tourner autour de moi. Je m'autorise à réintégrer mon corps. Tout semble si loin. Atone.

Un étrange picotement grandit dans ma poitrine et, avec distance et curiosité, je l'autorise à sortir de ma gorge en un gloussement aigu. J'ouvre les yeux et plaque une paume contre ma bouche pour le retenir, le repousser. Le tuer.

– Que s'est-il passé ? s'enquiert Max.

Son ton neutre, mesuré, m'aide à tenir en échec ce rire insensé, et j'abaisse de nouveau ma main. Emmy tousse une dernière fois, crache par terre, se redresse.

– Que s'est-il passé ? dit une voix.

Quelque part au loin, je prends conscience que c'est la mienne.

– Comment la camionnette a-t-elle pu exploser comme ça, sans raison ?

J'aimerais que quelqu'un réagisse. Me prenne par les épaules, me secoue, me donne une gifle. M'oblige à revenir à la réalité.

Mais personne ne bouge. Nous restons tous immobiles, pantelants et pantois, à nous regarder.

– L'allume-feu, murmure Emmy.

Je lève les yeux, je la vois fixer les volutes de fumée qui s'élèvent toujours au-dessus des toits.

– Quoi ?

– L'allume-feu, répète Emmy. Il y en avait plusieurs bidons dans la fourgonnette. Un bidon d'essence aussi. Ça figurait sur la liste.

Ah oui.

– Quelqu'un a dû y mettre le feu. D'une manière ou d'une autre. C'est la seule explication.

Nous nous dévisageons dans l'un de ces rares instants qui surviennent parfois quand trois ou quatre personnes sont frappées par la même idée exactement en même temps. Je regarde Robert, puis Max qui prend la parole :

– Emmy était avec moi.

– J'étais avec Alice, dit Robert au même moment.

– Ce n'est pas l'un d'entre nous, intervient Emmy. Ça ne peut pas être l'un de nous quatre.

Le dernier mot est plus appuyé que les précédents.

– Tone.

C'est Max qui prononce son nom.

Je le regarde, étonnée et terrifiée, comme une spirale nauséabonde dans mon ventre.

– Max… commencé-je.

– Alice, je t'en prie. Ils ont le droit de savoir.

Il ne peut pas faire allusion à ce que je pense : comment pourrait-il être au courant ?

Mais les contours de sa bouche et la ride entre ses yeux révèlent qu'il sait. Et que je ne pourrai pas lui faire tenir sa langue.

– Savoir quoi ? demande sèchement Emmy.

Max continue de me dévisager. Ses lèvres sont pincées, ses traits asymétriques tendus. Lorsqu'il se tourne vers Emmy, je sais déjà ce qu'il s'apprête à dire.

– La mère de Tone est le bébé qu'ils ont découvert dans l'école. C'est comme ça qu'elle et Alice se sont rencontrées. Alice l'a trouvée il y a deux ans lorsqu'elle faisait des recherches pour le film.

– C'est vrai ?

La voix d'Emmy est étouffée, mais tranchante.

– Vous n'aviez pas besoin de le savoir. Tone ne voulait rien dire et j'ai respecté sa volonté. C'était à elle de vous le raconter, pas à moi.

– Mais ce n'est pas tout ce que tu as caché, Alice.

L'odeur du feu, de la suie et de l'acier brûlé flotte encore. Un effluve vif et âcre qui fait larmoyer. Il s'accroche aux vêtements, pique le nez.

– Max, je t'en prie !

– J'ai vu les médicaments, Alice.

Je ne le reconnais même pas. Max, mon Max, mon ami. Qui me fait toujours rire, qui est toujours partant pour sortir boire une bière, écouter, raconter des conneries. Qui est toujours là pour me soutenir.

Il ne semble pas jouir de la situation. Il a l'air d'être comme moi. Au bord des larmes. Peut-être qu'il le pense vraiment quand il dit qu'ils ont le droit de savoir.

Peut-être qu'il a raison.

– Je les ai vus dans votre tente, dans la trousse de toilette quand j'ai emprunté du dentifrice. De l'Abilify.

Il marque une pause. Sa voix est maussade quand il reprend.

– L'Abilify sert à traiter les psychoses. N'est-ce pas ? C'est écrit sur l'emballage.

Comme je ne réponds pas, il ajoute pour préciser les choses, et les aggraver.

– Tone souffre de psychose.

Je secoue la tête.

– Ce n'est pas ça, dis-je en clignant frénétiquement des yeux pour chasser les larmes. Elle n'a eu qu'un seul épisode, et c'était il y a plus d'un an. Elle n'est pas folle et elle n'est pas dangereuse ! Elle est déprimée et elle a eu une psychose, une fois, ce n'est pas comme si elle était malade tout le temps. Elle va mieux maintenant. Elle n'avait pas envie que vous le sachiez, et non, ce n'était pas à moi de vous le dire. Tant qu'elle prend ses médicaments, elle est…

Je ne veux pas terminer la phrase. Je ne le peux pas.

Le silence s'installe.

– Mais est-ce qu'elle prend vraiment ses médicaments ?

Ma gorge se serre.

Tu devrais peut-être prendre des antalgiques quand même ?

Je revois la petite plaquette d'ibuprofène entre ses mains. Son regard fixe, d'une profondeur infinie, lorsqu'elle a avalé deux comprimés et a pincé les lèvres.

Je savais pourquoi elle ne pouvait pas absorber d'antalgiques. Je savais qu'elle ne voulait pas ingérer des molécules qui pourraient interférer avec ses neuroleptiques. Mais je n'ai pas compris. J'ignorais ce qui pouvait se passer.

Tone est adulte. Elle sait ce qu'elle fait.

Mais elle avait mal. Très mal. Et elle savait que je rechignais à partir. Elle savait combien c'était important pour moi. Elle l'a vu dans mes yeux lorsque je lui ai demandé si elle voulait aller à l'hôpital.

– Quand a-t-elle arrêté ses médicaments, Alice ? s'enquiert Emmy, la voix frêle, mais claire.

La prise de conscience est légère, fragile, transparente comme une fine couche de glace.

C'est ma faute.

Je lui ai rendu visite à l'hôpital. Une fois par semaine. Les derniers temps avant qu'elle ne s'effondre, elle avait cessé de répondre au téléphone, aux SMS. Je ne suis pas allée chez elle à l'improviste, car j'estimais qu'elle ne voulait pas me parler. Ça ne m'est jamais venu à l'esprit qu'il pouvait y avoir un problème. Pourtant, s'il y a bien une personne qui aurait pu comprendre, qui sait à quel point cela peut sembler impossible d'ouvrir un e-mail quand l'angoisse vous serre le cou de ses doigts noirs et fins, c'est bien moi.

À l'hôpital, elle était mutique. Plus encore que d'habitude. Elle répondait à peine à mon bavardage. Moi, en réaction, je parlais plus vite que de coutume, tentant de remplir de mots chaque instant pour éviter d'entendre le silence. Parfois, je me demandais si ma présence lui faisait plaisir.

Mais quand je m'apprêtais à partir, elle me serrait toujours très fort dans ses bras, comme si j'étais une bouée de sauvetage et elle une naufragée. Alors j'ai continué à venir jusqu'à ce qu'elle m'appelle un jour sur mon portable pour m'informer qu'elle était rentrée chez elle. Comme si rien ne s'était passé.

Je ne l'ai jamais vue malade. Elle n'en parlait pas beaucoup. Les rares fois où elle m'en a parlé, elle a simplement dit qu'elle s'était sentie… « confuse ». Et apeurée. « Parfois je croyais que j'étais ma mère, et que j'étais à Silvertjärn. Parfois j'entendais des voix. Elles essayaient de me transmettre des secrets. »

Mais elle n'en a pas reparlé depuis longtemps, à part pour s'assurer que je ne raconterais cela à personne.

Elle avait remonté la pente. Elle se sentait bien.

Tant qu'elle prenait ses médicaments.

L'image de Tone à la table de Birgitta forme une boule dans ma gorge, fait naître des larmes répugnantes et indésirables. Je refusais de voir. Je refusais de comprendre ce que cela pouvait signifier.

Elle m'a dit qu'elle allait bien.

Elle l'a dit.

Pourquoi l'ai-je écoutée ?

Personne ne dit rien pendant un bon moment. J'essaie de ravaler mes larmes et retrouver ma voix. Si seulement l'un d'eux pouvait parler, combler le vide.

– On doit quitter Silvertjärn, déclare enfin Emmy d'un ton neutre. On ne peut pas rester ici. On a besoin d'aide.

– Comment ? demande Max. Tu as vu les voitures ? Ce qui reste des voitures ?

– On peut partir à pied.

Robert se racle la gorge.

– La route la plus proche se trouve à au moins trente kilomètres, et le terrain est difficile. Et personne ne passe sur cette route. Où était la station-service la plus proche ? Quelques dizaines de kilomètres plus loin, non ?

– Nous n'avons pas besoin de trouver quelqu'un, dit Emmy. Il faut juste quitter la zone blanche.

– C'est loin ?

– Trente minutes en voiture. J'ai dû rouler au pas dans la forêt, c'est pour ça que c'était si long. Je ne connais pas la distance à vol d'oiseau.

Je lève les yeux, suffisamment pour voir qu'elle a sorti son téléphone de sa poche. Elle tente de l'allumer, en vain.

– La conversation téléphonique a vidé ma batterie. Et les vôtres ?

Robert secoue la tête. Je n'ai pas besoin de regarder mon portable pour voir qu'il est à plat.

– Morte aussi, dit Max.

– Et ton chargeur ? demande Emmy. Il était dans la Volvo ou dans la fourgonnette ?

– Dans la Volvo.

– Tu as un chargeur de voiture que tu peux brancher à l'allume-cigare ?

Une étincelle brille dans les yeux de Max.

– Je crois que oui. Dans le vide-poche.

Robert secoue la tête.

– Le moteur de la Volvo est mort, dit-il. Tu as vu sa tronche ? Impossible qu'il…

– Mais pas le générateur, le coupe Emmy. Il se trouvait dans l'autre camionnette. Il pourrait bien être intact. Si on peut brancher le chargeur à la prise du générateur, on peut charger son téléphone. Puis on marche trente ou quarante bornes jusqu'à retrouver du réseau.

Emmy jette un coup d'œil au-dessus des toits.

– Ça ne fume plus. Et les voitures, ça n'explose pas comme ça. Si c'est bien le bidon d'essence qui a explosé, il n'y a aucune raison de croire que l'autre véhicule est dangereux.

– Pas le véhicule, non, chuchote Robert.

Il n'a pas besoin d'en dire plus.

– Nous sommes quatre, dit Emmy à Robert.

Son visage est tendu, elle ne supporte pas qu'on la contredise.

– Qu'est-ce qu'une personne contre quatre ? continue-t-elle. On n'est pas obligés de s'éterniser. On y va, on trouve le chargeur et le générateur, on branche le téléphone et on attend qu'il charge. On surveille les environs. On récupère ce dont on a besoin dans le coffre : des vivres, à boire. Ce qui reste.

Je sais que je devrais me taire, mais j'en suis incapable.

– Ce n'était pas Tone. Impossible. Elle n'est pas folle. Elle n'est pas violente, elle n'a jamais été violente. Elle est simplement… malade.

Max répond à mi-voix :

– Si ce n'est pas elle, qui est-ce, Alice ?

C'est davantage un point final à la conversation qu'une véritable question, mais j'en ai un pincement au cœur. Je pense à une silhouette sous la pluie, l'ombre d'un ricanement dans le film, à l'aveu chuchoté de Tone :

J'ai cru voir quelqu'un au rez-de-chaussée.

À Emmy et son regard vert, franc.

Tu as vu quelqu'un, n'est-ce pas ?

Je me tourne vers elle à présent.

Elle pince les lèvres, qui ne sont qu'un mince trait sur son visage.

– Peu importe, tranche-t-elle, à mon grand étonnement. Ce qui importe c'est que nous appelions à l'aide et que nous nous tirions d'ici. Pour ça, il faut retourner sur la place.

– Que fait-on si ça ne marche pas ? demande Max.

Son pull en laine vert menthe est maculé de suie.

Emmy se gratte la nuque.

– Dans le pire des cas on peut attendre ici. Ma mère était inquiète, je lui ai dit d'envoyer la police si elle n'avait pas de nouvelles dans les quarante-huit heures. À ce moment-là, je croyais que j'allais revenir ici, mettre Tone dans la voiture et la conduire à l'hôpital.

Emmy hausse les épaules.

– Il vaut mieux qu'on essaie de charger un portable pour appeler à l'aide dès aujourd'hui, intervient Robert.

Ma voix est éteinte lorsque je m'entends prononcer ce que nous pensons tous :

– Alors on doit retourner sur la place.

Présent

Je marche quelques mètres derrière les autres lorsque nous nous acheminons, lentement mais sûrement, vers la place. Mes yeux errent dans les ruelles, fouillant les ombres. La boule dans mon ventre me ralentit et me rend léthargique.

Tone. Tone. Tone.

Je ne peux pas accepter qu'elle ait mis le feu au véhicule. Je voudrais en être aussi sûre que je tente de le faire croire. Mais j'ai beau réfléchir, je ne trouve pas de meilleure explication.

A-t-il pu exploser spontanément ? À cause d'un problème de fabrication ? Aurait-il pu y avoir une fuite ? Le moteur a-t-il pu s'allumer tout seul ? Une étincelle aurait jailli au mauvais moment ?

Peut-être.

Peut-être que c'est la malédiction de Silvertjärn. Peut-être que la ville est hantée. Peut-être que c'est l'œuvre d'extraterrestres.

Ou bien c'est mon amie qui a fait ça, mon amie malade, mon amie qui ne prend plus ses médicaments.

Qui est paranoïaque, perdue, et qui croyait se défendre contre quelqu'un qui n'est pas là.

L'angoisse est froide ; elle a de longs ongles.

Je ne veux pas le croire.

Les autres se sont arrêtés devant moi, en bordure de la place. Je les rejoins. Nous écoutons, immobiles.

– OK ? demande Emmy.

Je regarde les autres. Personne ne dit rien, mais Robert acquiesce.

L'espace d'un instant, je suis frappée par le côté absurde de la situation, on se croirait dans un film.

Je ne suis pas prête. Je ne veux pas faire ça.

Cela n'a aucune importance.

Emmy s'engage sur la place. Nous lui emboîtons le pas.

L'incendie s'est presque éteint. Il ne reste que les vestiges carbonisés des végétaux sur les pavés pleins de suie. Il n'y a pas de sirène hurlante, pas de roue de voiture qui continue de tourner. L'épave de la camionnette demeure là où nous l'avons laissée, les ruines de notre équipement sont éparpillées aux quatre coins de la place.

Je ne me souviens pas si notre assurance couvre les accidents bizarres. Ou les incendies criminels. Ce qui s'est passé doit bien compter comme un incendie criminel ?

Je traverse la place sur la pointe des pieds, le plus silencieusement possible. Je ne m'explique pas pourquoi. Si quelqu'un est suffisamment proche pour entendre mes pas, il ou elle doit pouvoir me voir aussi. Mais les instincts primaires font fi des arguments logiques ; ils veulent se faire tout petits, muets, se recroqueviller, se faufiler dans une cachette et disparaître.

Du gibier.

La Volvo se trouve de l'autre côté de la place. Elle était déjà garée un peu à l'écart – sans doute la raison pour laquelle elle n'a pas été touchée aussi violemment par l'explosion que le deuxième utilitaire. La force de la déflagration l'a poussée contre le mur, mais elle ne s'est pas renversée et elle n'a pas été brûlée ou marquée par le feu. On dirait que le conducteur en état d'ébriété a raté son virage et a fait une sortie de route. L'avant est enfoncé, le moteur est fichu, mais pour le reste, le véhicule est intact.

– Vous entendez quelque chose ? demande Emmy à voix basse.

Ses traits sont tendus. Je secoue la tête et Robert répond, aussi bas qu'elle :

– Non, rien.

Max s'arrête à côté de moi à hauteur de la Volvo, et je recule d'un pas. Je ne peux me résoudre à le regarder. Je recule tandis qu'il saisit la poignée, je détourne les yeux et j'entends le cliquetis de la portière qui s'ouvre.

– OK, dit Emmy. Super. Sors le chargeur, je vais fouiller dans la camionnette pour essayer de mettre la main sur le générateur.

Je ne veux pas rester avec Max, alors mes pieds suivent Emmy jusqu'à l'autre véhicule. C'est la moins mauvaise option. Couchée là-bas, la camionnette a l'air vaguement menaçante, comme une bête blessée qui s'est allongée sur le côté pour reprendre des forces.

– Je ne sais pas comment on va entrer, déclare Emmy, d'un ton pragmatique.

Je vois ce qu'elle veut dire. L'arrière de la camionnette était en partie tourné vers celle qui a explosé ; les portes qui donnent sur l'espace de chargement ont subi le choc de plein fouet. Elles sont cabossées et noircies : je me demande sérieusement si elles peuvent s'ouvrir.

– Je peux essayer, hésité-je. Sinon j'entrerai par le côté conducteur.

Celui qui se trouve en hauteur.

Je crois qu'elle va protester, mais elle se contente d'acquiescer.

Je saisis la poignée. Elle est encore chaude. Je tire. Impossible. Ça ne bouge pas d'un millimètre.

– OK, dis-je à Emmy.

Nul besoin d'ajouter quoi que ce soit.

Je fais le tour du véhicule jusqu'à la place du conducteur. La porte est plus haut que je ne le pensais. Pas moyen que je m'y hisse toute seule.

Je cherche des yeux un objet sur lequel grimper, mais Emmy a déjà attrapé un pneu de voiture à moitié carbonisé qu'elle traîne jusqu'à moi. Elle place le cercle de caoutchouc fondu sur la tranche et me tend la main.

– Merci.

Je soutiens son regard quelques secondes de trop. Je ne le fais pas à dessein. Je demeure paralysée, c'est tout, et elle aussi.

Je ne sais pas ce que nous essayons de nous dire.

Je pose le pied sur ce qui reste du pneu et me hisse dessus. Je suis à deux doigts de perdre l'équilibre, mais j'attrape la poignée de la portière. Je pousse brusquement sur le pneu pour me donner de l'élan. Le flanc du véhicule est glissant et noir de suie, mes vêtements sont maculés, mais je parviens à escalader le côté de la voiture ; je m'assieds près de la portière conducteur.

À genoux, je tire sur la portière. Je conjugue la force de mes deux mains. Elle est effroyablement lourde à cause de la gravité, mais elle n'est pas encastrée dans la carrosserie et elle finit par céder. Je la bloque en position ouverte puis je me faufile sur le siège passager.

À l'intérieur, on se croirait dans un terrain de jeu pour adultes. Un environnement commun, connu, où tout a été tourné à quatre-vingt-dix degrés. Les objets sont sens dessus dessous, les couvercles se sont détachés et tout notre bric-à-brac s'est déversé dans la voiture. De vieux bouts de crayon et la tasse de café dans laquelle j'ai bu en venant ici ont atterri contre la porte côté passager. J'aperçois également les papiers que j'ai dénichés dans l'église. Après une seconde d'hésitation, je les plie aussi délicatement que possible, et je les glisse dans ma poche arrière pour les emporter.

La petite vitre qui sépare les sièges avant de l'espace de chargement s'est détachée, soufflée par l'explosion ou brisée par la chute du véhicule, mais le cadre de la fenêtre est totalement bloqué. Quelque chose s'est fiché dans l'ouverture et refuse de bouger. Il doit s'agir d'un trépied d'appareil photo, ou un objet dans ce genre.

Est-ce tout ce qui reste de mon rêve ?

Non. Je ne peux pas me laisser aller à ces pensées, à la tristesse. Avec elle vient la peur, la honte, l'angoisse. Comme de la poix noire et visqueuse.

Je dois me concentrer sur ce qu'il faut faire.

Je cale mon dos contre le tableau de bord et les pieds contre l'élément qui bloque l'ouverture. J'ai l'impression que c'est mon corps qui va craquer – mes muscles sont à deux doigts de se déchirer, la sueur perle sur mon front – mais soudain, tout le fatras se détache à la vitesse d'un boulet de canon. L'amoncellement d'objets heurte la paroi du véhicule avec un fracas retentissant. Je me recroqueville instinctivement, les mains sur la tête.

– Alice ! crie Emmy depuis l'extérieur.

– Je vais bien !

Je me coule entre les sièges, puis par l'ouverture, et tâtonne. Lors de l'explosion, le pare-brise a éclaté, formant une impressionnante toile d'araignée de fissures. De plus, il s'est couvert de suie avec l'incendie et il fait à présent très sombre dans l'habitacle. Je ne peux pas identifier ce que je touche, je sais seulement que c'est du plastique et du métal, des coins anguleux et des fils. Je me demande ce qui a résisté à la déflagration – sans doute pas grand-chose.

Le générateur est un petit cube compact ; je tâtonne pour le localiser. Mon pied glisse et mon genou heurte un objet tranchant, ça fait si mal que j'ai des étincelles devant les yeux. Je pousse un gémissement et passe les bouts des doigts sur ma rotule. Au moins, mon pantalon n'est pas déchiré. Le choc n'a pas pu m'entailler la peau.

Si seulement je voyais mieux.

Je songe à sortir mon téléphone pour utiliser la fonction lampe de poche, mais je me rappelle que la batterie est à plat. C'est pour ça que je suis ici – quelle idiote – pour trouver le générateur et charger le portable de Max. Pour qu'on puisse se tirer d'ici. Loin de cette fichue ville.

Et là, dans le noir, j'entends un bruit.

Ce n'est d'abord rien d'autre que ma respiration qui résonne contre les murs, puis je perçois un petit décalage. L'autre respiration est plus superficielle, arrive quelques millièmes de seconde après la mienne de sorte que le rythme se désynchronise, devient dissonant.

J'ai des fourmis dans les pieds à cause de ma position inconfortable. Je n'ose pas bouger. Je me fais des films. Je le sais.

Mon corps agit sans moi.

Je retiens mon souffle.

Et je continue à entendre cette respiration rauque, légère.

Je sens un petit filer d'urine couler le long de ma jambe, mouiller mon jean.

Mes yeux commencent lentement mais sûrement à s'habituer à l'obscurité. Il n'y a pas assez de lumière pour que je puisse distinguer des détails, mais les contours apparaissent. Quelque chose repose contre les portes arrière abîmées. Une chose aux formes oblongues et souples qui ne ressemble en rien à un générateur ou une glacière.

Une chose qui remue.

– Tone ? chuchoté-je.

Et là, je l'entends, dans le noir.

Un petit rire étouffé qui murmure à mes tympans.

Un choc brûlant et glacial, un instinct de survie m'arrache à ma paralysie, traverse mon corps comme une tornade, pousse comme un cri et me force à reculer ; je tâtonne, je titube, je me cogne tandis que je tente, avec un désespoir que je n'ai jamais ressenti, de sortir, d'avancer vers le siège conducteur en battant des jambes et des pieds. Je suis folle, ivre de peur, comme un animal qui court vers sa survie, et il n'y a pas d'idées bien précises dans ma tête, seulement l'angoisse de la mort qui a pris le contrôle de mon cerveau reptilien et menace de faire exploser mon crâne.

Je passe dans l'interstice entre les sièges, me hisse par la portière avec une force qui tend mes muscles au maximum, une force dont je ne me sentais même pas capable. Je glisse et me laisse tomber par terre, j'atterris sur les pavés. Le choc se propage jusque dans ma colonne vertébrale. Je ne devrais pas pouvoir bouger, je ne le peux pas, en réalité, mais je me lève tant bien que mal et je me mets à courir.

Au bout de quelques mètres seulement, quelqu'un m'attrape par-derrière.

Présent

– Alice ! Qu'est-ce que tu fais ?

J'essaie de ramener mon bras, mais une main me serre fermement le poignet. Bientôt, mon pouls se calme. Je me retourne et je vois Emmy qui me dévisage.

– Alice ? dit Max, près de la Volvo.

Le monde commence à se reconstituer autour de moi.

– Alice, qu'est-ce qu'il y a ? demande Emmy en me lâchant.

Elle m'observe ; une petite ride apparaît entre ses sourcils.

– Qu'est-ce qui s'est passé ?

Je déglutis et regarde la camionnette. Elle est toujours couchée sur le côté, tel un géant blessé et couvert de suie.

– Il y…

Ma voix est frêle, semble lointaine.

Il y a quelqu'un là-bas.

J'ai les mots sur le bout de la langue, mais ils ne veulent pas sortir.

J'ai entendu quelque chose. Quelqu'un.

Et ce n'était pas Tone.

J'avale encore une fois ma salive.

– Je n'ai pas trouvé le générateur, dis-je finalement. Mais tout est détruit à l'intérieur. Je crois qu'il est cassé.

– Est-ce que ça va ?

Emmy semble m'évaluer.

Que diraient-ils si je leur raconte que j'ai entendu quelqu'un dans la camionnette ? Quelqu'un qui riait ? Qui n'était pas Tone ?

Ou bien…

Est-ce que je m'imagine des choses ?

Je n'ai jamais souffert de psychose. À la différence de Tone. Mais ses symptômes ont commencé par une dépression ; et j'ai aussi traversé une dépression. Assez profonde. Et Emmy ne m'a pas écoutée non plus à ce moment-là.

Pas un bruit ne nous parvient depuis la camionnette.

Je pourrais leur demander d'aller voir. D'ouvrir les portes, de se faufiler à l'intérieur pour regarder. Mais j'imagine déjà la tête d'Emmy quand elle ressortira et dira froidement : « Il n'y a rien là-dedans. Elle se fait des idées. Hystérique. »

Je déglutis.

– Je… suis restée coincée. À l'envers. C'était horrible, j'ai cru que je n'allais pas réussir à me détacher.

– Comment ça s'est passé ? s'enquiert Robert qui nous a rejoints.

Quand je me retourne, je vois qu'il tient un chargeur blanc muni d'un long câble.

– Il faut croire que le générateur s'est brisé dans l'explosion, explique Emmy.

Je pince les lèvres

– Merde ! s'exclame Robert.

– On devrait établir le camp quelque part, dit Emmy. À un endroit stable, sous un toit. Après, on verra quoi faire.

– Un endroit avec des portes, ajoute Robert.

Pour pouvoir s'y enfermer. Et empêcher quelqu'un d'entrer.

Mais ça, il n'a pas besoin de le dire.

Emmy plisse les yeux dans le soleil de midi, puis son regard se pose sur la ville. Les rayons du soleil scintillent et se reflètent dans la croix qui est le point le plus haut et le guide de la ville.

– L'église, lâche-t-elle. Allons dans l'église.

Présent

– Il faut se barricader, lance Emmy à Max et Robert.

Elle accompagne ses paroles d'actes : elle marche jusqu'à un banc et le soulève d'un côté. Elle parvient à peine à le bouger – il semble fabriqué en chêne massif – mais Robert se joint à elle, et ils réussissent à le pousser jusqu'aux portes, avec un affreux grincement qui résonne dans la pièce.

Robert recule un peu et regarde le meuble.

– Ça devrait suffire.

– Qu'est-ce qu'on fait, maintenant ? demande Max.

C'est Robert qui répond.

– Si ta mère devait appeler la police dans quarante-huit heures et que tu lui as téléphoné il y a quelques heures, ils devraient venir après-demain dans la matinée.

– Ça fait tout de même deux jours. Nous n'avons ni à manger, ni boire…

– On peut aller chercher de l'eau à la rivière, suggère Emmy. À cette époque-ci de l'année ça doit être de la neige fondue, elle doit être propre.

– On pourrait tenter de partir à pied, proposer Robert, la voix hésitante. Mais on n'a ni boussole ni bonnes chaussures… on peut essayer de suivre la route, mais il y a au moins quarante ou cinquante kilomètres jusqu'à la première voie fréquentée. Encore plus loin jusqu'à la ville la plus proche.

– Et les stations-services ?

– Celle où nous avons fait le plein était à deux heures d'ici en voiture, dit Robert.

Max ne le regarde pas. Il fixe le banc en chêne qui bloque les portes de l'église.

Mon regard est attiré par le Christ au-dessus de l'autel. Ses yeux d'un noir profond et mat semblent nous défier. Ses lèvres ne sont-elles pas plissées dans un sourire cruel et indolent ?

– On ne peut pas la laisser dehors.

Je me tourne vers Emmy. Elle secoue la tête. Aucun de nous ne parle.

– Elle doit avoir peur. Être morte de trouille, même. Et seule. Elle pourrait se blesser, elle pourrait…

Je déglutis avec difficulté.

– Et que veux-tu qu'on fasse ? s'enquiert Emmy. Qu'on passe au crible tout Silvertjärn ? Si elle ne veut pas qu'on la trouve, on ne la trouvera pas. Elle est dangereuse, Alice. Ce n'est pas sûr.

J'explose :

– Elle n'est pas dangereuse !

Une infime partie de moi sait bien que ce n'est pas la meilleure manière de la convaincre, mais impossible de me retenir. Comment peuvent-ils envisager de la laisser dehors ? Comment peuvent-ils voir un monstre dans une femme seule qui ne comprend pas ce qu'elle fait ?

– Elle a fait exploser nos voitures, Alice ! (Emmy semble aussi avoir perdu patience.) C'est à cause d'elle que nous sommes coincés ici.

– Comment peux-tu en être sûre ? Vous n'en savez rien, ce n'est qu'une hypothèse !

– Nous n'aurions pas besoin de formuler cette hypothèse si tu nous avais dit qu'elle était dérangée !

– Elle n'est pas dérangée ! (Ma voix tremble, je tente de la stabiliser, de conserver la colère, de m'y accrocher.) Elle n'est pas dérangée. Elle est malade. Ce n'est qu'un épisode et c'est…

C'est ma faute.

Emmy se contente de secouer la tête.

– On reste ici. On attend.

Je serre les dents si fort que mes mâchoires me font mal.

– Non, répliqué-je.

– OK, alors votons, concède Emmy en regardant les autres. Levez la main si vous voulez rester dans l'église jusqu'à l'arrivée de la police.

Je dévisage les deux garçons. Robert lève la main lentement, presque timidement. Max fronce les sourcils, mais il fait de même.

L'espace d'un instant, je songe à leur parler de la respiration que j'ai perçue dans la fourgonnette. J'entends encore son écho dans ma tête, superficielle, rocailleuse.

M'écouteraient-ils à présent ? Emmy m'écouterait-elle ? À un moment, elle a cru qu'il y avait quelqu'un. À un moment où je n'ai pas voulu entendre. Ou penseraient-ils que c'était Tone dans la voiture, même si je sentais jusqu'au bout des orteils que ce n'était pas elle ?

Pour ma part, je ne sais pas s'il y avait vraiment quelqu'un. Ou si j'ai eu un moment de folie. Une chimère née de Silvertjärn qui murmurait à mon oreille.

Je reste coite.

– Bon, voilà, conclut Emmy.

Présent

Je suis assise sur une des vieilles chaises à barreaux dans la sacristie. Le coussin, couvert de moisissure, se délite. Il ne reste que des traces du joli tissu à fleurs. Les pieds ont grincé quand je me suis laissée tomber, mais ça tient.

Dehors, le soleil a commencé son nonchalant voyage vers l'horizon. Mes yeux fatigués ont suivi son parcours. Je ne sais pas depuis combien de temps je suis enfermée ici. Ça ne peut pas faire plus d'une heure.

J'ai fermé la porte derrière moi, et personne ne m'a encore suivie. Je ne sais pas si je suis déçue ou pas. Le silence me calme, m'endort ; ici, il n'y a personne contre qui fulminer. Mais dans le silence, il n'y a rien qui me détourne de mes ruminations.

Je pense à Tone. À Silvertjärn. Et aussi – honte à moi – à mon film, qui n'adviendra jamais. Peut-être que cela ne devrait plus avoir d'importance maintenant que le monde entier a chaviré, qu'il est devenu méconnaissable, mais ça en a pour moi. Le rêve de ce film a été mon moteur pendant près de vingt ans. Le perdre tout à coup, alors que j'étais si proche, c'est comme regarder mes jambes et découvrir que l'une d'entre elles a disparu et que le moignon saigne.

Le grincement de la porte derrière moi suffit à me faire sursauter. Je me retourne.

– Comment ça va ? demande Max.

Il a une bouteille d'eau à moitié pleine à la main. Avant que j'aie le temps de répondre, il ferme la porte derrière lui.

– Je me disais que tu pouvais avoir soif.

Il fait quelques pas prudents dans ma direction.

Mal à l'aise d'être assise alors qu'il est debout, je me lève. Il s'arrête, me sourit timidement et me tend la bouteille.

J'hésite avant de la prendre et de la porter à la bouche. Je bois de longues gorgées. L'eau tiède dégage un goût de plastique, mais elle rince la pellicule sèche qui couvre mon gosier et mon palais. Je prends soudain conscience que je suis affamée.

– Je l'avais dans mon sac à dos. J'ai aussi quelques barres protéinées si tu veux.

Je baisse la bouteille d'eau.

– Qu'est-ce que tu veux, Max ?

La question semble plus dure que je ne le voudrais, mais je ne la regrette pas.

– Juste voir si ça va.

– Non. Ça ne va pas. Rien ne va. Tu peux t'en aller, maintenant. Tiens.

Je lui tends la bouteille, mais il ne la prend pas. Les traits autour de sa bouche sont tirés, ses grands yeux bovins tristes sous son front plissé. Il a les sourcils très fins, je le remarque à présent, pour la première fois. Ils semblent dénués d'expression, comme des traits dessinés sur le visage d'une poupée.

– Tu es en colère contre moi ?

Je ne peux rien faire d'autre que le dévisager.

– En colère ?

J'émets un petit rire qui ressemble à un sanglot.

– Alice, je t'en prie.

Max avance d'un pas vers moi, mais je secoue la tête.

– « En colère » ne suffit pas à décrire ce que je ressens. Je ne comprends pas comment tu as pu faire ça, Max. De tous les gens qui sont ici… commencé-je, mais mes lèvres brûlantes me trahissent, et je déglutis. De tous les gens ici, je croyais que tu étais celui en qui je pouvais avoir le plus confiance. Quoi qu'il arrive, je pensais que tu resterais de mon côté.

Lorsque Max prend la parole, sa voix est douce et raisonnable, marquant un fort contraste avec la mienne, incertaine et indignée.

– J'étais obligé de dire quelque chose, Alice. Je n'avais pas le choix. Tu sais que je ne chercherai jamais à te nuire. Jamais. Mais ils avaient le droit de savoir.

– Ce n'était pas à moi d'en parler !

Je me répète. Et chaque fois que je prononce cette phrase, les mots semblent plus fins, comme un papier que l'on plie et replie au même endroit jusqu'à que les fibres se déchirent.

– Mais ils avaient le droit de savoir. C'est pour ça que je leur ai dit.

Il a en partie raison. Les autres avaient besoin de savoir que Tone était malade, qu'elle n'était pas bien.

– Maintenant, ils croient qu'elle est dangereuse. Ils veulent la laisser dehors. Elle doit avoir tellement peur… !

Je secoue la tête.

– C'est trop risqué, Alice. Tu dis qu'elle n'est pas dangereuse, mais elle n'est pas elle-même. Et Silvertjärn a sans doute aussi un effet sur elle. Le mieux qu'on puisse faire pour Tone, c'est partir d'ici et aller chercher de l'aide.

Il fait un pas prudent vers moi.

– Je ne voulais pas te blesser, Alice. Sache-le. J'ai seulement fait ce qu'il fallait faire.

Je ne veux pas l'écouter. Ses mots sont pleins de bon sens, mais sa trahison me brûle encore. Mais comment pourrais-je faire confiance à mon instinct ?

Rien de tout ce que je pensais jusqu'à maintenant ne s'est avéré exact.

– Allez, Alice, insiste Max en serrant mon corps raide dans ses bras.

Il a chaud et transpire sous son pull en laine sale, et les derniers effluves de son déodorant se faufilent dans mes narines.

– Nous serons bientôt loin d'ici, murmure-t-il contre mon épaule tout en me serrant fort contre lui. Bientôt, tout ça sera derrière nous. On va s'en sortir.

Il finit par me lâcher, recule d'un pas, me regarde et sourit.

– Tu as faim ? Je peux aller te chercher une barre de céréales.

Je déglutis et je hoche la tête.

– Oui, merci beaucoup.

Max sort et ferme la porte derrière lui.

Je retourne sur ma chaise à barreaux et je m'y laisse tomber. Le dégoût réprimé a coagulé, se changeant en une masse froide qui me donne une crampe à l'estomac. À moins que ce soit juste la faim.

Quelque chose sur le coussin de la chaise me pique ; je me lève avec un juron étouffé et je pose une main sur l'assise. Rien.

Mais ça me pique toujours ; ça doit être dans ma poche arrière.

Je la palpe et j'en sors une liasse de papiers pliés et froissés.

Ah, bien sûr, ce sont les documents de la sacristie. Ceux que j'ai trouvés sur la table devant moi il y a une éternité ; ceux que j'ai récupérés dans la voiture.

Les doigts engourdis, je les déplie pour les observer. La première feuille est couverte d'étranges griffonnages, des dessins enfantins de spirales et de bonshommes bâtons. Les papiers sont tout abîmés par ma manipulation peu précautionneuse. C'est absurde, mais ça me fait un peu mal au cœur de voir l'état dans lequel ils sont, malgré tout ce qui s'est passé.

J'entends vaguement Max discuter avec Robert de l'autre côté de la porte, mais ici, le calme est total. La lumière a changé, passant de la lueur tranchante de l'après-midi à la braise dorée du début de soirée.

Voyons voir.

Je m'oblige à me concentrer sur eux, ces bonshommes tracés d'une main maladroite, à la craie grasse, semble-t-il. Je les fixe.

L'un d'entre eux possède une grande bouche noire comme un trou. Un vide.

Les fenêtres surmontant l'évier donnent sur l'ouest, vers le soleil qui descend doucement. Sur le cimetière.

Je regarde alternativement les feuilles et la table insignifiante où nous les avons trouvées, vaguement consciente d'une conversation à voix basse dans l'église, en pensant à cet homme au visage d'ange assis à cette table soixante ans plus tôt.

Comment ces dessins se sont-ils retrouvés au milieu des papiers du prêtre ?

Je sais où j'ai vu ces formes, ce tracé maladroit qui ressemble à celui d'un enfant, mais qui n'en est pas un.

Ces bonshommes bâtons, je les ai observés ce matin sur la table de Gitta-la-simplette. C'est elle qui a dû les dessiner.

Mais d'après nos informations, Birgitta ne s'éloignait jamais de plus de quelques mètres de sa maison.

Que faisait l'un de ses dessins dans l'église ?

Passé

Elsa frappe à la porte. Elle tape plus fort que d'habitude, mais ses mains tremblent et elle a du mal à poser sa voix.

– Birgitta ! s'exclame-t-elle en essayant de paraître aussi gaie que possible. Birgitta, c'est moi, Elsa. Je t'apporte à manger.

Oui, il y a à manger dans le panier à pique-nique, mais elle l'a composé à la hâte et n'a pas pris les denrées qu'il faut. Son cœur tambourine dans sa poitrine comme celui d'un oiseau et elle transpire malgré la fraîcheur de cette journée estivale.

Le début de l'été a été sombre, nuageux et froid, avec une constante odeur de pluie dans l'air. Toutes les sensations paraissent fades, insipides, et tous les habitants errent dans les rues comme des fantômes, sans but ni volonté. Au milieu d'eux, les fidèles de l'église semblent briller comme des torches.

Quelque chose se trame.

– Birgitta ! répète-t-elle, plus fort, d'une voix plus aiguë, en martelant de nouveau la porte. Ouvre !

Ça ne peut pas être si grave que cela, tente-t-elle de se convaincre. Elle était là il y a seulement quelques jours. Birgitta avait l'air normal.

Mais, à y réfléchir, n'était-elle pas un peu pâle ? Bien qu'Elsa ne l'ait pas remarqué. Bien qu'elle ne se soit pas autorisée à le voir. Car elle avait la tête ailleurs. Elle songeait à Staffan et à ses problèmes de boisson. À Margaretha et à sa dernière lettre. À son envie d'être là-bas, à Stockholm, pour lui tenir la main, l'aider à supporter sa pré-éclampsie. Le cœur d'Elsa saigne pour elle.

Et avec tout cela à l'esprit, elle n'a pas pu voir ce qui était arrivé à Birgitta.

À Aina.

À ses filles.

Elsa n'arrive même plus à se maudire. La rage l'abandonne. Elle baisse la main et appuie son front contre la porte et chuchote, bien qu'elle sache que Birgitta n'ouvrira pas.

– S'il te plaît, Birgitta, ouvre-moi.

Le bois abîmé est frais et doux contre sa peau. Il rafraîchit son visage brûlant.

Elle frappe toujours de sa main droite.

Puis elle entend des pas s'approcher de l'autre côté de la porte.

Elsa a à peine le temps de se redresser que Birgitta ouvre la porte.

Un immense soulagement l'envahit. Elle avait beau savoir que ce n'était sûrement pas le cas, elle avait tout de même une peur bleue que Birgitta soit morte. Morte ou gravement malade. Trois jours sans visite, c'est long pour quelqu'un comme Birgitta.

Mais le soulagement se change vite en épouvante.

Birgitta a les yeux baissés, comme d'habitude, mais ils errent sans jamais s'arrêter et semblent emplis d'effroi ; elle émet une sorte de gémissement en se balançant d'avant en arrière sur place. On dirait presque qu'elle sanglote. Elsa n'a jamais entendu Birgitta pleurer.

– Ah, Birgitta !

Elsa pose le panier et écarte les bras pour l'enlacer, mais Birgitta geint de plus en plus fort, son gémissement devient un cri, un hurlement et elle lance ses bras vers Elsa. L'un de ses membres lourds atteint la tempe d'Elsa, qui recule en titubant, des étoiles devant les yeux. La douleur est intense, mais elle parvient à retrouver l'équilibre à temps. Elle palpe sa joue. Elle lui brûle, mais rien ne paraît arraché ou cassé ; la peau est intacte.

Birgitta a reculé dans la maison ; elle continue à pousser ce gémissement inconsolable et plaintif, mais qui semble presque résigné. Elle ne voulait pas lui faire mal. Elsa le sait bien.

– Je suis désolée, Birgitta, murmure-t-elle, toujours prise de vertiges. J'ai eu tort. Je n'aurais pas dû faire ça.

Elsa ne sait pas si Birgitta l'entend. Elle s'approche d'elle doucement, les bras ballants. Elle tente de lui montrer qu'elle ne va pas essayer de la toucher. Puis elle ramasse le panier à provisions par terre.

– Je peux entrer ? Je t'ai apporté à manger. Tu dois mourir de faim.

Elsa s'efforce de rester immobile en attendant que Birgitta se décide.

Elle finit par se décaler légèrement, suffisamment pour qu'Elsa puisse se faufiler par l'ouverture.

– Merci beaucoup, Birgitta, dit-elle poliment, comme si Birgitta était une voisine qui l'avait invitée à boire le café. Elsa frotte ses chaussures pour en ôter la boue avant de passer le seuil. Après ce long été pluvieux, tout Silvertjärn n'est qu'un marécage géant.

Elle entre et jette un coup d'œil alentour. À sa grande surprise, l'odeur de renfermé n'est pas plus prononcée que d'habitude. C'est même plutôt l'inverse.

Les rayons du soleil d'été filtrent à travers les maigres branchages du jeune chêne et éclairent la table.

Il y a quelque chose dessus.

Avant de continuer dans la maison, Elsa contemple Birgitta, laquelle ne semble pas montrer de signes d'indignation. Elle paraît s'être calmée. Elsa pose le panier sur la chaise, comme d'habitude, et regarde la table.

Ce sont des craies grasses.

De petits crayons de cire bon marché, pour les enfants. Il y a quatre couleurs : rouge, bleu, jaune et noir.

Elsa se penche vers la table pour voir ce que Birgitta a dessiné, mais ne trouve rien. Elle fouille la pièce des yeux. En vain.

Puis ses yeux s'arrêtent sur le sol, juste devant les pieds de Birgitta.

On aperçoit de faibles traces de boue.

Des traces de pas, de la même boue que celle qui couvre le sol dehors.

Elsa regarde les pieds de Birgitta, mais elle sait déjà que ce ne sont pas ses traces. Elles sont trop grandes pour être celles des pieds étonnamment menus de Birgitta. A priori, Birgitta ne possède pas de chaussures. Si on essaie de lui faire porter autre chose que la grande robe informe dans laquelle elle vit depuis le décès de sa mère, elle secoue la tête et fait des moulinets avec les bras. Tout autre vêtement semble la faire souffrir.

– Birgitta, dit Elsa lentement en observant de nouveau les craies grasses. Qui est venu ici ?

Elsa veut que Birgitta croise son regard et réponde à sa question. Mais Birgitta en est incapable. Elle se contente de marmonner des sons incohérents, dénués de sens.

Ça ne peut pas être Aina.

Elsa le sait, car la voix provocante et insolente d'Aina résonne encore à ses oreilles, ces mots étrangers, cruels, qu'Elsa n'aurait jamais pensé entendre de la bouche de sa fille.

Tu n'as aucun pouvoir sur moi, je suis l'une des élues de Dieu. Tu ne peux pas me donner d'ordre, et j'ai mieux à faire à présent que de m'occuper de ce monstre.

Elsa n'avait jamais frappé ses enfants avant. Elle n'avait jamais levé la main sur quiconque dans un mouvement de colère. Ses mains ont toujours été de celles qui réconfortent, apaisent, veillent au bien-être d'autrui.

Mais sa paume brûle encore à l'endroit où elle a touché la joue d'Aina.

Et ce qui demeure en elle n'est ni le mensonge, ni l'insolence, ni même la gifle qui a retenti dans la pièce.

Non, c'est l'étincelle qui s'est allumée dans les beaux yeux sombres d'Aina, lorsqu'elle a porté la main à la joue. Elle a fixé sa mère avec un regard qui semblait triomphant.

Elsa a envie de vomir.

Birgitta recommence à se balancer d'avant en arrière. Elle déplace un pied, le pose sur l'empreinte de chaussure séchée et l'étale jusqu'à ce qu'il n'en reste rien qu'une tache de poussière brune sur le plancher.

Lorsque Birgitta bouge, Elsa devine des traces sombres sur son cou, entre les rideaux de cheveux ternes. Des traces qui ressemblent à des marques de doigts.

Au loin, comme un grondement venant des entrailles de la terre, elle entend le bruit assourdi de centaines de personnes qui chantent en chœur.

La prière du soir a commencé.

Présent

J'ouvre les portes du placard et je scrute l'intérieur. Rien de comestible. Des sacs en papier froissés contenant de la farine ou des flocons d'avoine qui se sont momifiés au fil des ans, de petites boîtes en fer recelant des épices et des bouteilles en verre dont le contenu a coagulé et s'est calcifié.

– Rien ici non plus, dis-je à Robert en refermant le placard.

Les gonds grincent, mais font toujours leur boulot. Il hoche la tête, sourcils froncés.

C'est la quatrième maison que nous visitons et je commence à perdre espoir que nous trouvions à manger.

Max était le seul d'entre nous à avoir apporté son sac à dos et les trois barres protéinées qu'il lui restait ne nous ont pas permis de tenir bien longtemps. À la tombée de la nuit, nous avons été obligés de formuler un plan.

Je n'ai pas dit grand-chose quand les autres ont discuté de ce que nous allions faire. Tous nos vivres se trouvaient dans le véhicule qui a explosé. La meilleure solution, a suggéré Emmy, serait de faire le tour des habitations les plus proches et fouiller dans les garde-mangers. Certaines denrées ne sont pas périssables, et nous n'allons pas faire la fine bouche. Il nous suffit d'absorber des calories non toxiques, peu importe d'où elles proviennent.

Quand les autres ont approuvé, je me suis redressée et je me suis portée volontaire pour cette mission.

Emmy a proposé à Robert de m'accompagner, il a hoché la tête sans protester. Nous devons les contacter tous les quarts d'heure pour leur confirmer que tout va bien.

Je me demande si Robert contredirait Emmy. Il semble la considérer comme une autorité absolue. Qu'est-ce que ça fait d'avoir ce genre de pouvoir sur les autres ? Mes relations n'ont jamais ressemblé à ça. Soit les gens ne sont pas intéressés, et je languis, soit c'est moi qui ne montre aucun intérêt et les gens se fâchent. Finalement, je suis toujours perdante. Pathétique ou sans cœur. Les seules options possibles.

Heureusement que je suis accompagnée de Robert ; je n'aurais pas aimé être seule ici, et je sais que les autres ne m'auraient pas laissée. Ils ne me font plus confiance. Ça me fait mal, mais en même temps ils ont raison. Je ne crois pas que nous trouverons à manger, je veux juste chercher Tone. Devoir trainer Robert derrière moi est un faible prix à payer pour pouvoir guetter un quelconque signe de mon amie – une empreinte, une indication, quelque chose – n'importe quoi – qui puisse révéler où elle se cache.

– Allons voir la maison suivante, propose Robert.

Je hoche la tête.

Lorsque nous ressortons dans la rue, le soleil a totalement disparu. Il ne reste de la lumière du jour que le spectacle rougeoyant au-dessus des arbres, mais même cela pâlit vite. Nous nous trouvons dans la rue qui longe la rivière et je vois presque tout Silvertjärn. Les toits grouillants, le cours d'eau qui sillonne la ville et le lac, sombre et menaçant, comme une promesse.

Robert jette un coup d'œil à sa grosse montre noire.

– Ça fait un quart d'heure, constate-t-il.

Il détache le talkie-walkie de sa ceinture.

– Ici Robert, déclare-t-il dans le micro. J'entends l'écho depuis l'émetteur dans ma poche de pantalon. On va vers… Alice, qu'est-ce que tu fais ?

J'ai déjà fait quelques pas avant de comprendre ce que j'ai devant les yeux.

Ça doit être elle. À coup sûr.

Une petite maison jaune à côté de la rivière.

C'est un pavillon comme tous les autres, planté au milieu d'un petit terrain depuis longtemps envahi par les herbes folles qui longent la rive. Il semble mieux conservé que les autres bâtisses de la rue : le toit n'est pas enfoncé, et la porte est intacte.

Une porte verte.

Toutes les maisons de cette rue étaient jaunes, mais la nôtre était la seule à avoir une porte verte.

La peinture verte a pâli et s'est écaillée. Autrefois, elle devait être émeraude, mais des années de soleil, de vent et de neige l'ont transformée en un vert bouteille délavé qui se détache du bois.

Je jette un coup d'œil alentour pour être tout à fait sûr. Oui, toutes les maisons sont jaunes. Mais aucune autre ne possède une porte verte.

Grâce à ça, je me sentais spéciale.

– Alice, qu'est-ce que tu fabriques ?

Robert semble étonnamment nerveux. Je me retourne. Il a relâché le bouton du talkie-walkie et m'observe.

– C'est la maison de ma grand-mère.

Robert cligne des yeux, son regard navigue entre la maison et moi.

– Ah ! Ça alors !

Il examine la bâtisse à la porte verte pendant quelques secondes avant de secouer la tête.

– Tu sais ce qu'on a dit. De l'eau, des vivres, puis retour à l'église. Il vaut mieux rester groupés, c'est plus sûr.

– Il peut y avoir à manger là-dedans. On peut juste y faire un petit tour. Vite fait.

Robert secoue la tête.

– Non.

Je me tourne de nouveau vers la maison.

– Robert, elle pourrait être dedans. Tone saurait reconnaître la maison aussi. Elle pourrait s'y sentir en sécurité. On est deux et… elle n'est pas dangereuse. Je te promets qu'elle ne l'est pas. On ne peut pas juste entrer jeter un coup d'œil ? Et de toute façon, on devait visiter une habitation de plus. Ça, c'est une habitation de plus. Il y a peut-être de la nourriture !

Robert balaie la façade des yeux, l'hésitation submerge son visage criblé de taches de rousseur. Je ne dis rien. Je me contente de lui adresser un regard fixe et franc. Je ne veux pas montrer mon désespoir.

Puis il pousse un petit soupir et lève le talkie-walkie devant sa bouche.

– Ici Robert. Tout va bien. Ça va nous prendre un peu plus de temps que prévu.

Il attend le « OK » rapide et métallique d'Emmy, et me sourit.

J'ai envie de l'embrasser. Mais je me contente d'un :

– Merci.

Robert remet le talkie-walkie à sa ceinture.

– Si on ne la trouve pas, on n'est peut-être pas obligés d'en parler à Emmy ?

– Bien sûr que non.

De près, la maison est en moins bon état que je ne le croyais. Une sorte de lichen a envahi une grande partie du perron. La poignée de la porte délavée scintille dans la lumière du couchant.

Je l'abaisse et la porte s'ouvre sans un grincement.

L'intérieur est plongé dans la pénombre. Nous pénétrons dans une petite entrée basse de plafond et aux murs couverts de papier peint. À droite, un escalier ; en face, une petite porte anonyme qui doit ouvrir sur des toilettes. À gauche, la cuisine.

On retrouve le même agencement que dans les autres maisons. Rien ne détonne.

Pourtant, c'est comme si quelque chose se verrouillait en moi.

Je fouille avidement la cuisine, les yeux comme de petits missiles à tête chercheuse. Pour le moment, Tone est honteusement oubliée. J'absorbe comme un buvard toutes les impressions. Ils vivaient ici. C'est ici qu'ils habitaient. Ici, sur ces chaises à barreaux excentriques, peintes en turquoise, ils s'asseyaient, discutaient, mangeaient, autour de cette table usée, entachée d'une brûlure à l'une des extrémités. Elsa. Staffan. Aina. Grand-mère.

Je m'accroupis et laisse courir mes doigts sur le tapis en lirette. Les couleurs sont si nombreuses qu'elles forment un mélange insensé.

– Alice ?

Je me tourne vers Robert, et je me lève.

– Alors c'est ici qu'ils vivaient ?

J'acquiesce.

Robert s'approche de l'évier et ouvre un placard au-dessus. Sa large carrure en dissimule l'intérieur.

– Regarde-moi ça, dit-il d'une voix douce en levant la main vers le placard.

Il tient un bocal en verre de miel presque plein. Il tend le bras vers l'étagère supérieure y attrape une boîte en métal marquée du mot « Thé », mais elle se révèle vide. Puis il fouille parmi les obligatoires sachets en papier sur l'étagère du milieu et en extrait trois boîtes de sardines à la sauce tomate.

– Tu crois qu'elles sont encore comestibles ? lui demandé-je.

– Le miel, ça ne se périme pas. (Ses yeux noisette pétillent dans les derniers rayons de soleil.) Les sardines, je ne sais pas, mais on les emporte. Ce sera notre dîner.

Je lui souris.

– Tu vois ? Je t'avais dit que ça vaudrait la peine.

Merci, grand-mère.

Elle continue à prendre soin de moi.

Je sors de la cuisine. De nouveau dans l'entrée, je lève les yeux sur le papier peint fleuri qui couvre le mur le long de l'escalier. L'humidité forme de minces filets sur les grosses feuilles.

Je sais ce qu'il doit y avoir là-haut. J'ai vu les autres maisons.

Les chambres à coucher. Celle de Staffan et d'Elsa. Celle d'Aina.

Je me dirige vers l'escalier. Il a l'air de tenir, il n'est pas totalement rongé par la pourriture comme dans d'autres maisons. La rambarde se résume à une mince baguette de bois, mais quand je pose une main hésitante dessus et que j'appuie, ça ne bouge pas.

– Tu es sûre que c'est une bonne idée de monter ? On devrait l'appeler d'abord ? Voir si elle répond. Tu ne sais pas si l'escalier est solide.

– Je ne veux pas lui faire peur.

Robert a rangé les denrées dans son sac à dos et l'a posé à côté de lui sur le plancher. Bien que le bois soit rayé, abîmé et sec, on voit que c'était un beau parquet, autrefois. Quelqu'un l'astiquait et le cirait pour garder son brillant. Quelqu'un était fier de sa maison.

Pas *quelqu'un.* Elle. Elsa. Mon arrière-grand-mère.

– On fait attention, soufflé-je. Si elle est là-haut, il est possible qu'elle se cache.

23 juin 1959

Margaretha,

Je ne comprends pas pourquoi tu semblais si fâchée dans ta précédente lettre. Ça m'a blessée de la lire, mais je comprends qu'il a dû être difficile pour toi de lire la mienne. Il n'est pas toujours facile de s'éveiller à de nouvelles vérités, surtout lorsqu'on est très attaché aux anciennes. C'est ce que dit le pasteur Mattias. Il a fallu travailler dur pour ouvrir les yeux des habitants de Silvertjärn à la lumière de Dieu, mais quand cela se produit, ah ! Tu connaîtras cela toi aussi, j'en suis sûre.

C'est comme un nouveau monde, Margaretha. J'ai l'impression d'avoir été aveugle toute ma vie, de m'être inquiétée pour des choses qui n'ont aucune importance, de m'être sentie petite, apeurée, impuissante, mais le pasteur Mattias m'a montré le vrai chemin. Je sais que tu as ressenti la même chose que moi ! Quand tu venais d'arriver à Stockholm et que personne ne voulait te parler, quand les gens se moquaient de tes vêtements et de ta manière de t'exprimer, ne t'es-tu pas sentie seule à ce moment-là ? Tu le racontais en plaisantant, mais je voyais bien que tu étais malheureuse ! À présent, tu dis que tu es heureuse et satisfaite, mais ce sentiment ne disparaîtra jamais, Margaretha. Il vient du fait que tu t'es éloignée de Dieu.

Ce n'est pas ta faute ! C'est la faute de maman et de papa. Tu dis que tu ressentais la même chose que moi, à mon âge, et que ça passe, mais n'as-tu jamais pensé que si tu ne les aimais pas, c'est parce qu'ils étaient de mauvais parents ? Ils ne nous ont pas enseigné la parole de Dieu. Ils ne se sont jamais préoccupés de nous, Margaretha !

Seulement quand nous étions une paire de mains aidantes, rien d'autre. Ce n'est pas de l'amour véritable. L'amour véritable est illimité et inconditionnel. Il s'agit de partager son corps et son âme, ne rien garder pour soi. Quand on vit dans l'amour, on ne dit jamais « Non ».

Combien de fois maman nous a-t-elle dit « Non » ? Des milliers ! Parce qu'elle ne nous a jamais vues ! Ni toi, ni moi, ni même papa. Pourquoi crois-tu qu'il a dû se mettre à boire ? Parce qu'il avait sombré dans une obscurité sans Dieu, et parce qu'elle n'était pas là pour lui.

Tu aurais peut-être compris si tu l'avais vue, Margaretha. Je sais que tu te souviens de maman comme de quelqu'un de bon, parce que tu es bonne. Mais tu n'as pas vu ce qu'elle est devenue ! Elle ne fait que crier sur papa et essayer de porter atteinte à l'Église. Je n'ai presque plus le droit d'y aller. Comment peux-tu dire que maman n'est pas impie quand elle m'empêche de me rendre dans la maison de Dieu ?

Tu verras toi-même. Quand tu viendras.

Le pasteur Mattias m'a tout expliqué. Pourquoi je me suis toujours sentie si seule. Il m'a donné des réponses que je n'avais même pas conscience de chercher !

Tu ne me crois peut-être pas lorsque je te raconte des histoires sur Birgitta, mais tu comprendras quand tu entendras le pasteur Mattias en parler. Il a expliqué que les gens bénis et purs sont plus sensibles au mal que les autres. C'est pour ça que je me suis toujours sentie si troublée en présence de Birgitta, parce que je percevais son obscurité. Le pasteur Mattias dit que c'est peut-être le démon en Birgitta qui a corrompu maman. Il dit qu'il va essayer de sauver Birgitta, et l'âme de maman aussi.

Tu comprends maintenant comme il est bon ? À quel point il donne sa vie à Dieu ? Il est prêt à tout sacrifier pour racheter son prochain. Il nous montre le chemin. Il est la lumière dans les ténèbres.

Rentre à la maison, Margaretha. Je voudrais tellement te montrer notre nouveau temple. Alors tu comprendrais. Tu comprendrais tout.

Aina.

Présent

À l'étage, l'air semble stagner. Nous débouchons sur un petit couloir, à peine plus grand qu'un palier, qui donne sur deux portes, toutes deux fermées.

J'entends les pas de Robert derrière moi, l'escalier qui craque. Je me retourne. J'ai peur qu'il passe à travers le bois. Il a beau être mince, il est tout de même plus lourd que moi.

En haut de l'escalier, les quatre carreaux d'une fenêtre étroite laissent filtrer la lumière du couchant. Les particules de poussière dansent dans l'air. Hélas, nous n'avons pas apporté nos masques de protection, je chasse cette pensée désagréable ; de l'amiante ou de la moisissure ? On verra ça plus tard.

Robert gravit la dernière marche pour me rejoindre sur le palier. Il esquisse un signe de tête. J'inspire profondément, bloque ma respiration et ouvre la porte à droite.

– Tone ?

Je balaie la pièce du regard.

On dirait une jolie chambre dans un film classique. L'aménagement est spartiate. Il y a deux lits d'à peine quatre-vingts centimètres de large. Ma grand-mère a dû partager sa chambre avec Aina avant de déménager dans le sud.

Le papier peint a jauni, impossible de déterminer sa couleur d'origine, mais on voit encore clairement le motif : de petits boutons de rose sur des tiges grimpantes.

Il n'y a pas grand-chose dans cette pièce. Une bibliothèque, un bureau et, sur le rebord intérieur de la fenêtre, un pot de fleurs en terre cuite rempli de terreau séché. La vitre s'est fendue sans se casser complètement. Dehors, le soleil se couche sur la forêt, au loin, et la lumière rouge feu fait s'empourprer les fissures du verre.

J'entre dans la pièce. Elle a l'air vide, mais je sens tout de même une présence. Le duvet humide de sueur sur ma nuque s'est dressé et la peau de mes poignets nus semble plus sensible que d'ordinaire.

– Tone ?

Elle n'est pas là. Il n'y a personne.

Je déglutis et m'agenouille à côté d'un des lits. Je regarde en dessous. Tout à coup, une vision : deux yeux gris me foudroient dans le noir. Mon cœur fait un bond dans ma poitrine, mais il n'y a personne, ni sous ce lit ni sous l'autre.

– Personne.

Robert acquiesce et commence à battre en retraite vers le palier, mais je ne lui emboîte pas le pas. Je me relève et fais un pas de plus dans la chambre.

C'est le bureau qui m'attire. Un petit meuble aux lignes féminines, aux poignées en bois sculpté sur de longs tiroirs, et aux jolis pieds peints en blanc. J'ouvre doucement les tiroirs, inquiète qu'ils puissent être bloqués.

Dedans, pas grand-chose. Quelques feuilles blanches. Un crayon à papier quasiment taillé jusqu'au bout. Pas le journal intime qui peuplait mes fantasmes – j'en prends conscience maintenant – un petit volume rempli des pensées d'Aina, soigneusement retranscrites.

– Alice, murmure Robert.

Aucun doute, il veut partir.

– J'arrive.

Je ne peux pas encore quitter la chambre. Je voudrais rester là, m'imprégner de la maison. Dormir sur les matelas et errer dans les pièces.

Ce sont des figures mythiques pour moi, Elsa, Staffan et Aina. J'ai grandi avec eux comme avec les personnages d'un conte. Malgré tout ce qui se passe, je suis émerveillée d'être ici.

Je soulève un matelas qui s'effrite entre mes mains, laissant s'échapper des morceaux de rembourrage.

– Alice, répète Robert, un peu plus fort cette fois.

Je hoche la tête, lâche le matelas et lui emboîte le pas.

Je crois qu'il va me réprimander, mais non ; il abaisse la poignée de la deuxième porte.

Cette chambre est plus spacieuse. Ici, la vitre a explosé vers l'intérieur, jonchant d'éclats de verre scintillants le parquet pourri aux lattes pleines d'échardes. Ici aussi, on retrouve deux lits étroits l'un à côté de l'autre – pas de lit double, ce qui me semble étrange. Je me demande si c'est un truc des années cinquante ou si l'alcoolisme et le chômage ont éloigné Elsa et Staffan. Ou si Elsa était aussi froide et distante que la décrit Aina dans ses lettres. Il est difficile pour moi de juger Elsa. Ma grand-mère disait toujours qu'Elsa était forte et déterminée, résolue, comme l'étaient souvent les femmes à cette époque. Le type de personne – et de mère – dont l'amour était rude et pragmatique, mais plus profond que celui de la majorité.

Cette image correspond mal aux lettres d'Aina.

J'ai toujours cru ma grand-mère, et considéré sa sœur comme une adolescente perdue, mais peut-être que cette vision est erronée. Peut-être que les souvenirs de ma grand-mère ont été troublés par le manque et le passage du temps.

Je ne le saurai jamais. Elles sont parties depuis longtemps. Et la vérité avec elles.

– Tone, appelle Robert.

Le silence lui répond. Il me regarde.

– Il n'y a personne.

Ici, le bureau est plus grand, et clairement plus onéreux : bois sombre laqué et dessus en cuir vert. La laque a blanchi, rongée par les années, mais on voit qu'il a dû coûter une petite fortune, autrefois. Sans doute la fierté d'Elsa. Ou de Staffan. Un premier pas vers une autre vie qui ne s'est jamais concrétisée.

– On dirait bien.

J'ouvre le tiroir du bureau ; il est plein de papiers qui me semblent étrangers. Je ne comprends pas de quoi il s'agit, mais on dirait des documents officiels, peut-être des factures, des documents importants qui ne veulent rien dire pour moi. Pourtant je les prends entre mes mains.

Je devrais faire demi-tour, à présent ; nous devrions rentrer. Mais je ne peux m'empêcher de traverser la chambre vers l'armoire. Les portes sont plus difficiles à ouvrir que le tiroir, elles doivent être coincées dans le cadre. Je suis obligée de forcer pour les détacher.

Des vêtements en tissu raide, rongés par l'humidité, tachés par l'eau et le temps, sont tombés des cintres et gisent au sol, sens dessus dessous.

– Tu crois qu'elle se cacherait là-dedans ? demande Robert.

Je n'arrive pas à déterminer s'il plaisante ou non. J'ouvre les tiroirs l'un après l'autre, fouille au milieu de laine rêche, d'horribles sous-vêtements en tissu synthétique, je cherche une piste, n'importe quoi…

Puis, sous mes doigts, quelque chose.

Des papiers.

Je les extrais de leur cachette et l'espace d'une milliseconde je crois que le bruit que j'entends vient du froissement des vieux papiers contre les étoffes sèches, mais il continue, de plus en plus fort.

C'est un son étrange, dissonant, qui ressemble à des grésillements sur la ligne, mais n'en est pas. Il monte et il baisse, devient plus distinct et plus grave à la fois. J'ai presque l'impression d'identifier des mots, une sorte de babil déformé, puis ça augmente pour se changer en un hurlement, si intense et si inattendu que je prends peur et Robert laisse tomber son talkie-walkie.

L'appareil heurte le sol et se tait.

Robert et moi restons comme pétrifiés à fixer l'innocent boitier jaune et noir qui gît au milieu des éclats de verre.

Lorsqu'il ressuscite dans un craquement, je suis tentée de me boucher les oreilles, par réflexe, mais c'est la voix chevrotante d'Emmy qui s'échappe du haut-parleur.

– Qu'est-ce que c'était, bon Dieu ?

Robert ramasse le talkie-walkie et appuie sur le bouton. Son doigt pâle tremble un peu.

– Ce n'était pas vous ?

– Non. On croyait que c'était vous.

Robert me dévisage de ses yeux noirs semblables à des cavités vides dans son visage livide. Je secoue la tête.

– Je n'en ai aucune idée. Pas la moindre idée.

Robert lève le talkie-walkie.

– On revient.

Nous descendons l'escalier à la hâte, sans faire attention, plus vite que nous le devrions, mais mon cœur palpite comme celui d'un oiseau et je ne veux rien d'autre que me trouver derrière les murs de brique épais de l'église, avec les autres. Je porte toujours les papiers sous le bras ; Robert attrape le sac à dos empli de nourriture en passant. Nous sortons sur le perron, puis dans la rue.

La nuit a commencé à tomber, le ciel a pris une nuance entre le bleu et l'indigo, comme un tapis de velours. Les premières étoiles se sont allumées. Des piqûres d'aiguille venues d'un autre monde.

Nous marchons vers le temple, le plus vite possible sans courir. Je serre les feuilles contre moi comme une bouée de sauvetage. Je sens le froid me mordre les joues, le sang circuler avec vigueur dans mes veines.

Puis je m'arrête net. Robert parcourt quelques mètres de plus sur la route noyée dans la végétation avant de se rendre compte que je ne suis plus à côté de lui.

– Alice ?

Sa voix est un peu aiguë que d'habitude.

– Tu as entendu ça ?

Robert jette un coup d'œil alentour et secoue la tête.

– Entendu quoi ?

Je laisse courir mon regard sur les maisons. Les façades décrépies et la peinture qui s'écaille dessinent un dégradé de teintes douces dans le soleil couchant. Les fenêtres semblent nous appeler.

– On aurait dit…

– Elle n'est pas là, Alice, affirme-t-il d'un ton qui montre que même son infinie patience est sur le point d'atteindre ses limites. Et même si elle est là, eh bien… Viens ! On doit retourner auprès des autres.

Je ne proteste pas, j'acquiesce et je lui emboîte le pas. Quand Robert se met à trottiner, je l'imite.

Les mots que je ne dis pas.

Ça ne ressemblait pas à la voix de Tone.

On aurait dit quelqu'un d'autre.

Quelqu'un qui… chantait.

SAMEDI

Présent

La lumière est en train de changer. Je le vois à travers mes paupières closes.

Je crois que je n'ai pas fermé l'œil de la nuit. Somnolé, bien sûr, mais j'arrivais à peine à glisser sous la surface de la conscience. Il y a eu plusieurs averses et à chaque fois, j'ai été réveillée par le crépitement des gouttes légères contre le toit.

Ça n'a pas aidé que le sol soit glacial et dur comme de la pierre, que les rares couvertures que nous ayons trouvées soient fines comme du papier et rêches au point de nous écorcher la peau. Je suis transie de froid, percluse de douleurs. J'ai entendu les autres se lever et se relayer – nous avons décidé d'effectuer des tours de garde. Nous avons tiré au sort. J'ai le dernier créneau.

La lumière grise de l'aube transforme mes paupières en réseaux de veinules. J'ouvre les yeux et, effectivement, l'obscurité a déjà commencé à battre en retraite. La pluie a cessé et le fragment de ciel que j'aperçois depuis l'endroit où je suis couchée a la non-couleur délavée qui apparaît entre chien et loup.

Je m'assois. Je grimace. Mon corps est raide, ma bouche pâteuse. Un dîner constitué d'eau, de miel et de poisson en boîte donne une délicieuse haleine matinale.

Je jette un coup d'œil vers la sortie. Emmy est assise par terre, dos aux portes et au banc, un genou contre la poitrine. Ses cheveux roux déferlent en mèches sales sur ses épaules et son visage.

Je m'avance vers elle.

– Emmy. Je peux te remplacer.

Elle me regarde à travers sa chevelure, les yeux hagards.

– OK.

Elle se lève et s'approche de Robert, recroquevillé par terre. Elle se laisse tomber derrière lui sur la couverture et se colle à son dos.

Le banc n'est pas moins dur que le sol, mais il est au moins un peu plus ergonomique. J'attrape ma bouteille d'eau : il en reste un fond. J'hésite à la finir. Je pourrai sans doute la remplir une fois que les autres seront réveillés. Je bois, heureuse d'éliminer le goût écœurant qui me tapisse la langue. Je pose sur mes genoux les feuilles que je gardais à la main, je me penche en arrière et j'attends la lumière. Si je dois veiller, j'aime autant le faire avec des documents trouvés dans la maison de mon aïeule, plutôt que seule avec mes pensées.

La première liasse s'avère être à peu près ce que j'imaginais : des factures sur lesquelles quelqu'un, probablement Elsa, a écrit « payé » en petites lettres denses. Je les fixe longtemps. Mon arrière-grand-mère.

J'ai vu une photographie d'elle. Un portrait de famille que ma grand-mère avait apporté à Stockholm. Aina n'était qu'une préadolescente renfrognée aux sourcils droits et sombres, aux cheveux châtains courts, vêtue d'une robe à carreaux qui la faisait sans doute paraître plus jeune qu'elle ne l'était. Elle avait les yeux plissés, un regard de défi et un sourire figé peu convaincant. Sous son œil gauche, un grain de beauté semblait dessiné au feutre noir, comme les mouches que portaient les dames de compagnie françaises ou les vedettes des films muets. Peut-être en renforçait-elle les traits au crayon, ou le couvrait-elle de poudre pour le dissimuler.

Ma grand-mère – seize ou dix-sept ans sur le cliché – n'était pas d'une beauté insoupçonnée, comme les vieux parents le sont souvent sur les photos. Elle avait une mâchoire carrée et les cheveux touffus, mais déjà cette expression de force et de compétence qu'elle gardera jusqu'à ses soixante-dix ans. Ce qui m'a toujours surprise, c'est son sourire avenant – elle semblait rire de toutes ses dents vers la caméra avec l'aura sincère d'une adolescente sûre d'elle, regardant vers un avenir qui paraissait plein de promesses.

Staffan et Elsa se tenaient derrière leurs filles, en une mise en scène familiale classique. Staffan était grand, avec un visage sans grand intérêt à part son large sourire charmant. Son bras entourait les épaules d'Elsa d'une manière étonnamment tendre, la tête penchée vers son épouse, comme si tout son être tendait vers elle. Pas un bel homme, mon arrière-grand-père, mais clairement sympathique.

Elsa était indubitablement le pilier autour duquel la famille était bâtie. Comme ma grand-mère, elle n'était pas jolie. Une femme robuste qui venait de passer la quarantaine, vêtue d'une jupe et d'un chemisier qui, avec leur coupe caractéristique des années cinquante et leur motif floral, semblaient presque enfantins sur elle. Elle donnait l'impression d'être de ces femmes qui sont plus à l'aise en pantalon et en chaussures confortables.

Son visage avait la même forme anguleuse que celui de ma grand-mère, mais une bouche étonnamment pulpeuse. En y regardant de plus près, on devinait les mêmes lèvres chez Aina, dans leur version pouponne. Un petit sourire presque coquin flottait sur son visage et attirait l'œil, tant il contrastait avec le reste de son apparence. Ses cheveux étaient frisés, arrangés en une coiffure rigide, sans doute à dessein pour la photo, et sous sa frange volumineuse, ses yeux clairs et francs fixaient la caméra sans ciller. Ses mains reposaient sur les épaules de sa fille. Les mains de mon arrière-grand-mère, presque identiques à celles de ma grand-mère, avec une simple alliance en argent à un doigt.

Ces doigts avaient marqué chaque facture honorée du mot « payé », rédigé en petites lettres soigneuses. Mai 1958. Juillet 1958. Novembre 1958.

Puis apparaissent d'autres annotations.

« Retard »

« Délai accordé »

« Délai accordé »

« Annulée »

Sur les deux dernières factures, rien.

Je fixe quelques instants les papiers sépia étalés sur mes genoux. Autour de moi, tout semble palpiter, à cause de la fatigue.

Sous les factures, il y a les trois feuilles que j'ai dénichées dans le tiroir à sous-vêtements. Elles sont bien conservées.

On y retrouve la même graphie que pour les petites annotations, mais elle paraît différente, plus nerveuse. Les caractères sont plus petits, les espaces plus larges. Les lignes sont inégales et l'encre a coulé à plusieurs endroits.

Pas de date en haut de la page, pas de salutation liminaire, ce n'est que quand je me penche vers le papier en plissant les yeux que je découvre qu'il s'agit d'une lettre.

Margaretha – je t'écris parce que je crois que je suis obligée. Je ne vois pas d'autre solution.

Je sais que tu es occupée et que vous avez beaucoup à faire avec l'enfant à venir. Je sais que vous manquez de place. Mais je t'en prie, accueillez-nous – ton père, ta sœur, Birgitta, et moi chez vous à Stockholm. J'espère que cela ne durera pas trop longtemps, mais je te supplie, moi, ta mère de nous recevoir dans notre détresse.

La situation s'est détériorée à un point que je n'aurais pu imaginer. Toute la ville semble être en transe, et ta sœur aussi. Ils traitent le pasteur comme s'il était Dieu le Père en personne, mais je commence à croire que c'est un démon sous une forme humaine. Il excite la communauté, les rend fous. Je les ai entendus parler en langues pendant le service. Chaque soir au coucher du soleil, leurs psalmodies résonnent dans toute la ville.

Nous ne sommes plus très nombreux à ne pas être encore tombés sous sa coupe. Ta sœur est sa main droite. Je suis en train de la perdre. Elle s'est installée dans l'église et y passe ses nuits. J'ai peur que le poison dont il lui emplit les oreilles la détourne entièrement de nous. Je dois la tirer de là avant qu'il ne soit trop tard.

Je comprendrais que tu te poses des questions à propos de Birgitta. Je sais qu'elle représente un fardeau supplémentaire, surtout vu sa personnalité. Le pasteur Mattias et sa communauté la détestent. Ils la traitent de sorcière, de harpie, disent qu'elle est possédée par les démons, qu'elle est un suppôt de Satan. J'ai peur de ce qu'ils lui feront si je la laisse ici. Elle ne pourra pas se défendre. Dieu sait si quiconque serait capable de se défendre contre eux.

Je ne suis même pas sûre qu'ils suivent encore les préceptes chrétiens. Ils ont commencé à tenir des messes en

La lettre se termine abruptement. Ni point ni conclusion. Comme si Elsa avait été brutalement interrompue au beau milieu d'une phrase, comme si elle avait fourré la lettre dans le tiroir et ne s'était jamais préoccupée de la finir.

Ou n'avait pas pu.

Passé

Elle hésite, la plume suspendue au-dessus du papier, avant se remettre à écrire.

Je ne suis même pas sûre qu'ils suivent encore les préceptes chrétiens, écrit-elle. Le tracé est irrégulier, nerveux, très différent de sa graphie habituelle. Elle ne sait pas ce qu'elle peut dire et ne pas dire.

Margaretha a toujours été comme Elsa. Déterminée. Si Elsa en révèle trop, elle craint que sa sœur décide de venir, mais en même temps, elle doit décrire la situation. Elle ne la supporte plus. Il faut que quelqu'un sache.

Jusqu'au dernier moment, Elsa a cru qu'elle pourrait s'en tirer. Que c'était une lubie passagère.

Mais, quelques jours plus tôt, quand elle était rentrée, Staffan l'attendait à la table de la cuisine. Il voulait lui parler, avait-il dit. Il avait les yeux brillants, mais n'empestait pas l'alcool et ce fut d'abord un soulagement. Elle crut que ça pouvait signifier qu'il s'était ressaisi et avait pris la mesure de la gravité de la situation.

Elsa se sent presque nauséeuse quand elle songe à l'espoir qui a fleuri en elle lorsqu'elle a pris place face à lui et a croisé les mains sur la table. Le lourd effluve de la fin de l'été flottait dans l'air ici aussi.

Lorsqu'il lui avait dit que ça devait cesser, elle avait acquiescé avec sérieux. Elle avait ouvert la bouche pour répondre qu'ils devaient s'efforcer d'aider Aina, tenter de la raisonner, mais il l'avait interrompue avant qu'elle ne prononce un seul mot.

– Tu dois faire appel à ton bon sens et arrêter de t'opposer au pasteur, l'avait-il sermonnée. Les gens ont commencé à parler, Elsie. Ça suffit, maintenant.

À cet instant, elle avait senti son cœur se briser. Il la regardait avec des yeux pleins de colère, comme s'il voyait non pas son épouse, mais une étrangère. Une femme qui ne signifiait rien pour lui. Une femme qu'il méprisait.

Le soir suivant, il n'était pas rentré.

Et quand leur psalmodie s'éleva au-dessus de Silvertjärn, elle eut l'impression, impossible pourtant, de distinguer la voix de son mari parmi les leurs.

Ils ont commencé à tenir des messes en

La porte d'entrée claque au rez-de-chaussée, et elle lève sa plume.

– Staffan ? s'enhardit-elle à demander, mais le prénom paraît faible et édulcoré sur ses lèvres.

Sa voix est étouffée.

Elsa entend des pas et se lève. Elle attrape la lettre à la hâte et cherche une cachette.

Elle ouvre l'armoire, enfouit les pages dans son tiroir à culottes, puis elle referme le meuble au moment où on prononce son nom.

Elsa s'écarte de la penderie. La porte de la chambre s'entrebâille.

C'est Dagny.

Le visage brillant de sueur, les cheveux hirsutes, elle tient son chapeau à la main. Ses chaussures jaunes sont sales et poussiéreuses. On dirait qu'elle a couru.

– Elsa, souffle-t-elle, la voix enrouée par l'effort. C'est Birgitta. Il faut que tu viennes.

Présent

Je me réveille lentement, la conscience embrumée par le sommeil et la confusion. Je me redresse et regarde autour de moi. La matinée doit être bien avancée, il est près de dix heures, ou dix heures et demie, d'après la lumière chaude du dehors. C'est une belle matinée qui donne à l'église une aura magique en dépit de la poussière et de la crasse sur le sol en ardoise à damiers.

Zut ! J'ai dû m'endormir alors que j'étais de garde. Même ça, je suis incapable de le faire correctement.

Heureusement, personne d'autre n'est réveillé, personne ne m'a vue roupiller. C'est déjà ça.

Je cligne des yeux et bâille. Quelques-unes de mes feuilles sont tombées par terre ; je me penche pour les ramasser et j'en fais un petit tas. C'est assez paisible, ici, avec les rayons du soleil qui se posent sur les corps endormis. Seul le Christ en croix qui nous foudroie du regard depuis l'autel rompt l'harmonie de la scène.

En observant les autres, je remarque avec surprise que Robert a les yeux ouverts.

– Je ne voulais réveiller personne, chuchote-t-il si bas que je suis presque obligée de lire sur ses lèvres.

Il s'assied, s'extrait doucement de sous le bras d'Emmy et se lève.

– Il reste un peu d'eau ?

Avec un regard coupable à la bouteille vide près du banc je secoue la tête.

– Désolée, je l'ai terminée cette nuit.

Il acquiesce.

– Ce n'était pas beaucoup pour quatre personnes.

– On peut sortir en chercher discrètement. La rivière n'est pas très loin. Je voulais le faire ce matin, mais je ne trouvais pas cela très malin d'y aller seule.

Robert jette un coup d'œil à Emmy, endormie, lovée sous la mince couverture. Son visage est doux, semble plus jeune, étonnamment familier. Quand je passais la nuit chez elle, je me levais souvent la première – elle n'était pas matinale – et je la regardais parfois dormir un moment. C'était ce genre d'amitié qui ne peut exister que pendant les quelques années entre l'adolescence et l'âge adulte, avant que l'on ait fixé les limites de la proximité que l'on est en droit d'établir avec une autre personne.

– OK. Mais on doit déplacer le banc. Essayons de ne pas les réveiller.

Je descends du banc et j'en attrape une extrémité. Nous tentons de le soulever, en vain – je n'arrive pas à le soutenir de mon côté ; nous le traînons plus que nous le portons, avec un horrible crissement.

Je jette un coup d'œil à Emmy, mais elle n'a pas bougé. Max continue lui aussi à dormir en émettant de légers ronflements sifflants.

J'ouvre la lourde porte. L'air frais s'engouffre dans la pièce comme un halètement. J'inspire l'odeur, celle des matins qui suivent une averse. Et la lumière pure et blanche du dehors ne semble exister qu'entre avril et mai.

Je sors sur le perron. Il n'y a pas un souffle de vent. Pas une seule herbe ne bouge.

Robert me suit. Je l'entends fermer la porte. Je tourne la tête.

– Prêt ?

Ma voix paraît presque gaie.

Robert m'ignore.

Il fixe un point au pied de l'escalier, avec une expression pensive sur le visage. Je suis son regard.

La poussière au bas des marches s'est changée en boue à cause de la bruine de la nuit. Le sol a commencé à sécher avec le soleil du matin, mais il reste fangeux, collant.

Et sur les marches, on distingue plusieurs empreintes de pas.

Mon cerveau passe en revue les possibilités en une seconde. Ce sont des pas, sans aucun doute, même si l'on ne peut dire si ce sont des pieds nus ou des chaussures. Cela pourrait être des pattes d'animaux, mais non. Nous n'avons vu aucune bête depuis que nous avons dépassé les limites de la ville.

Quelqu'un est venu ici. Ces dernières heures.

Je me tourne vers Robert. Son visage est placide. Il me contourne et descend les marches, s'arrête sur celle qui a été salie, et s'accroupit pour mieux voir.

– Qu'est-ce qu'il y a ? demande la voix d'Emmy.

Je sursaute.

Elle ne devait pas dormir si profondément, après tout. Elle se tient dans l'encadrement de la porte, juste derrière moi, et regarde Robert. Elle semble avoir besoin de quelques secondes de plus que nous, mais elle écarquille les yeux et ses joues deviennent immédiatement plus pâles.

Sans rien dire, elle sort et descend le perron.

Je contemple le paysage. Il n'y a rien à part des maisons vides et une végétation qui a l'air d'avoir été réveillée par les averses de la nuit, mais cela ne me calme pas. Mille fenêtres vides m'observent de tous côtés. Je regarde à droite, à gauche, tente de repérer un quelconque mouvement du coin de l'œil, mais tout est paisible.

Emmy s'est accroupie près des empreintes et se penche vers elles. Elle tend le bras et ramasse un objet dans la boue. On dirait un petit caillou clair.

– Une craie.

– Quoi ?

Je l'écoute à peine, occupée que je suis à observer notre environnement. La paranoïa rend tout à la fois plus rapide et plus lent.

– C'est un morceau de craie, dit Emmy en le levant vers moi.

– Il a dû s'accrocher à sa semelle.

Mes lèvres picotent. Je poursuis :

– Ça vient de l'école. Il y avait des craies cassées par terre dans les salles de classe.

– Tu crois que c'est… ? commence Emmy.

Je l'interromps.

– Si c'est Tone que nous avons entendue hier dans le talkie-walkie, alors elle a dû retourner dans l'école. C'est là qu'elle a perdu son talkie-walkie quand elle est tombée à travers l'escalier.

J'observe Silvertjärn. Ici, depuis les hauteurs, on dirait presque une ville ordinaire en plein bourgeonnement de printemps. Si on plisse les yeux.

– C'est là qu'elle s'est blessée, et c'est là qu'on a découvert sa mère. Ce ne serait pas surprenant qu'elle ait été attirée par cet endroit.

– Quel endroit ?

Max n'a pas descendu les marches ; il se tient encore à moitié dans l'ombre.

– Tone est passée ici, l'informé-je. Cette nuit. Je crois qu'elle est dans l'école.

– Nous ne pouvons pas être sûrs que c'est Tone. Ça peut venir de l'un d'entre nous. Ça pourrait venir de ta chaussure, Alice.

– Ça n'expliquerait pas pourquoi il y a des morceaux de craie dans les empreintes.

J'entends l'impatience dans ma voix.

– Même si elle est allée dans l'école, on ne peut pas être certains qu'elle y est encore, constate Emmy.

– Mais c'est notre meilleure piste. Il faut vérifier, en tout cas.

– Ça ne change rien. On a voté, et il est plus sûr de rester ici.

Je dévisage les autres. Robert pince les lèvres, Max évite mon regard.

Elle a raison. Ils ont tous raison. Je le sens dans mes jambes. Je ne veux rien d'autre que rester là, céder à leurs arguments judicieux. Moi aussi, j'ai vu les films. Je sais ce qui arrive quand on abandonne la sécurité pour s'enfoncer de nouveau dans la forêt obscure, dans l'hôpital psychiatrique hanté, dans l'école abandonnée.

Ce qu'ils ne montrent pas, c'est la culpabilité qui serpente sous leur peau comme un cours d'eau. Les sentiments que l'on éprouve lorsque l'on sait que quelqu'un qu'on aime est là, isolé, exposé, transi de peur.

Ce que les spectateurs ne voient pas, c'est que la honte de rester peut peser plus lourd que la peur d'y aller.

– Alors j'irai seule.

Le soleil me pique les yeux. Je fais volte-face et je passe devant Max pour retourner dans l'église.

Présent

Il me faut quelques secondes pour m'habituer à l'obscurité et je me cogne la cuisse dans l'un des bancs que nous avons poussés. Je profère une litanie de jurons grossiers que je n'emploierais pas d'ordinaire, et je poursuis clopin-clopant jusqu'à la sacristie.

Il y fait chaud. Je ferme la porte derrière moi et m'assieds sur une chaise à barreaux, la tête enfouie dans les mains. Je tente de respirer lentement, profondément. Inspirer, expirer.

Est-ce que je peux le faire ?

Je suis obligée. Même si le stress me donne mal au cœur. Même si le bruit sorti du talkie-walkie résonne dans ma tête, contre l'intérieur de mon cerveau. Ce hurlement inhumain, indescriptible.

C'est nécessairement Tone. De même que ça devait être elle dans la camionnette, s'il y avait vraiment quelqu'un dedans. Ce n'est pas parce que ça ne ressemblait pas à mon amie que ce n'était pas elle. La Tone que je connais n'est sans doute pas la même que celle qui se cache quelque part dans la ville.

En fin de compte, cela n'a pas d'importance. Je dois y aller. S'il y a une chance qu'elle soit là, je dois y aller.

Lorsque la porte pivote sur ses gonds, je murmure :

– Tu veux m'accompagner ?

Je m'attends à entendre la voix de Max. Je m'attends à un non. Ce n'est qu'en l'absence de réponse que je lève la tête.

Emmy a déjà refermé derrière elle. Elle regarde par la fenêtre, vers le cimetière. Les rayons du soleil jouent sur son visage, effaçant la fatigue et la crasse.

– Tu ne peux pas m'empêcher d'y aller, dis-je, et au même moment, une infime partie de moi-même espère qu'elle va le faire.

– Bien sûr que si. Je pourrais, si j'essayais.

Elle semble si sûre d'elle que ça m'écorche l'âme, comme le silex contre l'acier ; ça allume une étincelle qui transforme ma peur en rage.

– Je ne comprends pas comment tu peux rester cloîtrée ici, répliqué-je. Si tu n'étais pas partie, tout ça ne serait jamais arrivé, tu t'en rends compte, non ? Si tu avais été là, comme tu t'y étais engagée, elle n'aurait jamais… jamais…

– Je sais, m'interrompt Emmy. OK ? Je sais. Je sais.

Je demeure bouche bée d'étonnement.

– Tu te comportes comme si tu étais la seule personne ici à t'intéresser à Tone, lance-t-elle en braquant pour la première fois son regard vert et ardent sur moi. Comme si tu étais la seule à avoir un sentiment de responsabilité, la seule à t'inquiéter. Tu comprends à quel point c'est frustrant ?

Elle lève les paumes vers le ciel.

– On veut tous être des héros, Alice ! On veut tous aller sauver des vies et régler les problèmes. Mais on n'est pas dans un film. On n'est pas dans l'un des récits de ta grand-mère ! Ce n'est pas parce qu'on est à Silvertjärn qu'on sait comment l'histoire se termine. Tone a fait exploser nos voitures. Tu dis qu'elle n'est pas violente, qu'elle est malade, et je suis d'accord avec toi : elle ne sait pas ce qu'elle fait. Mais tu ignores de quoi elle est capable dans cet état ! Qu'est-ce qui va se passer, à ton avis ? Tu crois que tu pourras lui parler d'une voix calme et douce, en appelant sa bonté intérieure, et alors sa psychose disparaîtra comme par enchantement et elle sera guérie ? Ce n'est pas comme ça que ça marche !

Frustrée, Emmy glisse une main dans ses cheveux. Je me lève de ma chaise, j'ouvre la bouche pour répondre, mais elle me devance.

– J'essaie d'être pragmatique, Alice. D'être adulte. Parce que quelqu'un doit bien l'être, d'accord ? Quelqu'un doit vivre dans la réalité.

– Bien sûr ! craché-je avec sept ans de venin accumulé dans la voix. Pragmatique et adulte, tu l'es toujours, n'est-ce pas ? Ça ne vaut jamais la peine de se battre pour quelqu'un, de faire des efforts pour quelqu'un. Pour tenter de sauver quelqu'un. Il vaut mieux abandonner et s'en aller.

Emmy me dévisage.

– Qu'est-ce que tu racontes ?

– C'était une erreur, j'en étais sûre !

J'éclate d'un petit rire amer et impuissant, et je poursuis :

– C'est ma faute, j'en ai bien conscience. Parce que je te connais. Je sais comment tu es, et pourtant je t'ai proposé de participer au projet. Je me suis dit qu'au pire, tu ferais un mauvais boulot. Je comprends que tu te contrefiches de ce film, ça, je peux l'accepter, mais que tu nous obliges à abandonner…

Ma voix se brise, je secoue la tête, je m'efforce de continuer, mais mes cordes vocales me trahissent.

– Mais c'est ce que tu fais, pas vrai ? Tu abandonnes les gens quand ils ont le plus besoin de toi. Je ne comprends même pas que ça m'étonne. Mais tu ne peux pas me forcer à faire la même chose, Emmy. Tu ne peux pas m'obliger à devenir comme toi !

Prononcer ces mots devrait être libérateur. Mais je ne ressens que de la fatigue. De la fatigue et de la tristesse. Et quand je m'essuie les yeux du dos de la main, je prends conscience que je pleure.

Emmy répond sèchement.

– C'est ça, ta version de l'histoire ?

– Et ta version, laquelle est-ce ? Dis-le-moi, s'il te plaît. Raconte-moi comment ça s'est passé. Tu as toujours été très douée pour ça : pour m'expliquer à quel point j'avais tort d'éprouver ce que j'éprouvais.

Emmy secoue la tête.

– Qu'est-ce que j'aurais dû faire, Alice ? Je t'en prie, dis-moi ce que j'aurais pu faire de plus que ce que j'ai fait. J'ai tout essayé. Je t'adorais, Alice, murmure-t-elle, les lèvres tremblantes. Tu étais comme ma sœur. Tu sais à quel point ça me faisait mal de te voir comme ça ? De te voir rapetisser à vue d'œil, devenir de plus en plus faible, jusqu'à ne plus quitter ton lit ? Tu te souviens que tu as dormi dans mon lit pendant trois semaines d'affilée, et que tu ne voulais pas te doucher : tu disais que le contact de l'eau contre ta peau était trop douloureux.

– Tu prétends que c'était difficile pour toi ?

Un ricanement s'échappe de ma gorge.

– Bien sûr que oui ! *Évidemment* que c'était dur pour moi aussi ! Tu étais ma meilleure amie, tu étais en train de t'étioler, et je ne savais pas quoi faire ! Je t'ai pris des rendez-vous au centre de santé, mais tu refusais d'y aller ! J'ai convaincu la conseillère d'éducation de ne pas te virer de la formation ! J'ai tout essayé, mais ce n'était jamais suffisant. Rien ne marchait. Tu ne voulais pas parler, à personne, pas prendre de médicaments, pas demander d'aide. Tu ne voulais pas… vivre.

Elle bute sur le dernier mot comme s'il était trop gros pour sa bouche.

– La première fois que tu m'as dit que tu voulais mourir, j'ai appelé ma mère en larmes, Alice. Je pouvais à peine parler. Je ne faisais que pleurer. J'étais épuisée. Je n'avais que vingt-deux ans. J'étais au bout du rouleau, je ne savais pas quoi faire. Je ne savais pas comment te sauver. Ma mère m'a dit que tu étais en train de te noyer et que tu m'attirais avec toi. Elle m'a dit qu'on ne pouvait pas aider quelqu'un qui refusait toute aide. Mais j'ai tout de même essayé. Car je t'adorais. Je ne voulais qu'une chose : que tu guérisses.

Elle secoue la tête. Ses cheveux couleur henné ondulent sur ses épaules.

– Mais à la fin, je n'en ai plus eu la force. OK ? (Elle s'essuie les yeux avec le bras, d'un grand geste gauche.) Et je ne me le suis jamais pardonné. Jamais. Et toi non plus, apparemment. Je comprends. Quand tu m'as contactée pour le projet, ça m'a fait très plaisir. Car je savais à quel point c'était important pour toi. Quand tu m'as appelée pour me demander de participer, j'ai cru que tu m'avais peut-être pardonnée. Que tu voulais me faire entrer dans ton rêve…

Ma mère m'a dit de refuser. Mais Robert a proposé de se charger du boulot de caméraman pendant que moi, je… Je voulais croire que j'avais raison. Que c'était une main tendue.

Elle déglutit.

– Mais dès la première réunion, j'ai compris que tu me détestais toujours. Alors j'ai essayé de rester dans mon coin. De faire mon boulot.

Elle secoue la tête. Puis esquisse un sourire hésitant, les lèvres mouillées de larmes. Un sourire qui ne lui ressemble pas.

– Je croyais vraiment à ce film, Alice. Sache-le. Je suis sûre qu'il aurait pu être grandiose. On aurait pu créer une œuvre très particulière.

Je la vois à peine. Les sanglots font trembler tout mon corps, un séisme en préparation que je fais tout pour contrôler.

Je parviens à répondre, d'une voix si fluette que les mots se déforment.

– Je ne te détestais pas. Je ne te hais pas. Ou peut-être que je t'ai haïe. Un jour. Parce que je me détestais moi-même. Et parce que j'étais très, très seule. Quand tu as disparu, je n'avais plus rien. Plus personne. J'étais seule au monde.

Je m'essuie les yeux, j'appuie sur mes paupières et me repose dans le noir quelques instants.

– C'est pour ça que je ne peux pas la laisser là-bas. Tu ne comprends donc pas ? Ce n'est pas parce que je veux jouer l'héroïne, sauver des vies. C'est parce qu'elle est seule, dehors. Et tu as raison. C'est ma faute. Elle a dû arrêter ses médicaments pour pouvoir prendre des antalgiques, parce qu'elle a bien vu à quel point ça me tenait à cœur de rester. C'est à cause de moi si elle est retombée malade, et je ne peux pas… je ne peux pas l'abandonner.

Quelque chose s'est desserré dans ma poitrine. De vieilles cicatrices durcies, sclérosées. Je ne sais pas si ça veut dire que ça saigne ou que ça guérit.

Emmy ferme les yeux. Puis les ouvre. Le vert brille plus fort maintenant qu'ils sont injectés de sang.

– OK. Alors on y va.

– Tu n'es pas obligée de venir.

Emmy esquisse un mince sourire.

– Si. Je suis obligée. Et tu ne peux pas m'en empêcher.

– Je pense que j'en serais capable. Si j'essayais.

Emmy ouvre la porte.

– Allez ! On va chercher les garçons et on y va.

Nous ne sommes pas dans un film. Dans un film, nous nous jetterions dans les bras l'une de l'autre, jurerions de redevenir meilleures amies pour la vie. Ce ne sera pas le cas. Je crois que je devrai vivre avec cette douleur étouffée le reste de ma vie. Je ne récupèrerai jamais ce que j'avais alors.

Mais ce n'est pas forcément une mauvaise chose.

On doit quand même pouvoir s'accepter, d'une manière ou d'une autre.

– Je suis heureuse que tu ne te sois pas noyée avec moi.

Elle hoche lentement la tête.

– Je suis heureuse que tu ne te sois pas noyée.

Présent

Je suis choquée par l'état de la place, même si je m'attendais à cette scène d'horreur. Les voitures carbonisées et la végétation consumée sont une plaie à vif dans la ville silencieuse, une vision postapocalyptique au beau milieu d'une vieille carte postale.

Ça sent toujours la suie et le métal en train de brûler. L'école trône comme un monstre d'un côté de la place. L'explosion a visiblement été la goutte d'eau pour l'une des portes qui semble avoir été arrachée de ses gonds.

Nous nous arrêtons au bas du perron.

– Attendez, dit Emmy.

Elle avance d'un pas et s'immobilise. Elle prête l'oreille.

Je l'imite, essayant de distinguer quelque chose, n'importe quoi.

Des pas.

Un rire.

Une respiration dans le noir.

Mais le silence est total.

Emmy regarde autour d'elle.

– On reste ensemble. Personne ne quitte le groupe. Personne ne part seul en mission exploratoire. Ni même à deux. Entendu ?

Nos yeux se croisent.

– Entendu.

Elle esquisse un bref sourire, étonnamment franc.

– On y va, lance-t-elle en montant les marches du perron pour entrer dans l'école.

Je la suis.

Il fait plus chaud à l'intérieur, ce qui est étrange vu que les fenêtres et les portes sont ouvertes. On n'entend que nos semelles de chaussures qui crissent contre les débris de verre.

La porte de la première salle de classe s'ouvre silencieusement, sans broncher. À l'intérieur, rien n'a changé depuis ma dernière visite. Avec Tone. Les pupitres alignés en rangs d'oignons, les affiches aux murs, ornées de minuscules et de capitales. Une plus petite planche présentant les tables de multiplication est suspendue à côté du tableau noir.

La pièce est vide.

Sans un mot, nous visitons les autres pièces, quasiment identiques à la première. Seules les planches accrochées aux murs diffèrent.

Emmy s'arrête sur le seuil de la dernière salle.

Tout à coup, j'ai une vision de Tone, le visage dénué d'expression, la tête penchée sur le côté, qui nous fixe de ses yeux hagards, recroquevillée sous un pupitre – ou accroupie dessus, le dos vouté, les yeux pétillants sous sa frange sale, comme une créature étrangère et dangereuse. Une sorte de monstre.

Je me hais d'avoir eu cette pensée, cette vision si précise qui m'effraie, fait battre mon cœur à toute allure et assèche ma bouche.

Je ne peux pas me permettre de craindre Tone.

– Qu'est-ce que tu as ? chuchote Emmy.

J'avale la peur amère et je jette un coup d'œil par-dessus son épaule. Quelqu'un a déplacé les chaises, renversé les tables. Certaines des frêles chaises à barreaux sont complètement disloquées.

Emmy esquisse quelques pas dans la pièce, s'arrête près de la chaise démantelée et se retourne. Je suis son regard : elle observe une tache au mur. Une tache sombre et irrégulière, une trace ocre sur la peinture jaune qui s'écaille. Elle semble fraîche.

Un frisson glacial se fraie un chemin au creux de mon estomac. Mes yeux me piquent.

Que s'est-elle fait à elle-même ?

Impossible de lutter contre cette nouvelle vision, celle de Tone qui, les yeux hagards, le poignet lacéré, étale du sang bouillonnant sur les murs.

Emmy se tourne vers moi. Je serre les dents et j'opine.

Personne n'ouvre la bouche, mais nous nous pressons les uns contre les autres pour nous faufiler dans le couloir vers les salles de classe de l'autre côté, en essayant d'éviter les éclats de verre. Toujours pas un bruit à part nos respirations oppressées.

Les autres salles ne semblent pas avoir été dérangées. Pourtant, je remarque un détail. On dirait que le verre par terre a déjà été foulé : certains fragments sont cassés en tout petits morceaux et se sont enfoncés dans le linoleum vert qui couvre le sol, d'autres forment des amas sur le côté, dessinant une trace sinueuse, quasiment invisible.

Je ne dis rien, incertaine de ce que je vois.

De retour au bas de l'escalier, nous nous arrêtons. Le trou par lequel Tone est tombée se trouve au beau milieu. Le reste de la construction semble assez stable, mais il paraît ardu de dépasser la partie endommagée.

– Je me lance, dis-je. Je suis déjà montée. Vous n'êtes pas obligés de me suivre. Je comprends.

Emmy secoue la tête.

– Je passe en premier. Je suis la plus petite. Il vaut mieux que je teste.

Robert et moi protestons, mais Emmy m'interrompt.

– Sérieusement. Vous savez que j'ai raison.

Je regarde de nouveau l'escalier. Les marches sont larges et plates. Le bois clair et abîmé semble solide à l'exception de la petite partie enfoncée.

– Si tu restes bien sur le bord… hésité-je.

– Oui, c'est ce qu'on va faire. Marchez dans mes pas. Comme dans la neige sur un lac glacé.

Elle attache ses cheveux en chignon et nous fait un signe de tête.

– OK, suivez-moi.

Elle pose un pied hésitant sur une marche et s'appuie dessus. Pas de craquement. Ça tient.

Elle empoigne la rampe en laiton et entreprend prudemment l'ascension.

Je lui emboîte le pas. Malgré le froid, la sueur perle sur ma nuque. J'ai l'impression de sentir le bois céder sous mon poids, mais pour le moment il n'y a pas de crainte à avoir.

Quand nous franchissons la partie transpercée, je braque mon regard dessus. Du coin de l'œil, je vois Max qui se hisse derrière moi, tendu, les mâchoires crispées, et après lui Robert, le front plissé.

J'ai dépassé le trou de deux marches, Emmy de quatre.

Quand je tourne la tête, c'est pour dire aux garçons de faire attention – ils sont tous les deux beaucoup plus lourds qu'Emmy et moi – mais ma voix est étouffée par l'immense fracas.

Quand le sol se dérobe sous mes pieds, je reste une milliseconde comme suspendue en l'air. Des milliers de pensées défilent dans ma tête, sans aucune cohérence. L'espace d'un instant, comme si j'essayais de courir dans le vide, je me jette vers la marche supérieure pour m'y agripper, mais elle disparaît aussi. Je tombe.

J'entends un cri bref, un cri d'étonnement, le genre de cri instinctif dur et rauque plutôt qu'aigu et clair, et j'ignore s'il vient de moi ou de quelqu'un d'autre. Mon corps est en apesanteur. Puis j'atterris sur le dos. Le choc me coupe le souffle, je vois des éclairs rouges et noirs.

Pendant quelques instants, tout rétrécit jusqu'à n'être plus qu'un minuscule point blanc. Respirer. Je dois respirer. Mes poumons refusent de coopérer et ma cage thoracique ne bouge pas. J'étouffe, j'ouvre et je ferme la bouche comme un poisson.

Puis l'air pénètre enfin, délicieux, mais insuffisant. Je halète, je l'avale par petites gorgées jusqu'à ce que mon pharynx se dilate et ma poitrine se desserre.

Je roule sur le côté et je vomis un mélange de salive et de miel. C'est sucré et aqueux.

Je prends lentement conscience que je gis sur les débris de l'escalier ; la douleur irradie dans mon dos. Nous sommes tous allongés là. Au-dessus de nous, une crevasse à travers laquelle la peinture écaillée du plafond nous observe. Il ne reste que des copeaux de bois. Toute la structure s'est effondrée.

J'ai peur de regarder les autres, mais, incapable de me retenir, je me hisse en position assise. Robert gît sur le dos avec une jambe tordue. Immobile. Mon cœur s'arrête de battre, puis je le vois bouger avec un gémissement.

Je regarde autour de moi.

Max. Robert.

Mais où est Emmy ?

Présent

Robert roule sur le côté en geignant. Max, assis à présent, s'essuie le nez, étalant du sang sur ses joues. Il cligne des yeux, comme s'il sortait d'un rêve.

– Emmy !

Ma voix s'élève vers le plafond, mais ne monte pas assez haut.

A-t-elle pu se sauver par la porte d'entrée, d'une manière ou d'une autre ?

Je rampe au milieu des débris de bois vermoulu jusqu'au sol en pierre. J'espère la voir, en même tant que je le redoute.

C'est désert.

Cette fois, je réussis à faire pénétrer de l'air jusque dans mes poumons et je hurle :

– EMMY !

Alors j'entends, comme une bénédiction, une voix fluette qui vient du haut.

– Ici. Je suis ici !

Une vague de soulagement déferle sur moi, me faisant oublier la douleur lancinante dans mon dos.

– Emmy ! Où ? Tu es où ?

Au bout de quelques secondes, une voix étouffée me parvient.

– À l'étage… Je me suis jetée en avant quand l'escalier s'est écroulé.

Robert, qui s'est également extirpé des décombres, crie aussi.

– Ça va ?

Ses cheveux roux sont couverts de poussière de bois et son arcade sourcilière est ouverte. Le sang a déjà commencé à sécher.

La douleur dans mon dos est de plus en plus vive, comme des élancements sourds réglés sur les battements de mon cœur. J'en fais abstraction.

– J'ai des côtes cassées, répond Emmy. Je crois. J'ai atterri dessus.

– Ne bouge pas, réagit Robert du tac au tac. On vient te chercher.

J'entends un bruit à mi-chemin entre le rire et le gémissement. J'ai l'impression de lire dans les pensées d'Emmy, allongée là-haut.

Comment allons-nous la faire descendre ?

Cela n'a pas d'importance pour le moment. Nous devons d'abord monter.

Robert se retourne et se dirige à longues enjambées vers le couloir qui dessert les salles de classe. Max, qui saigne toujours du nez, suit les pas pressés, mais boitillants de Robert, le doigt appuyé contre sa narine.

Il jette un coup d'œil et revient.

– Merde ! s'exclame-t-il. Est-ce qu'il y a un réfectoire ou quelque chose dans le genre ?

Je secoue la tête.

– Pas que je sache.

Max acquiesce. Robert regarde par la fenêtre. Les muscles de son cou paraissent tendus, une veinule est apparue sur sa tempe.

– Allons voir dehors ! décidé-je. Possible qu'on puisse grimper. On va réussir à monter, ne t'en fais pas.

À l'extérieur, le soleil me fait plisser les yeux. Il a dépassé le zénith. Il est midi passé. Moins de vingt-quatre heures avant l'arrivée de l'ambulance.

Cette perspective desserre un peu le nœud qui s'est formé dans ma gorge. Je peux presque recommencer à respirer.

Vingt-quatre heures. Nous allons nous en sortir.

Il faut juste qu'on fasse descendre Emmy et qu'on l'emmène jusqu'à l'église, en la portant, en la traînant ou en la soutenant – la distance est courte, ça devrait aller – puis on barricade les portes et on attend. Nous avons de l'eau et du miel. Ça va le faire.

Je ne peux même pas penser à Tone.

Max est sorti de l'école et en scrute la façade. Ce qu'il voit ne paraît pas le réjouir et je comprends pourquoi. Les murs ont beau être irréguliers, ils n'ont pas l'air faciles à escalader.

– Faisons le tour, dit-il.

Robert acquiesce et démarre au petit trot. Je pars sur ses talons.

Je suis incapable de le regarder dans les yeux. Je sais ce qu'il doit penser.

Si je n'avais pas insisté pour venir ici, si je les avais écoutés, si je n'avais pas convaincu Emmy de m'accompagner… Rien de tout cela ne serait arrivé. Emmy ne serait pas étendue à l'étage, blessée.

Mais je peux l'aider. Ça doit être un signe.

Arrivée au coin du bâtiment, je percute Robert. Il s'est arrêté juste à l'entrée la cour.

La cour de récréation est assez étroite, mais étrangement charmante, un espace carré qui fut sans doute jadis foulé par les pieds d'enfants qui jouaient ou faisaient du sport ; un espace où se dressent les squelettes de quatre jolies tables d'extérieur alignées devant le bâtiment. Le bois est ratatiné, les pieds en métal rouillé ont pris une coloration écarlate et ont commencé à se désagréger.

Mais ce ne sont pas les tables que fixe Robert.

C'est l'échelle de pompiers juste derrière.

Bien sûr. Il devait nécessairement y avoir une échelle de pompiers.

Robert fait quelques pas dans sa direction, mais je l'arrête en posant une main sur son bras.

– Elle ne soutiendra pas ton poids.

– Mais si.

– Non, regarde-la. Elle est rouillée. Tu dois faire quoi, quatre-vingts, quatre-vingt-cinq kilos ?

Robert ne répond pas, mais ses épaules s'affaissent légèrement.

Les barreaux sont effectivement oxydés, mais n'ont pas l'air brisés.

– J'y vais.

Je tente de me concentrer en m'approchant de l'échelle pour l'observer. Elle semble moins solide, de près. Certains des échelons sont aussi fins que des crayons à papier.

Mais ça va aller. On va y arriver.

Derrière moi, j'entends Robert qui crie vers l'étage.

– EMMY ! On a trouvé une échelle, on monte !

Je me hisse sur le premier barreau, sûre qu'il va craquer sous mon poids, mais ça résiste. Barreau suivant. Ça tient.

Mon cœur pompe violemment le sang dans ma poitrine. Le pont est de retour, cristallisé en quelque chose d'autre, de plus fin, de plus friable, de plus dangereux. L'eau qui déferle sous mes pieds.

J'essaie de ne pas regarder vers le bas, mais mes pieds ont déjà passé la première rangée de fenêtres. Une petite brise me caresse le dos, ébouriffe mes cheveux humides de sueur et hérisse le duvet qui couvre ma nuque. Je m'arrête.

Ma respiration est saccadée, j'ignore si c'est à cause de la peur ou de l'effort.

– Alice ! crie Max en bas de l'échelle. Ça va ?

Je ne réponds pas. J'ai la bouche pâteuse.

– Alice ! Tu veux descendre ?

Si seulement je le pouvais !

Je sens déjà le barreau se rompre sous mes pieds. La première milliseconde de choc, puis la chute, brève, un moment suspendu, magnifique, puis l'impact de mon corps qui heurte le sol, cette transition absurde de la vitesse à l'immobilité. J'imagine le bruit de mon crâne qui se fracasse contre la pierre.

Mais Emmy est là-haut, incapable de descendre. Emmy qui entourait mon corps de ses bras lorsque je sanglotais si fort que tout mon corps tremblait ; qui répondait au téléphone encore et encore ; qui m'écoutait, s'occupait de moi et m'aimait jusqu'à ce que mon angoisse ronge cet amour, le fasse disparaître. Emmy qui gît là-haut, seule, les côtes cassées, parce que je lui ai demandé de participer.

– Ça va ! crié-je, la voix tremblante.

Je poursuis mon ascension, plus rapide sur les derniers barreaux, en essayant de ne pas penser à la hauteur ni à la rouille sur mes doigts. Arrivée au niveau d'une fenêtre, je ne vois pas d'éclats de verre. Heureusement.

Je m'y agrippe et me hisse. Le soulagement est plus grand que l'effort et je parviens avec une souplesse toute relative à entrer dans la pièce et à poser les pieds au sol.

Je m'essuie les paumes sur les cuisses, ce qui laisse d'horribles traces couleur rouille sur mon jean. Je jette un regard autour de moi. Je n'ai pas de mal à identifier la salle où je me trouve : c'est l'infirmerie scolaire, avec son haut plafond et son lit au fond.

– Max, Robert, je suis en haut ! crié-je par la fenêtre.

Puis, vers l'intérieur :

– Emmy ! C'est Alice ! Je suis là !

En quelques enjambées, j'ai rejoint les imposantes portes déjà entrouvertes.

Je les pousse.

Emmy est étendue devant la porte de la salle de science, sur le dos. La brèche laissée par l'escalier est impressionnante. Emmy ne me regarde pas. Est-elle en colère ? Peut-être. Ce ne serait pas très étonnant.

– Je suis désolée… Nous avons trouvé une échelle. On va réussir à te faire descendre, ne t'inquiète…

Je m'interromps.

Elle ne répond pas.

– Emmy ? appelé-je d'une voix étrange, comme si elle venait de loin. Tu m'entends ?

Silence.

Agenouillée sur le sol poudreux, je la regarde. Son tee-shirt blanc est poussiéreux et crasseux, tout comme son jean. Le petit cœur en or qu'elle porte souvent autour du cou – un cadeau de baptême de son grand-père – a glissé hors de son col.

Je pose une main sur son bras, sa peau est chaude. Ça ne doit pas être si grave, me dis-je, sans doute ne répond-elle pas parce qu'elle souffre. Je la touche, répète son nom, elle ne dit toujours rien, je la secoue plus fort et sa tête se balance de droite à gauche, inerte comme celle d'une poupée de chiffon. Je veux juste qu'elle réponde, là, maintenant.

– EMMY, PARLE-MOI, BORDEL !!

Silence.

– S'il te plaît…

Quelqu'un me pousse sur le côté et s'écrie :

– Emmy ?!

Je ne l'ai même pas entendu arriver, et il m'a bousculée, mais cela n'a aucune importance, car le monde entier semble enfermé dans une énorme bulle où je suis sourde et aveugle, mon champ de vision s'est réduit à un point infime dans lequel je ne distingue que ses yeux vides et fixes.

– Emmy ? murmure Robert.

Il cesse de la secouer et lorsqu'il prononce son nom, c'est le son le plus terrible que je n'aie jamais entendu.

Car sa voix… se brise.

Il ne doit pas se retourner.

Je ne peux pas voir son visage.

– Qu'est-ce… dit une voix derrière mon dos, qui paraît très éloignée. Ah ! s'exclame Max, presque dans un murmure. Ah…

Nous sommes tous immobiles, comme pour imiter Emmy.

Je tends une main pour effleurer sa cheville nue, juste au-dessus des Converse boueuses qu'elle porte encore aux pieds.

Sa peau a commencé à refroidir.

Présent

C'est Max qui lui ferme les yeux.

Quelque chose dans son geste semble si définitif que la bulle autour de moi se brise. La réalité me frappe de plein fouet.

Robert se lève brusquement, se dirige vers les portes de droite, les ouvre avec fracas et disparaît dans la salle de classe. Je m'apprête à le suivre, mais Max me retient.

– Laisse-le… commence-t-il, mais il ne finit pas sa phrase.

Je regarde de nouveau Emmy. Je ne parviens pas à la quitter des yeux, comme une pulsion terrible qui me pousse à vérifier à maintes reprises ce que je sais déjà.

– Je ne comprends pas, je murmure. Je ne comprends pas. Je ne comprends pas.

C'est donc cela, le choc ?

Je tends la main et serre le bras de Max avec une force désespérée, et ça doit lui faire mal, mais il ne proteste pas. Son visage est impassible, aussi dénué d'expression que sa voix. J'ai tout à coup envie de le pousser à réagir, à ressentir la même chose que moi. De le griffer ou l'injurier.

Il me regarde comme un somnambule.

– Je ne l'ai pas vu venir, dis-je d'une voix éraillée et baignée de larmes. Je n'ai pas compris, je ne comprends pas comment ça a pu arriver, sangloté-je, je n'ai pas perçu la gravité de ses blessures – que ses côtes avaient percé ses poumons, que sa colonne vertébrale était touchée, qu'elle s'était cogné la tête ou je ne sais quoi, je…

Je lâche son bras. Son corps semble tenaillé par une crampe, et il paraît enfin sortir de sa torpeur ; à travers le brouillard, je le vois se déplacer, je sens qu'il me serre doucement contre lui. J'ai envie de le repousser et en même temps, j'ai besoin qu'on me contienne pour m'éviter de me briser en morceaux.

Comme le faisait toujours Emmy.

– On devrait… commence Max, la voix tremblante de larmes. On devrait la recouvrir, pour qu'elle ne…

Je m'essuie les yeux, tente de calmer ma respiration, m'écarte un peu de Max.

– Je vais chercher quelque chose.

J'essaie de ne pas la regarder, je ne dois plus la regarder.

Je retourne dans la salle par laquelle je suis entrée. Les portes sont grandes ouvertes à présent, après le passage en furie de Max et Robert. J'observe par la fenêtre que j'ai franchie tout à l'heure.

L'idée de sauter me traverse l'esprit.

Peut-on remonter le temps ? Quelques semaines seulement. Effacer ce mail. M'empêcher de chercher sa nouvelle adresse électronique.

Retourner à l'instant où mes doigts planaient au-dessus du clavier, où j'hésitais, et me chuchoter à l'oreille :

Ne lui demande pas de venir. Ne lui propose pas le job. Écris-lui juste que tu es désolée. Que tu vas mieux. Que tu lui seras à jamais reconnaissante pour ce qu'elle a fait pour toi.

Ma lèvre inférieure frémit, je la mords de toutes mes forces, jusqu'à ce que la peau craque et que le goût du sang se répande dans ma bouche, jusqu'à ce que la petite perle de douleur devienne une chose sur laquelle se concentrer.

Les jambes tremblantes, je me dirige vers le lit dans un coin au fond de la pièce. Les draps sur le matelas sont maculés de sang séché. Ça me révulse l'estomac.

Je ne peux pas les utiliser pour envelopper Emmy. Impossible. Rien qui soit taché de sang. Rien qui me rappelle ce qui s'est passé, la réalité brutale de nos corps. Peu importe si le sang vient d'un élève qui saignait du nez parce qu'il était tombé dans la cour, ou de la mère du nouveau-né.

Emmy mérite un linceul propre. Sans trous.

Un linceul.

Mon cerveau reste bloqué sur ce mot, ne peut plus s'en détacher. Mon regard s'arrête sur le petit cabinet dans le coin. Il pourrait contenir des draps. J'avance jusqu'au meuble. Il n'y pas de poignée à la porte. Une serrure brille, au milieu de la porte.

Je suis prise d'une envie de briser le bahut à coups de pieds, mais je me ressaisis. Il est assez massif, ma tentative est vouée à l'échec.

Je me tourne plutôt vers le bureau, pousse la chaise et, agenouillée devant elle, j'arrache les tiroirs l'un après l'autre.

Le premier est vide, à l'exception d'un stylo et d'une petite pièce de monnaie que je ne reconnais pas.

Pour déloger le deuxième, il me faut fournir un réel effort.

Le tiroir s'ouvre par à-coups, comme si son mécanisme était grippé. Il est plein à ras bord, surtout de vieilles chemises abîmées en carton marron. Elles portent un intitulé tracé d'une belle écriture régulière.

Je sors la première.

KRISTINA LIDMAN.

Je l'ouvre comme par automatisme.

Mes yeux fixent sans le voir le contenu de la pochette. Mes doigts engourdis feuillettent les photographies carrées de Polaroïd, parfaitement bien conservées.

Un son s'échappe de ma gorge – je plaque une main sur ma bouche pour l'étouffer. Le rire délirant me déchire la poitrine, force le passage entre mes doigts. J'ai peur de ce qui pourrait advenir si j'ôtais ma main. Si je le laissais s'élancer hors de ma bouche.

Enfin, je trouve.

Voilà la percée que je cherchais. Un scoop incroyable.

Jamais je n'aurais pu me douter du prix à payer.

Passé

Elle entend le bruit au moment où elles atteignent le bout de la rue.

Un cri déchirant, comme un animal dans d'atroces souffrances. Un mugissement étouffé qui ne semble pas pouvoir s'échapper d'une gorge humaine.

Mais Elsa sait d'où il vient. De la cabane de Birgitta.

Dagny ralentit, essoufflée, le visage écarlate. Elle regarde autour d'elle.

– Ça a commencé il y a une heure, répond-elle à la question qu'Elsa n'a pas encore eu le temps de poser. J'ai d'abord cru que c'était une autre de ses crises, mais ça n'a fait qu'empirer. Quand elle s'est mise à pousser ces cris, je me suis dit qu'il valait mieux aller te chercher.

Elsa opine, la bouche sèche comme de l'amadou et le cœur battant la chamade.

– Tu as bien fait. Merci.

Dagny ne l'a jamais aidée avec Birgitta, elle ne l'a jamais proposé, mais Elsa sent malgré tout une vague de sympathie envers elle parce qu'elle est venue la voir. Elle est une des rares qui reste.

Que se serait-il passé si l'un des partisans du prêtre était arrivé en premier ? Elsa l'ignore. Peut-être sont-ils déjà en chemin.

Elsa s'arrête devant la porte.

– Birgitta ?

La femme ne répond pas. Le mugissement s'est éteint.

Il n'y a pas de temps pour le rituel d'usage. Elsa ouvre la porte. Birgitta gît sur le lit en position fœtale, les bras repliés autour de son ventre. Son hurlement s'est changé en gémissement. Son visage est détourné, dissimulé par ses cheveux. Ce n'est pas l'une de ses crises. Rien dans la pièce n'est brisé. La table est à sa place, entourée de ses chaises. Birgitta n'a l'air ni fâchée ni bouleversée. Elle ne paraît même pas avoir remarqué la présence d'Elsa.

– Birgitta ?

Le gémissement s'essouffle.

Elsa sent la terreur l'envahir.

– Birgitta, je peux venir ? C'est Elsa.

Birgitta ne répond pas. Elle demeure immobile, muette.

Elsa s'approche, elle ne veut pas lui faire peur. Elle reste là une minute environ, et Birgitta recommence.

Ça débute par un ronronnement. Birgitta, les bras croisés sur son ventre, semble serrer plus fort, et elle baisse la tête vers sa poitrine. Dans la faible lumière qui filtre par la fenêtre, il est difficile de voir, mais Elsa plisse les yeux et se penche en avant.

Le bord de sa large robe marron est plus foncé. Elle s'est fait dessus.

– Birgitta, répète Elsa en posant la paume sur sa hanche.

C'est là qu'elle comprend.

Elle retire sa main, choquée, et recule d'un pas. Birgitta se recroqueville encore un peu. Le gémissement guttural prend de l'ampleur.

– Qu'est-ce qu'elle a ? demande Dagny qui attend, inquiète, sur le seuil.

Elsa se contente de secouer la tête.

La pièce semble s'être réduite ; il n'y a plus que la figure sombre de Birgitta, et sa complainte sourde et grondante.

Elsa se penche au-dessus de Birgitta. Comment a-t-elle pu passer à côté de ça ? Comment a-t-elle pu ne pas s'en rendre compte ?

Mais c'est inimaginable. Inenvisageable. Impossible.

Elsa pose une main sur le ventre de Birgitta. Sous sa paume, elle sent les crampes familières.

– Dagny, dit Elsa.

Sa voix lui paraît d'un calme effrayant. On ne devrait même pas la distinguer au milieu des gémissements, mais étonnamment, c'est le cas.

– Birgitta est en train d'accoucher. Nous devons l'amener au cabinet d'Ingrid.

Elsa entend Dagny haleter derrière elle.

– Mais comment…

Elsa se contente de secouer la tête.

Elle passe la main sur les cheveux trempés de sueur de Birgitta. En temps normal, cette dernière se serait écartée, refusant d'être touchée, mais cette fois-ci, elle ne réagit même pas.

Sa voix a commencé à baisser de nouveau. Combien de minutes s'écoulent entre chaque cri ? Pas beaucoup. Quatre à cinq, tout au plus.

Il faut faire vite.

– Je ne sais pas, dit Elsa. Mais elle a déjà perdu les eaux. Dépêchons-nous.

Présent

Je suis toujours assise par terre lorsque Max entre dans la salle.

– Alice ?

– Je suis là.

Je tiens les photographies à la main. On distingue clairement l'empreinte de mon pouce sur la surface brillante de la première.

La lumière de l'extérieur a commencé à changer, plus chaude, plus douce. Elle se pose dans les coins de la pièce et se reflète dans les fragments de verre qui restent encore dans les cadres des fenêtres. Max est lui aussi plus beau qu'il ne l'était dans la lueur dure du matin, malgré ses yeux caves, sa plaie à la mâchoire et ses vêtements crasseux qui pendent sur son corps maigre.

– Regarde, lui dis-je d'une voix morte.

Je place les images en éventail devant moi.

Ce sont quatre clichés de Polaroïd représentant un nouveau-né. Deux sont nets, les deux autres flous. Sur les images nettes, on voit que l'enfant a été essuyé, mais il reste des traces sombres et collantes sur ses bras potelés.

Sur l'une d'entre elles, le bébé est nu, photographié cliniquement en contre-plongée. Sur l'autre, il repose dans les bras d'une femme que je reconnais.

Le visage d'Elsa est coupé à la naissance des cheveux. Elle semble avoir vieilli de trente ans depuis la photographie que m'a laissée ma grand-mère. Ses yeux sont enfoncés, sa bouche n'est qu'un trait mou.

Un peu comme le visage de Max.

Et le mien aussi, sans doute.

– Qu'est-ce que c'est ? s'enquiert Max, désemparé.

Il s'est arrêté derrière moi, et je sens le poids de son ombre lorsqu'il se penche en avant pour mieux voir.

– C'est Kristina Lidman. Birgitta Lidman était la maman du bébé qu'ils ont trouvé ici. Birgitta Lidman était la grand-mère de Tone.

– Qui… ?

– Gitta-la-simplette. Regarde. C'est daté du 18 août 1959.

J'observe les photographies floues. Malgré leur qualité médiocre, on voit ce qu'elles représentent.

Sur l'une d'entre elles, on distingue le même bébé, pris de côté. Sur l'autre, on l'aperçoit sur un sein nu. La silhouette sur laquelle il repose est large et informe. Le visage est détourné. De longs cheveux bruns déferlent sur ses épaules et sa poitrine.

– Où as-tu trouvé ça ?

Je fais un signe de tête vers le bureau.

– Au milieu des dossiers médicaux.

La pochette cartonnée est toujours ouverte devant moi. Les pattes de mouche sur le papier à lignes flottent devant mes yeux. Je ne voulais pas les lire, mais je n'ai pas pu m'en empêcher. Tout pour me distraire de la répugnante réalité qui menace de s'abattre sur moi comme un brouillard écarlate.

Emmy est morte et c'est ma faute. Tone a disparu, elle est perdue, folle, et c'est ma faute.

Il n'y a pas beaucoup d'informations. Taille et poids de naissance. Je ne connais pas exactement les normes pour un nouveau-né, mais cela ne me semble pas sortir de l'ordinaire. Et le nom. « Kristina Lidman ».

C'était donc ça son premier nom. Avant qu'elle ne devienne Helene Grimlund.

Je me demande ce que dirait la mère de Tone si elle voyait les photos d'elle bébé. Et ce que dirait Tone.

Au bas de la page, une annotation inscrite à la va-vite.

Père : inconnu.

Je ferme la pochette. C'est une avancée. C'est de la dynamite. Le documentaire aurait cartonné.

Mais ça n'a plus d'importance aujourd'hui. Il n'y aura pas de documentaire. Personne ne connaîtra jamais la vérité.

Ça n'a aucune importance, car Emmy est morte.

Je croyais vraiment à ce film, Alice. Sache-le. Je suis sûre qu'il aurait pu être génial. On aurait pu créer une œuvre très particulière.

– Tu as trouvé un linge pour l'envelopper ? demande Max, d'une voix étouffée.

Et là, elle s'engouffre de nouveau en moi. La réalité.

– Je voulais regarder là-dedans, dis-je en levant une main molle vers le cabinet dans le coin.

Sans commentaire, il s'y dirige.

– C'est fermé.

J'ouvre le dernier tiroir du bureau pour y découvrir une petite clef en laiton accrochée à un cordon.

La clef à la main, je m'approche du meuble. La clef glisse dans la serrure et tourne si aisément que j'ai l'impression que ma main suit la clef et non l'inverse.

L'armoire bien ordonnée recèle des pansements et des bandes dans d'étroits compartiments, ainsi que des draps et des serviettes sur les étagères inférieures. Je sors le premier drap de la pile et le serre un instant dans mes bras.

En coton blanc, légèrement jauni par le temps, il a la rigidité caractéristique des draps amidonnés. Les bords sont brodés de fleurs blanches.

Ça plaira à Emmy. Elle a toujours apprécié les vieux objets, des trucs *vintage* à fleurs qui contrastent avec ses jeans déchirés et ses tee-shirts hideux.

Ça aurait plu à Emmy.

Rien ne plaira jamais plus à Emmy.

Qu'aurait-elle fait à ma place ?

Elle se serait ressaisie. Elle aurait pris le contrôle de la situation.

Le sol est stable sous nos pieds lorsque nous sortons de la pièce. Robert n'est pas encore revenu. Emmy est toujours là, petite, immobile.

Je force mes pieds à continuer leur chemin.

Max et moi nous asseyons de part et d'autre de son corps. Comme pour un rituel. Je déplie le drap et Max étend ses jambes et ses bras.

Je ramasse délicatement le cœur doré qui pend autour de son cou, tire légèrement sur le col de son tee-shirt pour y glisser le bijou, c'est là qu'il doit être, mais Max m'arrête.

– Attends.

– Quoi ?

Ma voix est rouillée. Inutilisée. Peu exercée.

Max se penche vers elle. Il ôte ma main de la gorge d'Emmy, et je sursaute à son contact, je recule comme si je m'étais brûlée. Il ne semble même pas le remarquer.

Son regard est rivé sur le cou d'Emmy. Sur les taches obscures sur sa peau pâle, visibles à la naissance de son cou.

Une figure semblable à un oiseau, des dessins fantomatiques avec des ailes qui se tendent vers la nuque. C'est presque beau.

Je voudrais demander – *qu'est-ce que c'est que ça ?* – mais les mots ne viennent pas parce que ce n'est pas la peine. Je connais la réponse à la question.

Ce sont des traces de doigts.

Max soulève les paupières d'Emmy. Je suis mal à l'aise. Je voudrais détourner le regard, car ses yeux fixes, immobiles, sont encore plus difficiles à voir que ses membres en train de raidir, que sa peau froide, mais Max l'observe pour deux, il se penche sur elle et l'examine.

– Le blanc de ses yeux est tacheté. J'ai lu ça, un jour. Des taches apparaissent dessus quand on se fait…

Il avale le dernier mot. Étrangler.

Aucun rapport avec des côtes cassées qui aurait transpercé les tissus mous et fragiles ; ni avec une mauvaise chute.

Pas un accident.

Des traces de doigts, comme un collier serré autour de son cou. La terreur se mêle à la rage.

Je cherche le regard de Max, mais il détourne les yeux. Son corps entier est tendu, tout à coup. Il se lève, titube et jette un coup d'œil vers les portes à droite, et je prends conscience de ce qu'il pense au moment où je l'entends crier :

– Robert !

Quelqu'un a eu le temps de faire ce coup-là durant les dix minutes qui ont séparé la dernière réponse d'Emmy et mon arrivée à l'étage. Quelqu'un nous a suivis ou nous a attendus ici.

Cette personne est peut-être encore dans le bâtiment.

Ici, à l'étage.

Et Robert est seul dans la salle de classe.

Passé

Après la chaleur de l'après-midi, la soirée est plus fraîche. Elles n'ont pas ouvert les fenêtres de l'infirmerie, de peur que les cris ne s'entendent, et la pièce garde la touffeur de la journée. La puanteur s'y ajoute pour rendre l'air aussi épais que de la mélasse.

Elsa se penche contre le lavabo et s'autorise pour la première fois à ressentir le poids de sa fatigue. Elle a les genoux qui flageolent. Ses mains la font souffrir et des larmes qu'elle ne se rappelle pas avoir versées ont laissé des traces salées sur ses joues.

– Tiens, dit Ingrid.

La faiblesse de la voix de l'infirmière fait écho à son épuisement, et quand Ingrid allume le robinet pour remplir une tasse métallique ébréchée, Elsa voit son visage blafard et décomposé. Ses cheveux habituellement bouclés avec soin sont trempés de sueur et pendent sur ses épaules. Elle ne porte que son jupon et son maillot de corps.

Elsa a ôté son gilet et ses chaussures, elle s'en rend compte à présent. Sans doute au cours des dernières heures. Des hématomes sont apparus sur son bras gauche. Au cours des contractions les plus douloureuses, Birgitta a agité les bras dans tous les sens. Elle a dû heurter Elsa qui tentait de la maîtriser et de la calmer.

Elsa boit de grosses gorgées d'eau ; le liquide a un goût métallique.

La lumière du couchant qui commence à pénétrer par la fenêtre colore la pièce d'un bleu pâle. Birgitta reste recroquevillée sur la couchette, le visage détourné. Ses cheveux sales et humides ressemblent à un nid de rat. Elle ne laisse échapper aucun bruit. Elle s'est peut-être endormie.

Dagny, postée près d'une fenêtre, se tient à contre-jour. On voit à peine l'enfant qu'elle porte dans ses bras.

C'est une belle fillette aux épais cheveux bruns. Un peu plus maigre que ses propres enfants à la naissance, songe Elsa. La petite a les yeux bleu marine troubles et la forme de tête étrange caractéristique des nouveau-nés, mais elle a crié comme elle le devait lorsqu'Ingrid lui a donné de légères tapes sur le derrière.

Elsa l'a prise dans ses bras quand Ingrid a coupé le cordon. Aucune d'entre elles n'est médecin, mais Ingrid a l'habitude d'aider les filles de Silvertjärn à accoucher lorsqu'il est impossible de faire venir un médecin à temps. Elsa n'a jamais assisté à un accouchement, à part les siens. Si elle avait imaginé un jour assister à une naissance, elle aurait plutôt pensé à l'enfant de Margaretha, ou peut-être celui d'Aina, un jour à venir.

Devant la fenêtre, un grondement monte. Il commence si bas qu'il semble à peine réel, mais il gagne peu à peu en puissance. On distingue des mots dans le chant qui s'élève de la ville et dissipe l'enchantement qui règne sur les femmes dans la pièce.

Dagny détache les yeux de l'enfant qui se met à gémir en entendant le chant du crépuscule de la communauté. Peut-être a-t-elle déjà conscience du danger, en dépit de son jeune âge.

Dagny semble effrayée et comme prise en flagrant délit. À l'expression de Dagny, Elsa comprend que celle-ci ne lui sera pas d'une grande aide.

Ingrid se redresse. Ses lunettes glissent sur son nez, elle les repousse du dos de la main. Elle cherche Elsa du regard, puis se tourne vers la silhouette recroquevillée sur la couche collée au mur du fond.

– Qu'est-ce qu'on va faire ? demande Ingrid.

Elsa est traversée par un sentiment d'impuissance qu'elle n'a jamais ressenti auparavant. Le chant manifestement interminable semble murmurer, sous la surface, que c'est impossible. Qu'il n'y a rien à faire. Les fidèles sont si nombreux, contrairement à elles. Birgitta ne peut même pas s'aider elle-même, et encore moins ce nouveau petit être qui repose dans les bras de Dagny.

– Nous devons partir d'ici, souffle Elsa. Loin du pasteur et de sa communauté. Loin de Silvertjärn.

Ingrid acquiesce. Elle ne demande pas comment elles accompliront un tel exploit. Elle n'en a pas besoin. Elle sait qu'Elsa se pose la même question.

Dagny regarde de nouveau la fillette dans ses bras. Son visage s'est radouci et elle la berce pour calmer ses pleurs. Dans ses yeux, Elsa lit des traces d'un désir profond.

– Nous devons lui donner un prénom, dit Dagny.

Ingrid se tourne vers Birgitta.

– Tu crois qu'elle peut le faire ? murmure-t-elle à Elsa.

Elsa secoue la tête.

– Je ne suis même pas sûre qu'elle comprenne que c'est sa fille, répond-elle, le cœur lourd.

– Que pensez-vous de Kristina ? suggère soudain Dagny. N'était-ce pas le prénom de sa mère ?

– Si, confirme Elsa.

Elle se souvient de Kristina dans ses derniers jours, boursoufflée, souffrante. La peur dans son visage écarlate et tendu, et le soulagement lorsque Elsa lui a promis de s'occuper de Birgitta.

Pourtant elle a échoué. Comme avec sa propre fille, Aina.

– Kristina Lidman, murmure Elsa.

Elle laisse la tasse métallique sur le bord du lavabo et s'approche de Dagny. L'eau froide l'a sortie de sa torpeur.

– Kristina, répète Elsa à la petite.

Quelque peu rassérénée, elle pose sur Elsa ses yeux troubles. Plonger le regard dans celui d'un nouveau-né est une expérience unique. Elsa n'est pas superstitieuse – pas même spécialement croyante pour être tout à fait honnête, même si elle ne l'avouerait jamais tout haut – mais ne dirait-on pas que les nouveau-nés sont détenteurs d'un savoir ? Comme s'ils avaient vu une chose que personne d'autre n'avait remarquée ?

– C'est un beau prénom, dit Elsa à Dagny.

– Le prochain train passe demain à quinze heures, n'est-ce pas ? s'enquiert Ingrid.

Elsa n'a pas besoin de regarder les horaires pour confirmer d'un hochement de tête. Avec deux trains par semaine, il n'est pas difficile de mémoriser les horaires de départs.

Elle comprend ce que pense Ingrid, elle se rappelle la lettre inachevée enterrée au milieu des culottes. Elle n'a pas le temps de la terminer ni de la poster. Il n'y a qu'à espérer que Margaretha comprendra quand Elsa lui expliquera la situation. Elle le fera. Il le faut. Une fois à Stockholm, elles essaieront d'élaborer un plan.

Mais elles doivent d'abord fuir Silvertjärn.

Présent

Nous entrons en courant dans la pièce où se trouve Robert, immobile près de la fenêtre. Il ne bouge pas.

– Robert ? dis-je doucement.

Il tourne la tête et nous regarde.

J'ignore à quoi je m'attendais, mais pas ceci. Son visage est figé et il a posé un index sur ses lèvres.

La première pensée qui me traverse l'esprit est qu'il est devenu fou – lui aussi – mais elle disparaît aussi vite qu'elle est venue. Il n'a pas l'air dément.

Max s'approche de la fenêtre, et Robert hoche lentement la tête. Je le suis à pas de loup, le cœur battant.

Max gagne la fenêtre avant moi. Robert ôte le doigt de ses lèvres et fait un petit mouvement du menton.

La fenêtre donne sur la rue qui descend vers la rivière. D'ici, on voit les toits à deux pentes des habitations qui s'étalent à partir de la place, formant un motif plus organique que les rangées rectilignes de maisons mitoyennes qui commencent un peu plus loin. Je ne comprends pas tout de suite ce que je dois regarder ; mais au moment où je m'apprête à poser la question, je vois, et les mots meurent dans ma gorge.

Une forme se déplace.

Je ne perçois qu'une ombre qui s'avance un peu au coin de l'une des maisons, avant de disparaître.

– Ça fait un bout de temps qu'elle a commencé, chuchote Robert, bougeant à peine les lèvres. Elle apparaît, puis se cache.

On la voit de nouveau. Une tête. Un rayon de soleil éclaire des cheveux blonds.

Peut-être qu'elle sent nos regards. Car tout à coup elle disparaît pour de bon. Comme volatilisée.

– Est-ce que c'est… ? demande Max en s'arrachant à la fenêtre.

Il me dévisage et je hoche la tête.

– Elle se déplace un peu entre les maisons, mais pas plus que ça. C'est elle, affirme Robert.

– Qu'est-ce qu'elle fait ?

– On dirait qu'elle se cache. Ou qu'elle cherche quelqu'un.

Max regarde de nouveau par la fenêtre ; je l'imite, je scrute la ville.

Puis il se redresse et son expression change.

Je comprends ce qu'il pense. Non que je le lise sur son visage, c'est surtout que la même idée me frappe, au même moment, et parce que tout en moi veut s'en éloigner. Je secoue la tête.

– Non. Non.

– Quoi ? demande Robert.

– Robert… commence Max, et je vois qu'il bute lui aussi sur l'idée, qu'il tente de la ravaler. Ce qui ne l'empêche pas de poursuivre.

– Nous avons jeté un coup d'œil… à Emmy.

Combien de temps est passé ? Combien de temps est-elle restée allongée là ?

Quarante minutes ? Une heure ?

Comment est-il possible qu'elle ait été vivante il y a une heure, et qu'elle ne le soit plus maintenant ?

– Nous voulions l'envelopper dans un drap et nous avons essayé de la placer bien droite et… elle avait des bleus. Autour du cou. On aurait dit des traces de mains.

Les yeux de Robert ressemblent à des billes de verre noir et blanc, les pupilles ne sont pas beaucoup plus que des points dans la lumière de la fenêtre.

– Quelqu'un a dû faire ça au moment où on essayait de monter, continue Max.

– Tone…

Il s'interrompt et se passe la langue sur les lèvres.

Je secoue la tête rapidement comme une enfant rebelle.

– Non.

Robert se tourne vers moi, le regard étincelant – j'ignore si c'est le chagrin ou la rage. Peut-être la haine.

– Écoute-moi bien, lance-t-il, et ses mots sont comme des armes. Tu as dit qu'elle n'était pas violente. Tu as dit que nous devrions aller la chercher, qu'elle était malade. Elle…

Sa voix se brise, mais il reprend :

– Elle voulait rester en sécurité, mais tu nous as forcés à venir ici. Pour la *sauver*.

Il esquisse un geste de la tête vers la fenêtre. Vers l'être qui se déplace. Tone.

Il me foudroie du regard. Ses yeux grands ouverts sont immenses et sans fond.

– Et maintenant Emmy est étendue là-bas. Morte.

Il plisse les yeux et me regarde de nouveau. Être touché par sa colère me donne l'impression d'avancer la main dans un feu de bois.

– Ne t'avise pas de la défendre encore une fois, poursuit-il en détachant chaque mot. Ne redis jamais ça. Ne redis jamais qu'elle n'est pas violente. Ne. Prononce. Plus. Ces. Mots.

Je demeure pétrifiée. L'air me brûle la peau. J'ai l'impression qu'il va me sauter dessus, me frapper, me rouer de coups de pied, me blesser.

Comme s'il avait lu dans mes pensées, Robert fait volte-face et gagne la porte.

Je reste avec Max. Il ne me prête pas attention ; il regarde par la fenêtre, hypnotisé.

Mes mains tremblent. Je voudrais m'assoir, mais mes genoux refusent de m'obéir.

Tout s'écroule autour de moi.

Je voudrais faire ce qu'elle aurait fait, mais comment ? Comment puis-je m'occuper de tout ça ? À quoi ça sert d'être rationnelle et pragmatique lorsque le monde s'effondre et que les règles cessent de s'appliquer ?

– On devrait peut-être le suivre ? suggère Max.

Je lève les yeux.

– Comment ?

– S'il retrouve Tone, Dieu seul sait ce qu'il lui fera.

Les lèvres de Max sont pâles, son visage implacable.

– Oh mon Dieu !

Je pars en courant vers les portes, chaque choc de mes pieds contre le sol envoie un éclair de douleur dans mon dos.

J'ouvre.

Robert est agenouillé près du corps d'Emmy, la tête baissée. Comme s'il priait.

Il l'a couverte du drap que nous avions laissé à côté d'elle. Elle semble si petite sous le tissu blanc, une frêle silhouette. La seule chose qui dépasse, c'est sa main fine aux ongles rongés. Il l'entoure de ses deux mains, délicatement, comme pour ne pas la blesser.

Il ne lève pas immédiatement les yeux. Il lui faut quelques secondes pour reprendre ses esprits.

Puis il pose la main d'Emmy au sol et la recouvre du drap.

Présent

Arrivée au coin de l'école, il me faut quelques instants pour m'orienter. Comme je n'ai vu les bâtiments que de haut, je ne sais pas bien derrière lequel elle se cache.

– Là, fait la voix de Max derrière moi.

Il parle trop fort ; elle pourrait l'entendre et prendre peur.

– Je ne vois personne, murmuré-je.

Il indique une maisonnette rouge au toit et aux coins noirs.

– Elle n'est peut-être plus là. Elle nous a peut-être entendus arriver.

Max avance de quelques pas, mais je saisis son bras.

– Attends.

Je me tourne vers Robert.

– Je ne vais pas lui faire de mal, affirme-t-il.

Son visage a perdu quelque chose de sa froideur, de son impassibilité. Il n'empêche, je ne suis pas sûre de le croire.

Je pars devant, ne voulant pas lui laisser prendre la tête. Quoi qu'il arrive, je veux qu'elle voie mon visage en premier. Ça la calmera peut-être.

Approchant du bâtiment, je me dirige d'abord vers le mur, j'attends près des planches rouges décrépies, puis je me faufile jusqu'au coin. Le sang bourdonne dans mes oreilles.

Je fais le tour.

Elle n'est pas là.

Le mince interstice au sol pavé entre les maisons est vide. Il n'y a rien à part des ombres et des mauvaises herbes.

Tout à coup, je distingue un léger mouvement au coin de l'autre maison.

– Tone, c'est moi. C'est Alice !

Ma voix est trop chargée, trop forte. Le peu que j'ai aperçu d'elle disparaît immédiatement.

– Merde ! marmonne Max.

L'adrénaline pulse dans mon corps, je réagis à l'instinct et me précipite vers elle.

Les maisons sont si proches que mes épaules frottent contre les parois, j'ai presque l'impression de me frayer un chemin à travers elles, et soudain je me retrouve dans la rue de l'autre côté. À présent, je la vois.

Elle détale vers la rivière, mais elle n'est pas très rapide. Sa démarche est étrange, boitillante, lourde. Elle traîne une jambe derrière elle.

Sa cheville, bien sûr.

– Tone !

Je l'appelle de nouveau. Je sais que c'est inutile, mais je ne peux m'en empêcher.

Je continue à la poursuivre, je me rapproche rapidement. Sa respiration est bizarre, elle aussi. Plus qu'haletante, elle semble sourde et ronflante. J'entends Max et Robert arriver au pas de course.

J'accélère, comble en quelques pas la distance qui me sépare de Tone et la saisis par le bras ; je sens sa peau, son os, sous la manche de son pull en laine.

Elle explose, pousse un hurlement de panique et arrache son bras de mon emprise, fait de grands gestes, pivote sur elle-même, son bras heurte de plein fouet ma tempe et me fait basculer. Mes mains amortissent ma chute, mais le coup me fait voir des étoiles et je me mords la lèvre jusqu'au au sang lorsque mon menton percute le sol.

Je reste allongée quelques instants, en attendant que le monde cesse de tourner. C'est la première fois qu'on me frappe. Je parviens à rouler sur le côté et cligne des paupières pour chasser le tourbillon douloureux.

Max et Robert ont réussi à attraper Tone, qui se débat comme un animal blessé. Elle donne des coups de pied, essaie de les mordre. Ses yeux errent sans savoir où se poser. Je tente de croiser son regard, mais il n'y a rien de reconnaissable, qu'une angoisse et une rage insensée.

Ses cheveux hirsutes sont raides de crasse. Sa frange imbibée de sang séché lui colle au front, lequel est barré par une croûte sale. Elle ne peut pas s'appuyer sur sa jambe blessée, ce qui ne l'empêche pas d'essayer à plusieurs reprises ; elle décoche des coups de pied et gémit de douleur quand elle parvient à toucher Max à la cuisse. Je frémis en entendant le halètement de Max et en voyant la torsion de la cheville de Tone.

– Arrête ! crie Max. Tone, arrête, calme-toi ! On ne va pas te faire de mal, on essaie juste de t'aider.

Je voudrais lui dire que son ton est trop brusque, trop colérique, trop excité. Je voudrais lui dire de lui parler calmement, qu'elle est peut-être incapable de comprendre ses mots, mais qu'elle peut percevoir son ton, qu'il doit lui montrer qu'il ne lui veut pas de mal. Mais je ne parviens pas à émettre un seul son.

– Elle ne t'entend pas, déclare Robert, la voix pâteuse.

Alors, il prend Tone dans ses bras et s'assied brusquement sur le sol.

Elle est petite et menue, les épaules et les hanches fines, et elle a beau se débattre et se tortiller, elle n'arrive pas à se libérer de l'étreinte de Robert. Elle finit par céder, cesse de donner des coups de pied, de remuer. Son mugissement cru et terrible est remplacé par une respiration lourde.

Ce n'est qu'à ce moment-là que je prends conscience que je tremble de tout mon corps.

Je m'accroupis devant eux, à la fois pour me placer au même niveau que Tone et pour dissimuler la faiblesse de mes jambes.

– Tone ? appelé-je en essayant d'établir un contact visuel. Tone, c'est moi, Alice.

Elle ne me regarde pas ; elle continue à fixer le sol, toujours avec ce souffle haletant.

Le sang de son front a coulé dans ses sourcils fins, formant d'étranges paquets. Je ne veux pas voir ses mains, mais je ne peux m'en empêcher.

Elle est trop malade, me dis-je, et je tente de me convaincre, d'entendre mes propres réflexions au-dessus des battements de mon cœur dans mes oreilles, du goût de sang sur ma langue et de sa respiration éraillée.

Emmy est beaucoup plus forte, ça n'aurait jamais marché, Tone n'aurait jamais pu prendre le dessus.

Mais impossible de se protéger de la voix de la logique.

Si elle avait les côtes cassées ?

Si Tone avait perdu les pédales, comme maintenant, et s'il n'y avait nulle part où s'enfuir ?

Je crois que les larmes vont de nouveau affluer, mais non.

Le flou bienheureux, bienvenu, ne vient pas. Les contours de Tone demeurent nets, et je la dévisage de mes yeux secs, gonflés, dans la poussière et la lumière solaire, sans pouvoir me départir de l'idée qui grandit en moi, en gagnant de plus en plus de force.

Présent

Je suggère tout d'abord de l'amener à l'église – cela semble le choix le plus évident – et personne n'a d'objection. Mais quand Tone aperçoit la bâtisse religieuse, elle redevient sauvage ; elle décoche des coups de pied, résiste avec tant de vigueur que Max est à deux doigts de se retrouver par terre. Elle ne se calme qu'une fois que nous nous sommes reculés dans une ruelle adjacente.

– Quel est le problème avec l'église ? demande Max.

La question m'est adressée ; nous avons tous abandonné l'idée de communiquer directement avec Tone.

– Je ne sais pas.

Je suis à bout de force. Je ne veux qu'une chose : m'allonger et dormir.

– Mais je crois qu'on ne réussira pas à l'y amener.

La scène a quelque chose de terriblement dérangeant, Tone, petite et maigre, traînée par deux hommes beaucoup plus grands, ce qui déclenche en moi une sorte de frayeur primaire – pas une peur de Tone, mais des garçons. Bien que je l'aie vue se débattre, frapper, hurler ;

malgré son regard perdu dans le vague et son masque sanglant et répugnant.

Et ses mains. Ses doigts fins et sales qui ne cessent d'attirer mon regard.

J'ai atteint une limite ; je suis tellement épuisée que je ne me sens même plus désespérée, simplement résignée.

– Qu'est-ce qu'on fait ? me demande Robert.

Je vois ma propre angoisse qui se reflète sur son visage. Il a le teint gris.

– Je ne sais pas. Je ne sais pas. Il faut juste trouver un endroit où attendre. Un endroit où…

Je m'interromps, je regarde autour de moi et je reprends :

– La maison de ma grand-mère. Elle doit être située dans la prochaine rue. Elle est dans un état correct, on pourrait attendre là-bas.

Sans même réfléchir, les garçons hochent la tête.

Nous passons entre les maisons, nous traversons les jardins. Je reconnais immédiatement la porte verte de ma grand-mère. Elle est toujours entrebâillée après que Robert m'en a plus ou moins fait sortir de force.

– Là, indiqué-je, mais Robert l'a déjà vue.

Est-ce hier que nous étions ici ? Une seule journée s'est écoulée. Une journée et une nuit.

Je me plaque contre le mur pour laisser passer Max et Robert avec Tone, puis je ferme la porte derrière eux.

À l'intérieur de la maison, ça sent le renfermé, mais il fait plus chaud. À notre gauche, les placards de la cuisine sont toujours ouverts après nos recherches. J'espère qu'il reste des denrées là-dedans. J'ai l'impression que je ne pourrai plus jamais rien avaler, mais en même temps, mon organisme crie famine. Mon corps veut manger, dormir. Et être dans le noir. Les besoins les plus basiques.

– Qu'est-ce qu'on fait d'elle ? demande Max.

Il parle à voix basse, craignant que Tone l'entende. Je le comprends. Elle se balance un peu sur ses jambes, se penche vers Max, change de pied d'appui pour soulager sa cheville estropiée. Je peux à peine la regarder.

– Enfermez-la à l'étage, réponds-je, et ces mots me semblent étrangers. Je crois que l'une des chambres ferme à clé.

– OK, répond Max avec un hochement de tête.

Je les vois monter l'escalier avec Tone. J'ai peur qu'elle refuse d'obéir, qu'elle proteste, qu'elle tombe et se blesse, mais elle les suit sans opposer de résistance.

Le petit salon, situé derrière la cuisine, est la seule pièce dans laquelle je n'étais pas encore entrée. En face de la porte, un ensemble de sièges hideux en tissu à fleurs, à droite une table à manger aux pieds ornés, couverte d'une nappe brodée. Deux des fenêtres sont brisées – l'une parce qu'un pommier a étendu sa branche noueuse vers la fenêtre, par laquelle il pénètre presque – et de grandes taches de moisissures fleurissent autour du milieu de la nappe, comme une imitation morbide des broderies.

Je me laisse tomber dans l'un des deux canapés joufflus, d'où se dégage aussi une odeur de moisissure, mais je ne parviens pas à déterminer si elle vient de la nappe ou si la garniture des sièges a suivi le même chemin. Peut-être des deux. Le coussin est à la fois ferme et étonnamment spongieux et je crains d'abord que le tissu craque sous mon poids. Mais ça tient. Je me penche en arrière contre le dossier rigide et observe le mur en face de moi.

Au beau milieu du papier peint à fleurs boursoufflées, je vois la photographie.

C'est la même, j'en suis sûre.

Je croyais que la copie de ma grand-mère était la seule existante, mais à présent ils me regardent depuis leur cadre jaune : ma grand-mère et son sourire rieur, Aina et son regard boudeur, son grain de beauté et ses tresses raides, Staffan et son nez un peu épais. Et Elsa. Elsa et son regard droit, sans compromis, qui semble me dévisager à travers les strates des années.

Je voulais simplement raconter votre histoire, me dis-je.

Je voulais juste savoir ce qui s'est passé. Était-ce si mal ?

J'entends le claquement sourd d'une porte qui se referme à l'étage, et une conversation chuchotée entre deux voix masculines.

Elsa me fixe depuis le mur, et je ferme les yeux pour ne pas être obligée de croiser son regard.

Je ne sais pas quand je m'endors.

Présent

Je suis tirée de mon sommeil par une main contre ma joue.

Ma nuque est raide, endolorie. Je gémis en essayant de m'assoir, un gémissement qui se transforme en cri quand Max m'entoure le dos de son bras. Lorsqu'il effleure le profond hématome, j'ai l'impression qu'il vient de me planter un couteau de cuisine entre les côtes.

– Aïe, aïe, aïe. Purée ! Aïe.

– Désolé !

Il retire aussitôt son bras. Je secoue la tête et m'appuie délicatement contre les coussins raides. Lorsque la douleur s'apaise, je prends conscience qu'un violent mal de tête naît derrière mes yeux et que mes bronches enflammées me démangent.

Je jette un coup d'œil vers les petites fenêtres qui donnent sur le jardin. La nuit n'est pas encore tombée, mais le ciel s'est embrasé, prenant cette nuance trop mûre qui apparaît lorsque le crépuscule est proche.

– Salut, lancé-je à Max, une fois assise.

Il me sourit, des lèvres fines sous des yeux caves.

– Salut, tu t'es endormie ?

– Oui.

Question saugrenue. Il vient de me réveiller.

La réalité a recommencé à s'insinuer en moi, lente et visqueuse comme de la poix. Des images qui reviennent. Emmy étendue sur le sol. Tone avec ses yeux fuyants et ses cheveux blonds collés par le sang et la crasse.

– Comment ça va ? s'enquiert Max.

Je secoue la tête, préférant répondre à un aspect plus inoffensif de sa question.

– J'ai très mal au dos.

– Laisse-moi regarder.

Il n'a aucune expérience dans le domaine médical, mais je ne lui dis pas. Je me retourne lentement sur le canapé et je le sens relever mon pull pour découvrir mon dos et mon hématome. Il émet un sifflement.

– On dirait qu'on t'a badigeonnée d'aquarelle mauve.

Il palpe du bout des doigts la peau sur mes côtes, et je pousse un cri quand il appuie un peu trop fort.

– Ça fait mal ?

– Oui.

Je m'écarte et je baisse mon pull.

– Et toi, comment te sens-tu ?

Max hausse les épaules.

– Vide, en quelque sorte. Ça te semble bizarre ? Je me sens éteint.

– Je vois ce que tu veux dire, réponds-je tandis que mon regard erre dans la pièce baignée de cette lumière trop mûre. Ça paraît irréel… Tout ça.

– Oui.

– Et comment va…

Je déglutis avant de pouvoir prononcer son nom :

– Robert ?

– Je ne sais pas. Il ne dit pas grand-chose. Il était déjà assez taiseux avant, mais là…

– Où est-il ? Il n'est tout de même pas sorti tout seul ?

– Il est dans la cuisine. Mais peu importe, puisqu'elle est enfermée à l'étage.

Elle.

Comme si elle était un monstre, un fantôme. Une ombre sans nom.

– Tu sais… chuchote Max.

Il me passe doucement un pouce sur la joue et c'est là que je prends conscience que je pleure. Les larmes coulent, impossible de les retenir. J'essaie de les essuyer, secoue la tête.

– Ça va.

– Non, ça ne va pas, répond Max.

C'est à ce moment-là que je craque.

Mon corps est traversé par de violents sanglots, comme agité de crampes. Max m'entoure de ses bras et me serre contre sa poitrine. Les larmes se fraient un chemin entre mes paupières fermées, mes pleurs sont hachés, disgracieux, ce sont des pleurs d'enfant, incontrôlables, déchaînés. Je marmonne des mots incompréhensibles.

Je crois que je dis « Emmy ». Ou peut-être est-ce « pardon ».

Max me caresse le dos, il appuie trop fort et je gémis de douleur chaque fois que sa main glisse sur l'hématome, mais il ne semble pas le remarquer.

– Chhhhut, fait-il en me caressant comme un chat rétif. Tout va s'arranger. Je suis là. Je suis là.

J'ai le nez qui coule sur son pull, j'essaie de m'écarter, mais il ne me lâche pas.

– Je suis là.

– Je ne voulais pas que ça finisse comme ça, chuchoté-je contre son pull, où mes mots se dissolvent pour ne jamais être entendus. Je ne l'ai pas fait exprès. Je ne l'ai pas fait exprès. Je ne savais pas.

Max dépose un baiser sur ma tête, des lèvres froides contre un crâne trempé de sueur.

– Nous allons y arriver, Alice. Nous allons nous en sortir, je te le promets. On est ensemble. Tout va s'arranger.

Il continue à me caresser le dos et mes sanglots s'apaisent. Je tente de me dégager de nouveau de son étreinte, et cette fois il me lâche.

Je m'essuie le nez. Max me regarde avec un petit sourire. Ses pupilles sont immenses, de près.

– Je suis là, répète-t-il en posant une main sur ma joue.

Sa main glisse vers le menton qu'il saisit délicatement et il lève mon visage vers le sien pour m'embrasser.

Ses lèvres sont rugueuses, sa bouche a un goût écœurant, beaucoup trop sucré, un mélange de sucre et de sang. Je tente de reculer, mais il me suit et presse sa langue dans ma bouche. Ce n'est que quand je tourne violemment la tête pour m'extirper de son étreinte qu'il recule.

– Qu'est-ce qui te prend, bordel ?

Je le dévisage en m'essuyant les lèvres de la main. Son petit sourire doux s'évanouit par étapes.

– Comment ça ? réplique-t-il, sur la défensive.

– Qu'est-ce que tu fais ?

Je descends du canapé, j'ai besoin de me lever, de me tenir debout, jambes écartées pour que le sol paraisse stable sous mes pieds. J'ai la tête qui tourne.

– Je croyais que tu en avais envie. J'essayais de te réconforter.

– En fourrant ta langue dans ma bouche ?

Je me mets presque à rire. La situation est tellement absurde. Avec tout ce qui s'est passé. Avec toute cette situation terrible, désespérée.

– Pourquoi tu m'as embrassé en retour, alors ? Tu n'as pas eu l'air de détester ça.

– Je ne t'ai pas embrassé… J'étais choquée.

Max se lève aussi. Il essuie soigneusement son jean pour en ôter la poussière, bien que son pull soit maculé de sang, de larmes, d'échardes de bois et de poussière.

– Ce n'était peut-être pas le bon moment, dit-il, raisonnable. Toujours si raisonnable.

Je secoue la tête.

– Emmy est morte, Tone est malade, si malade qu'on doit l'enfermer, et toi…

Ma voix devient plus stridente à chaque mot, jusqu'à ce qu'il m'interrompe.

– Désolé ! OK ? Excuse-moi ! Cette journée n'a pas été facile pour moi non plus, d'accord ? Je crois que je me suis laissé emporter. J'aurais dû me contrôler. C'était con. Je sais.

Il lève les mains au ciel, se frotte le visage et soupire.

Je tente de maitriser ma respiration et je secoue la tête.

– On est tous bouleversés. Ça arrive. Oublions.

Max me regarde. Quelque chose s'anime dans ses yeux.

Il ouvre la bouche, reste muet un instant, puis se lance :

– Alors, c'est quand le bon moment ?

Je ne sais quoi répondre.

– Qu'est-ce que tu veux dire ?

– Allez, Alice ! lance-t-il avec un petit rire désabusé. Tu sais ce que je veux dire. Ça fait sept ans que j'attends. Que j'attends, que j'écoute, que je suis là pour toi. Que j'attends que tu te réveilles et que tu comprennes. Alors, c'est quand le bon moment ?

Je déglutis.

– Je ne savais pas, réponds-je d'une voix aussi basse que possible, afin d'éviter au maximum la confrontation. Je suis désolée, Max, mais je ne suis pas… Je veux dire…

Il lève les yeux vers le plafond.

– Tu ne peux pas dire ça. Tu ne *peux* pas dire que tu ne savais pas. Que tu n'avais pas compris. Pourquoi crois-tu que j'ai financé ton petit film ? Ce n'est pas comme si j'allais revoir mon argent ?

– Je pensais que tu avais foi dans le projet !

– C'est parce que j'avais foi en *toi,* Alice.

Il secoue la tête.

– J'ai bien vu ta réaction lorsque je t'ai dit que j'allais vous accompagner. Déconne pas. On savait tous les deux qu'il allait se passer quelque chose ici.

Je le dévisage, sans rien pouvoir faire d'autre.

– Alice… murmure-t-il en faisant un pas vers moi. Allez, je sais que tu sais ce que je veux dire. Il fait un sourire en biais, tordant son visage déjà asymétrique.

Je recule d'un pas et baisse les yeux.

– L'ambulance arrive demain. Ça va aller, Max. On ne va pas mourir ici. Tout va s'arranger.

Je déglutis.

Quand je lève les yeux, il a les dents serrées. Il avale sa salive, sa pomme d'Adam monte et descend, et une veine bat à sa tempe.

– Max… dis-je d'une voix suppliante, de nouveau à deux doigts des larmes, les mâchoires douloureuses. S'il te plaît, ne me fais pas ça. Pas maintenant.

– Tu es tellement égoïste, Alice, répond-il en secouant la tête. Une putain d'égoïste.

Puis il tourne les talons et sort de la pièce, claque la porte si fort que le chambranle vibre.

Présent

Je me laisse retomber dans le canapé. Je ne sais pas combien de temps j'y reste avant de me lever pour gagner l'entrée d'un pas mal assuré.

Personne.

Je perçois la présence de Robert avant même de le voir, une ombre au coin de l'œil, et lorsque je me tourne vers la cuisine, il a déjà levé les yeux et me regarde.

Il est un peu trop grand pour la chaise sur laquelle il est assis ; avec ses cheveux roux qui contrastent au milieu des meubles turquoise et le tapis exubérant, on se croirait dans un décor d'*Alice au pays des merveilles.*

J'hésite avant de tirer une chaise et je me laisse tomber sur celle qui est la plus proche du mur. Les pieds raclent contre le sol lorsque je m'approche de la table.

Une horloge blanche aux chiffres noirs anguleux est suspendue au mur au-dessus de la porte. L'aiguille des minutes s'est décrochée et repose comme une ligne de démarcation dans le bas du cercle. Celle des heures pointe vers le trois.

– Tu as vu Max ?

Robert hoche la tête.

– Il a dit qu'il sortait. Il allait à l'église chercher ce qui reste du miel.

– Ah.

Les secondes passent. Je finis par briser le silence.

– Tu tiens le coup ?

Il paraît réfléchir. Peut-être qu'il ne sait pas vraiment, comme moi, quelle est la réponse. Pensif, il observe sa main qu'il ouvre et ferme plusieurs fois au-dessus de la table. Ses articulations sont rouges, à vif.

– J'ai donné des coups de poing dans le mur, explique-t-il, l'air presque étonné. Je croyais que ça aiderait, j'ignore pourquoi. Mais je n'ai rien senti non plus.

– Ici ?

– Non. Dans l'école.

Le silence se fait.

Je passe ma langue sur mes lèvres sèches. Elles conservent le goût de Max. Je chasse cette pensée de mon esprit.

– Je ne comprends pas.

J'ignore si c'est une déclaration ou une question, mais c'est vrai. Je répète la phrase et cette fois elle ressemble à une prière.

– Je ne comprends pas.

Robert pose les mains à plat sur la table. Ses grandes mains criblées de pâles taches de rousseur paraissent disproportionnées par rapport à ses poignets fins.

– Non. Moi non plus.

J'ignore si nous parlons de Tone ou d'Emmy, ou de Silvertjärn.

Mes lèvres tremblent, je les serre.

– Il y a de l'eau, dit Robert avec un signe de tête.

Près de l'évier, j'aperçois une carafe en céramique.

– J'ai trouvé le récipient dans le placard.
– Et l'eau ?
– Je suis descendu à la rivière, tout à l'heure.
J'entends un bruit à l'étage. Une planche qui craque.
– Elle a bu quelque chose ?
– Non.
Il plonge son regard dans le mien, semble forcer sa voix :
– Je ne peux pas penser au fait qu'elle se trouve là-haut. Impossible. Sinon je pense à ce qu'elle a fait, et à Emmy, et je veux seulement…
Il serre les poings si fort que ses plaies s'ouvrent de nouveau. Des gouttelettes de sang apparaissent sur sa peau, comme des pierres précieuses.
Je ne sais combien de temps je retiens mon souffle, mais je sens les secondes comme des battements de cœur et je commence à avoir mal à la poitrine quand Robert rompt le silence.
– Va lui apporter de l'eau. Il faut qu'elle s'hydrate.
J'hésite.
– Si tu m'entends taper des pieds, monte.
Robert hoche lentement la tête.
– OK.
Ses poings sont toujours serrés.

Passé

Elle se réveille quand Ingrid pousse la porte de l'infirmerie. Elsa s'est endormie sur la chaise, la tête appuyée contre le mur, sans doute la bouche ouverte car sa gorge est sèche et sa langue pâteuse.

– Comment ça s'est passé ? demande Ingrid à mi-voix.

Il fait toujours noir dehors, l'horizon a à peine commencé à s'éclaircir. Ce doit être encore la nuit. Ingrid n'est pas plus qu'une ombre parmi les ombres.

– Bien, chuchote Elsa pour ne pas les réveiller.

La petite a mieux dormi qu'aucune de ses propres filles ne l'a jamais fait. Elle s'est réveillée une fois, a poussé quelques gémissements et s'est rendormie quand Elsa l'a bercée.

– Est-ce qu'elle a allaité ? s'enquiert Ingrid en jetant un coup d'œil vers la silhouette assoupie de Birgitta.

Elsa secoue la tête.

– Je n'ai pas osé la réveiller.

Elsa est partagée ; la petite doit commencer à avoir faim. Elsa lui a donné à sucer un torchon imbibé de lait qu'elle a trouvé au réfectoire, mais elle sait bien que ce n'est pas suffisant. Pourtant, elle hésite à s'approcher de Birgitta, a fortiori à la tirer de son sommeil.

Birgitta dort depuis hier soir et Elsa appréhende – il faut bien le dire – la réaction de la femme à son réveil. Que comprendra-t-elle de la situation ?

Elsa ne distingue pas les traits d'Ingrid dans le noir, mais elle la voit hocher la tête.

– Oui, je te comprends.

Elsa sent son cœur lourd reflété dans la voix d'Ingrid.

Cette dernière s'assied par terre à côté d'Elsa et se tourne vers le petit paquet emmailloté qui repose un mètre plus loin. Elles ont placé plusieurs couches de draps sur le sol pour confectionner un lit de fortune. Dagny a insisté pour aller chercher un vieux lit à barreaux, mais Elsa lui a dit une bonne fois pour toutes que c'était impossible – il ne fallait surtout pas attirer l'attention.

– Comment allons-nous les amener jusqu'à la gare ?

Elsa secoue la tête.

– Je n'en sais rien. Je crois que la seule chose à faire, c'est d'y aller tranquillement, comme si de rien n'était. Ce n'est pas si loin. Si nous arrivons juste avant le départ du train, ils n'auront pas le temps de nous arrêter.

Ingrid pousse un petit soupir qui, dans la nuit, paraît plus bruyant qu'il ne l'est réellement.

– Tu vas les accompagner ? demande-t-elle ensuite.

– Oui. Je les conduis à Stockholm. Ma fille y vit.

– Margaretha ?

Elsa hoche la tête sans savoir si Ingrid la voit.

– Comment vas-tu faire avec Staffan ?

– Je lui écrirai une fois là-bas. Quand elles seront… quand nous serons en sécurité.

Loin de Silvertjärn.

Loin du pasteur Mattias.

– Je ne comprends pas comment les choses ont pu prendre cette tournure, murmure Elsa à Ingrid, des mots vulnérables qu'elle ne se permettrait jamais de prononcer en plein jour.

– Moi non plus.

Aucune d'elles ne dit le prénom, et pourtant Elsa sait qu'elles y pensent toutes les deux. Aucune d'entre elles ne nomme Aina. Aina qui bat dans son cœur, à chaque pulsation. Son enfant adorée, sa benjamine.

Quel genre de mère abandonne sa fille ?

La petite se remet à bouger et à gémir. Elsa se lève de sa chaise. Ses genoux craquent et sa nuque la fait souffrir. Elle est trop âgée pour dormir ailleurs que dans un lit.

Elsa se penche vers le bébé, le prend dans ses bras et le berce doucement, mais cette fois il ne se calme pas, il crie de plus belle. Elsa est surprise par la puissance du hurlement, qu'un si petit corps puisse émettre un tel vagissement.

Elle s'efforce de la réconforter, la cajole, chuchote, mais rien n'y fait. S'il ne s'apaise pas, elles courent le risque que quelqu'un entende et vienne voir.

Elsa est éblouie par la soudaine lumière d'une bougie nue. C'est Ingrid qui l'a allumée. Elle regarde autour d'elle, la bougie à la main.

– Où est le torchon ? demande-t-elle.

– Il n'y a plus de lait, répond Elsa en indiquant le coin où elle a laissé le bol vide.

– Elle peut peut-être téter le torchon ? suggère Ingrid, mais Elsa secoue la tête.

– Elle a faim. Ça n'aidera pas.

Son estomac se noue. Elle jette un regard à la ronde et sursaute en découvrant que Birgitta est éveillée. Bien sûr qu'elle est éveillée. Seul un mort pourrait continuer à dormir avec ces cris stridents. Birgitta se redresse sur la paillasse et fixe le bébé.

La petite Kristina pousse un nouveau hurlement, plus fort encore, et Elsa prend une décision. Elle s'avance vers Birgitta à pas prudents. Cette dernière ne la regarde pas. Elle regarde l'enfant.

Comprend-elle ce que c'est ? A-t-elle conscience que c'est sa fille ?

Elsa ne peut pas l'imaginer.

Mais tout de même.

Lorsque Elsa arrive juste à côté d'elle, Birgitta accomplit un geste insoupçonné. Elle tend les bras. Après un moment d'hésitation, Elsa pose Kristina sur elle.

Sa prise est gauche et maladroite, sans doute inconfortable ; Elsa a peur de trop corriger la posture de Birgitta, mais cette dernière tient le bébé très délicatement tandis qu'Elsa ajuste ses bras.

Quand Elsa déboutonne la robe de Birgitta, la femme se raidit, mais se laisse manipuler. Elsa s'attend à ce que Birgitta s'agite à tout moment, elle est prête à lui retirer Kristina, mais Birgitta ne laisse pas échapper le moindre bruit.

Elsa replie son corsage, dévoilant un sein aux veines bleutées. Puis elle pose la main sur le dos et l'arrière de la tête de Kristina et la soulève vers son mamelon.

La petite continue de hurler et Elsa sent que Birgitta est crispée, sur le point de craquer.

Et là, quelque chose se passe. La petite bouche de Kristina trouve le mamelon et le saisit. Le nourrisson se tait. Les cris s'éteignent.

Elsa entend les bruits assourdis de succion.

Ses épaules retombent. Elle retire les mains et recule de quelques pas.

– Ah ! s'exclame Ingrid.

Rien d'autre.

Mais quand Elsa se retourne, elle voit que ses yeux sont baignés de larmes.

Elsa s'essuie rapidement le front du dos de la main. Elle ne sait pas ce dont elle vient d'être témoin. Elle ignore si Birgitta comprend ce qu'elle fait ou ce qui se passe.

Peut-être est-ce quelque chose qui ressemble à de l'espoir ? Elsa n'en est pas sûre. Elle n'est sûre que d'une chose : une prise de conscience qui monte en elle en voyant Birgitta allaiter sa fille.

Elle ne peut pas laisser Aina à Silvertjärn.

Présent

J'ouvre lentement la porte de la chambre des filles.

Tone est assise au fond de la pièce, dans un coin. Elle n'a pas choisi de s'allonger sur un lit ou de s'installer sur la petite chaise garnie d'un coussin devant le bureau. Non, elle est recroquevillée sous l'armoire renversée, dans l'étroit triangle formé entre le meuble et le mur.

Elle ne me regarde pas quand je passe le seuil. Elle se balance un peu d'avant en arrière, le front posé sur les genoux.

– Tone, dis-je à voix basse, bien consciente que ce n'est pas la meilleure chose à faire.

Elle ne répond pas, mais pousse un cri bas, mais prolongé qui est étouffé par ses cuisses. J'interprète cela comme le signe qu'elle m'a entendue.

J'ai le corps tendu et les aisselles humides, mais il est difficile d'avoir peur d'elle quand je le vois comme ça. Elle est à plaindre plutôt qu'à craindre. Lorsque je l'observe, je prends conscience qu'elle n'avait pas non plus l'air menaçante, tout à l'heure dans la ruelle. Elle s'est enfuie en courant – elle ne venait pas vers nous.

Elle était effrayée plus qu'agressive. Même lorsqu'elle donnait des coups de pied pour tenter de se libérer, elle semblait lutter pour survivre.

– Je t'ai apporté de l'eau.

Je fais quelques pas dans la pièce, je contourne le lit, mais elle se recroqueville plus encore.

– Ne t'inquiète pas. Tout va bien. Je la laisse ici, tu vois ?

Je m'efforce de garder une voix calme et neutre.

Je pose la carafe d'eau à terre à quelques mètres d'elle et je lève les mains pour montrer que je ne lui veux pas de mal. Puis je recule de quelques pas pour m'installer au bureau. Le siège rembourré est dur, mais plus confortable que le sol.

Au bout d'un long moment, elle lâche ses genoux et tend la main vers l'eau – des vestiges de vernis lilas ornent trois de ses ongles.

Elle saisit maladroitement la carafe, la serre entre ses deux mains et la lève vers son visage. Elle boit à grosses lampées.

J'ai l'impression d'avoir en face de moi une étrangère.

– Que t'est-il arrivé ?

Je le formule comme une question, mais je ne m'attends pas à une réponse.

À mon grand étonnement, elle pose le récipient et regarde dans ma direction. Elle ne me regarde pas dans les yeux, mais c'est bien moi qu'elle fixe. On dirait qu'elle observe mon bras gauche.

Elle secoue la tête.

C'est déjà ça. Ce n'est pas grand-chose, mais c'est mieux que rien.

Je dois lui demander. Je ne peux pas m'en empêcher.

– C'est toi qui as fait exploser les voitures ?

Silence.

Il est plus douloureux de contempler son visage que le reste de son corps. Il y a cette affreuse croûte qui n'est pas seulement constituée de sang – je le vois maintenant que je suis plus près – mais aussi de terre séchée et de crasse qui a formé un paquet solide avec ses cheveux. La peau autour est rouge, sans doute enflammée.

– Comment t'es-tu blessée ?

Je garde une voix stable, apaisante, comme je me suis entraînée à le faire. Je ne sais pas si ça marche sur elle, mais j'ai l'impression de réussir à me calmer moi-même.

Elle ne répond toujours pas. Elle s'est mise à se balancer de nouveau en émettant un son persistant, bas et guttural.

– Tone, dis-je, suppliante, un peu frustrée parce qu'elle est assise juste à côté de moi et je ne comprends pas ce qu'elle a. Je ne parviens pas à réconcilier ce que j'ai devant moi avec l'idée de mon amie. Je ne peux pas réconcilier cela avec ce qu'elle a fait.

– S'il te plaît. Dis quelque chose ! supplié-je d'une voix qui se brise. Parle-moi, enfin ! On peut essayer…

Essayer quoi ?

De réparer tout ça ?

Je me retourne et regarde quelques instants par la fenêtre. Le soleil approche de l'horizon. Dans une demi-heure, tout le ciel aura pris feu.

L'un des tiroirs du bureau est toujours ouvert. Il ne contient rien d'autre que quelques crayons à papier. J'en choisis un, un jaune classique, mais bien taillé. Sans réfléchir, je le pose par terre et le fais rouler vers Tone.

Il s'arrête à quelques pas d'elle, mais elle le ramasse en gestes malhabiles et le saisit de façon étrange, à pleine main, comme un enfant.

Elle se penche en avant et place la mine contre le parquet.

Elle force tant que le crayon creuse un sillon dans le bois.

– Attention, il va se casser. La mine risque de se briser si tu appuies aussi fort.

J'ignore pourquoi j'essaie. Je sais qu'elle ne répondra pas.

La mine trace d'épais traits sur les planches. Un Y avec deux jambes, couronné d'une tête.

Une figure humaine. D'une main pataude, elle dessine des cheveux – de longues lignes qui s'emmêlent et s'enfoncent dans le bois mou. Puis elle place la pointe du crayon au milieu de l'ovale du visage et commence à faire un cercle. Puis un autre, et encore un autre. La bouche devient un rond noir, hurlant.

La mine se brise contre le sol. Tone s'apaise.

De nouveau, elle laisse échapper ce bourdonnement qui semble venir des profondeurs de sa poitrine.

Tone ne me regarde pas directement. Ses yeux fixent le vide juste à côté de moi, comme s'ils ne parvenaient pas à s'approcher davantage. On dirait qu'elle cherche à me communiquer quelque chose.

Car il est vrai que le croquis m'est familier. C'est un monstre que j'ai déjà vu. Sur une feuille et sur une table élimée.

Elle dessine exactement comme sa grand-mère.

– Exactement comme Birgitta, murmuré-je, pour moi ou pour elle, je l'ignore.

En entendant le nom, Tone tourne la tête et me regarde droit dans les yeux.

Passé

Elsa sait qu'Aina ne sera pas à la maison. Elle n'a pas vu sa fille depuis plusieurs jours.

Elsa traverse les pièces comme un tourbillon, fourre à la va-vite des vêtements dans un petit sac sans faire attention à ce qu'elle prend. Elle ne doit pas se charger. Elle ne veut pas que l'on remarque qu'elle est sur le départ.

Des économies, ils n'en ont guère en ce moment, mais Elsa enfile deux colliers hérités de sa mère. Ils sont en argent, les chaînes sont fines, mais ils doivent bien valoir quelque chose. Elle devrait pouvoir les vendre ou confier à un prêteur sur gage à Stockholm.

Elsa songe à emporter la lettre inachevée cachée dans le tiroir à sous-vêtements, mais elle n'aurait pas le temps de l'envoyer. Elle la laisse là.

Ce n'est qu'au moment de descendre la petite boîte à thé de la plus haute étagère de la cuisine qu'elle s'arrête et hésite. Elle entend les battements de son propre cœur, rapides, légers et coupables.

Ce n'est pas juste de l'apporter.

Dans la boîte se trouve ce qui reste de leur pécule. Près de mille couronnes, en petites et grosses coupures. Si elle prend tout, Staffan n'aura plus rien pour vivre.

Mais ils viendront avec elle, tente-t-elle de se convaincre. Aina l'accompagnera.

Ce n'est pas du vol – c'est son argent aussi, après tout.

Elsa prend sept cents couronnes, plie soigneusement les billets et les range dans une chaussette au milieu du désordre dans son sac. Elle laisse le reste dans la boîte. Elle se sent un peu mieux, mais elle a l'impression de capituler.

Elsa jette un coup d'œil à l'horloge au-dessus de la porte de la cuisine. Il est presque 7 heures du matin. Aina ne devrait pas avoir quitté le temple.

Elsa ferme à clé derrière elle et se met en chemin, luttant contre l'envie de faire demi-tour. Elle peine à se faire à l'idée qu'elle ne rentrera pas ce soir pour préparer le dîner ; qu'elle n'ouvrira pas la porte verte au crépuscule pour entendre Aina s'affairer à l'étage avec Karin, à glousser à propos de Dieu sait quoi. Qu'elle ne verra pas Staffan dans la cuisine, les pieds sur une chaise et qu'elle ne le grondera pas parce qu'il n'a pas ôté ses chaussures.

Elsa se promet de revenir. Avec Staffan et Aina. Tous ensemble. Un jour, sa famille rentrera ici, dans la maison à porte verte. Quand tout sera fini.

Peut-être amèneront-ils aussi Kristina.

Elsa se dirige vers l'église. Elle doit garder sa contenance, faire comme si de rien n'était. Ça fera peut-être la différence. Elle a toujours été fière de sa capacité à garder la tête froide et à prendre le contrôle de la situation, mais au moment où elle en a vraiment besoin, elle tremble comme une feuille.

Le jour se lève ; il va faire beau et chaud, le ciel est dégagé. Malgré tout, l'église qui toise la ville semble menaçante. Les portes sont grandes ouvertes, comme toujours ces derniers temps. Le pasteur, dans ses prêches, répète souvent qu'on ne doit rien dissimuler ni à Dieu ni à la communauté.

Rien que de penser à cet homme aux yeux gris, au visage jeune et androgyne, Elsa sent un frisson lui parcourir l'échine. Elle doit être forte.

Elle gravit les marches du perron à pas pressés, les pas de quelqu'un qui n'a rien à cacher, qui n'a honte de rien, et pénètre dans l'édifice. Elle s'arrête devant la scène qui se présente à ses yeux.

Ils sont allongés en cercles, les uns autour des autres, recroquevillés comme des enfants. Sous eux il n'y a que de fines couvertures, maigres protections contre le froid du sol. La lumière pâle du soleil qui filtre par les hautes fenêtres affaiblit leurs couleurs, les rendant semblables à des anges de pierre. Éternels, indifférents, parfaits.

Elsa reste comme pétrifiée sur le seuil. Il doit y avoir plus de cent personnes étendues sur le sol. Des vieux et des jeunes, des femmes et des hommes. Elle voit même des enfants parmi eux, pelotonnés contre leur mère. Elsa les connaît tous.

Maj-Lis avec ses genoux qui la font souffrir. Karolin qui a eu son fils aîné presque au même moment qu'Elsa a eu Margaretha. Elles tricotaient ensemble, papotaient, discutaient de tout et de rien lorsqu'elles étaient toutes les deux en fin de grossesse, toutes deux folles de joie et de nervosité.

Göran, qui travaillait dans la même équipe que Staffan, à la mine. Il bégayait toujours lorsqu'il était gêné, et rougissait quand Elsa entrait dans la pièce. Elle le soupçonnait d'être un peu amoureux d'elle, plus jeune, puis il a rencontré sa Pernilla et a arrêté de bredouiller en s'adressant à Elsa.

Pernilla. Elle est étendue trois rangées plus loin.

À deux pas d'elle se trouve Staffan.

Staffan, son cher mari.

Elsa habite avec lui depuis si longtemps qu'elle a presque cessé de le voir. Il lui est aussi familier qu'elle-même. Elsa était à peine sortie de l'enfance quand ils se sont mariés, plus jeune que Margaretha ne l'est aujourd'hui.

Elsa l'a vu malade comme un chien, ivre au point de ne pouvoir s'exprimer que par grommèlements. Elle sait que ses yeux se baignent de larmes lorsqu'il parle de son père et que son grand visage aux traits durs s'adoucit lorsqu'il regarde leurs filles. Elle l'a vu imberbe à dix-neuf ans, jeune papa à vingt-deux, plongé dans la tristesse après la mort de son père à trente-trois. C'est elle qui a trouvé les premiers cheveux blancs sur ses tempes. C'est elle qui l'a serré dans ses bras quand la mine a fermé et qui lui a promis qu'ils traverseraient cette épreuve ensemble.

Il a rempli toute la vie d'adulte d'Elsa ; il est le père de ses enfants. Et à présent, il est allongé là, parmi eux, il est l'un de ces anges pétrifiés, et elle comprend qu'elle l'a perdu.

Elsa n'a jamais détesté personne. Elle n'a jamais compris comment on pouvait vouloir du mal à quelqu'un. Mais à cet instant, elle aimerait pouvoir tuer le pasteur Mattias de ses propres mains. Elle aurait envie de le voir expirer, de lire la peur dans ses yeux.

Quelqu'un remue un peu dans son sommeil et Elsa tente de reprendre ses esprits. Regretter, elle le fera plus tard. Elle doit trouver Aina, c'est la seule chose qui importe.

Si Aina n'est pas là, où peut-elle être ? Est-il possible qu'elle se soit ressaisie ?

Elsa ne s'autorise pas à espérer. Elle sait que ce n'est pas le cas.

Son regard s'arrête sur la porte de l'autre côté de l'église. La porte de la sacristie.

Elle est fermée.

Elsa longe le mur à pas de loup pour ne réveiller personne. Quelques-uns se tournent légèrement ou soupirent dans leur sommeil, mais ils ont dû s'habituer au bruit de gens qui se faufilent autour d'eux, à force de dormir les uns à côté des autres et de respirer les haleines étrangères.

Arrivée devant la porte, Elsa pose la main sur la poignée en métal, froide contre sa paume.

Elle prie en silence pour ne pas trouver ce qu'elle redoute le plus au monde.

Mais elle doute que quelqu'un l'écoute.

Elle pousse la porte qui s'ouvre sans un bruit.

La première chose qu'elle voit, c'est Aina.

Ses épais cheveux bruns tombent comme un voile sur son visage. Elle est repliée en position fœtale à même le sol, devant le petit canapé. Elsa reconnaît sa robe blanche semblable à une grande chemise de nuit démodée, dénuée d'ornements ou de broderies. Elle semble si petite dedans.

Le pasteur Mattias est installé dans le canapé.

Ses beaux yeux gris fixent Elsa. Il affiche un calme olympien. Comme s'il l'attendait.

– Bonjour.

Elle reste de marbre, ne trouvant pas les mots pour répondre.

– Bonjour, murmure-t-elle enfin.

Le regard du pasteur se pose sur son sac, puis de nouveau sur son visage. Elsa comprend qu'il ne vaut pas la peine de mentir.

– Alors, le jour est venu, déclare-t-il paisiblement.

Aina remue un peu. La voir ainsi endormie à ses pieds remplit Elsa d'une rage dont elle se croyait incapable.

– J'emmène Aina avec moi, déclare Elsa d'une voix qui lui paraît glaciale et métallique Je prends Aina avec moi et tu ne peux rien faire pour m'en empêcher.

– Aina est adulte.

La jeune fille se frotte les yeux et se redresse sur les coudes.

– Elle fait ce que bon lui semble.

Aina s'assied et fixe sa mère comme si elle voyait un fantôme.

– Maman ?

– Aina, commence Elsa sans quitter le pasteur des yeux. Nous descendons à Stockholm. Chez Margaretha.

Aina, l'air désarçonné, observe alternativement Elsa et le pasteur. Il pose une main sur la tête de la jeune fille. Ce n'est pas la vue de sa grande main osseuse contre sa tête douce comme de la soie qui lui fend le cœur, mais le regard qu'elle pose sur lui. Comme s'il était le soleil.

– Ne la touche pas ! éclate Elsa.

Elle entend sa voix, stridente, hystérique, comme si elle avait perdu la raison. Une vieille femme folle à lier.

Quand Aina lève de nouveau les yeux sur Elsa, son regard est vide, mort.

– Ma famille est ici, à présent, lui répond-elle.

Et ce n'est plus la fille d'Elsa qui parle, ce n'est pas sa petite Aina qui suppliait sa mère jusqu'aux larmes pour qu'elles adoptent l'un des chatons du voisin quand elle avait quatre ans, pas sa petite Aina qui se faufilait dans la chambre de sa maman pour qu'elle la coiffe, pas sa petite Aina qui garde encore sous son lit les classeurs avec ses collections d'images. C'est une étrangère.

La main du pasteur repose toujours sur sa tête. Il semble imperturbable.

– Est-ce qu'elle a fini par accoucher ? s'enquiert le pasteur, et Elsa ne comprend pas ce qu'il raconte. Elle ne peut pas l'appréhender.

– Est-ce que… Est-ce qu'elle… bégaie Elsa, comme Göran le faisait à époque, et sa bouche est toute sèche.

– Est-ce que la sorcière a mis au monde l'enfant du diable ? continue-t-il de la même voix posée que s'il ne faisait que demander si le déjeuner était servi.

Ah ces yeux ! Comme les nuages avant une tempête. Ils se moquent d'elle.

– Tu crois que nous n'étions pas au courant ?

Elle ne comprend pas. Elle ne comprend pas comment ils peuvent savoir. Elles ont tout fait comme il fallait. Est-ce que quelqu'un leur a raconté ? Dagny ? Ingrid ?

Elsa ne peut pas croire qu'elles auraient fait cela. Elle refuse.

Un bruit devant l'église la fait sursauter, et elle jette un regard à la ronde. Le bruit lui est familier, aussi familier que les voix de ses filles.

– Ah ! s'écrie le pasteur Mattias, ils sont de retour.

C'est Birgitta qui hurle, paniquée. Elsa l'entend à travers l'église et la porte fermée.

Elle fait volte-face. Le pasteur s'est levé du canapé. Leurs visages sont à la même hauteur. Quelque chose de terrible se tapit dans ses yeux.

– J'ai bien peur que nous ne puissions te laisser aller à Stockholm maintenant. Pas dans cet état. Tu dois d'abord te calmer.

– Vous ne pouvez pas m'empêcher de partir, réplique-t-elle, et elle tente de chercher des forces dans sa rage. La seule chose qu'elle y trouve est une peur sans fond.

Le pasteur ne répond pas. Il se contente de sourire. Un petit sourire cruel.

L'effroi l'enserre et Elsa se sent céder. Elle se tourne vers Aina et écarte les lèvres pour la supplier. — Aina. Ne fais pas ça. Ne laisse pas les autres faire ça à Birgitta. Elle est innocente, elle n'a rien fait de mal. S'il te plaît.

Aina la fixe de ses yeux sans vie.

Puis elle sourit. Une copie conforme du rictus du pasteur.

Elsa pivote sur ses talons et ouvre brusquement la porte, mais les deux garçons Sundin l'attendent. Frank et Gösta. Ils se tiennent l'un à côté de l'autre, en silence, identiques avec leurs cheveux bruns raides et leurs petits yeux. Leurs épaules larges et leurs grandes mains.

Derrière eux, la communauté patiente. Une mer d'yeux braqués sur elle. La panique qui afflue dans ses veines les transforme en une masse malveillante, un mur de haine infranchissable.

Elsa recule dans la pièce, regarde autour d'elle, les yeux perdus. Il n'y a pas d'issue. Il n'y a que l'ombre de la jeune femme qui fut jadis sa fille, et le pasteur.

L'une de ses mains repose sur la table où se trouvent quelques feuilles éparses. Le regard d'Elsa s'arrête sur celle du dessus. C'est un dessin à la craie grasse. Des personnages maladroits de différentes couleurs. Et des spirales, tortueuses et irrégulières qui s'emmêlent.

La pièce tourne autour d'elle.

Elsa lève les yeux.

– C'était toi, articule-t-elle, mais aucun son ne sort de sa bouche, à peine plus qu'une expiration.

– Frank, appelle le pasteur d'une voix douce. Gösta. Pouvez-vous descendre Mme Kullman dans la cave sous le presbytère ? Pour qu'elle se calme un peu.

La seule chose qu'Elsa voit devant elle, c'est la petite Kristina. La petite Kristina et ses yeux de nouveau-né, d'un bleu marine trouble.

Vont-ils foncer et prendre la couleur noire et insondable de Birgitta ? Ou vont-ils lentement mais sûrement s'éclaircir, devenir comme ceux de son père, gris comme les nuages d'orage ?

– C'était toi, répète Elsa, et cette fois, c'est audible.

Mais cela n'a aucune importance. De grosses mains se sont déjà refermées autour de ses bras et l'entraînent vers l'arrière.

Son regard erre parmi la masse de visages. Ils ne ressemblent plus à des anges, mais à des esprits malins qui la dévisagent en silence.

Elle trouve Staffan en un instant.

Ses lèvres forment un « s'il te plaît » muet.

Il baisse les yeux.

Elle entend le cri de Birgitta s'élever, se changer en rugissement devant l'église.

Puis tout s'arrête. Ne reste que le silence.

Présent

Je suis toujours penchée en avant sur la chaise lorsqu'on frappe à la porte.

Tone n'a pas bougé non plus. Elle ne semble pas avoir remarqué les coups.

– Entre.

C'est Robert. Il observe la pièce, puis moi.

– Alice ?

Il demeure sur le seuil de la porte, obligé de s'incliner légèrement. Je me lève pour le rejoindre.

Il m'attire dehors et ferme soigneusement le battant derrière nous.

– Qu'est-ce qu'il y a ?

– Max est parti depuis longtemps.

– Ah oui.

– L'église ne se trouve qu'à cinq minutes d'ici.

Les commissures de ses lèvres se prolongent en rides bien droites, qui finiront par rester gravées pour toujours dans ses joues.

– Il doit juste…

Je secoue la tête et repense à l'expression du visage de Max. De la déception proche du dégoût.

Tu es tellement égoïste.

– Je crois qu'il voulait être tranquille, pour digérer un peu. Se calmer.

– Oui. Probablement, concède Robert, mais l'expression angoissée et inquiète n'a pas quitté son visage. Je me suis dit que…

Il enfouit les mains dans ses poches

– On peut tout de même aller voir ce qu'il fait. Si ça te rassure.

– Oui. (Une ombre de soulagement passe sur son visage). Je… Je me sentirais mieux si on était tous ici, ensemble.

Je pose une main sur son bras et acquiesce.

– Allez, on va chercher Max.

– Qu'est-ce qu'on fait d'elle ?

Robert esquisse un mouvement de tête vers le coin de la pièce.

– On peut… fermer à clé ? proposé-je, bien que l'idée d'enfermer Tone me répugne. Nous ne serons pas partis longtemps de toute façon. L'église est à deux pas, c'est vrai.

Je tourne doucement la poignée et j'ouvre la porte.

– Tone ? On doit partir un moment. On revient vite, d'accord ? Avec quelque chose à manger.

Elle ne bouge pas, ne répond pas.

Je déglutis.

– Birgitta ?

Et là, elle réagit. Des yeux qui brillent faiblement derrière sa frange. Un petit bruit qui paraît venir des profondeurs de sa gorge. Mon estomac se retourne. Je me rappelle ce qu'elle m'a dit de ces semaines, quand la réalité a été tirée comme un rideau, quand elle est rentrée en elle-même pour disparaître dans son propre monde.

Je croyais me trouver à Silvertjärn. J'entendais des voix me parler. Parfois j'entendais Birgitta.

Sa grand-mère. Même si elle ne le savait pas.

Ou bien pense-t-elle être Birgitta ?

La question vibre sur mes lèvres, mais le bon moment est passé. Je ferme de nouveau la porte et tourne la clé.

– OK, dis-je à Robert. On se tire.

Il s'attarde un peu, une ride apparaît entre ses sourcils clairs.

– Comment tu l'as appelée ?

Je croise son regard un instant avant de détourner les yeux.

– Allez, on y va.

Le soleil approche dangereusement de l'horizon lorsque nous nous dirigeons vers l'église. L'air est froid en dépit de la lumière chaude. On dirait qu'il va geler cette nuit ; certains des bourgeons nouvellement éclos, agglutinés, semblent baisser la tête.

Arrivés devant l'église, nous nous apercevons que les portes sont entrouvertes.

– Max ?

Ma voix ne porte pas.

Personne ne répond.

Je me tourne vers Robert qui pousse lentement les portes, faisant grincer les gonds.

Le banc qui nous avait servi à bloquer l'entrée est placé en biais à quelques mètres. L'une de nos bouteilles est toujours debout par terre auprès des restes de notre feu de bois et les couvertures épaisses tachées de moisissures sur lesquelles nous avons dormi sont jetées en tas sur le sol. On dirait que nous avons occupé et profané le temple. Il ne manque plus que des canettes de bière vides.

– Max ! crie Robert.

Sa voix résonne sous le haut plafond, semble gonfler dans la grande pièce vide, et paradoxalement rapetisser, s'affaiblir.

– C'est nous ! Alice et Robert. On voulait juste voir si tu avais besoin d'aide.

Toujours pas de réponse.

Je pénètre dans l'église bien que tout mon corps me crie de renoncer. Le Christ qui surplombe l'autel semble nous railler. Comment ai-je pu penser qu'il avait l'air souffrant ? Ses yeux cruels sont empreints de quelque chose d'omniscient, de menaçant, et sa bouche fine semble tordue dans une parodie de sourire, un rictus figé de jouissance.

– Peut-être qu'il n'est plus là. Il n'a peut-être rien trouvé et il est parti chercher à manger ailleurs. Sur la place, peut-être.

Une promenade pour se changer les esprits. Pour se débarrasser du goût de mes lèvres.

L'idée me fend le cœur. Je suis en train de les perdre, l'un après l'autre. Peut-être que ce n'est pas Silvertjärn qui me les arrache. C'est peut-être ma faute, depuis le début.

– Peut-être, reprend Robert.

Il progresse au même rythme retenu que moi, à pas prudents.

Avec le soleil qui pénètre par les portes ouvertes, nos ombres s'étirent à nos pieds, comme si une version inquiétante de la vie se jouait devant nous. Des membres distendus se déplacent en *slow-motion*.

– Max ! Tu es là ?

Ma voix monte dans les aigus, devient stridente.

Robert, agenouillé auprès du foyer éteint, se relève.

– Il est venu ici, en tout cas. C'est là qu'on avait laissé le miel et la dernière boîte de sardines. Ils n'y sont plus.

Je jette un coup d'œil vers la sacristie. La porte est fermée. L'avons-nous laissée comme ça, ou était-elle ouverte quand nous sommes sortis ?

Je n'en ai aucun souvenir.

Je ne dis rien, mais Robert suit mon regard et hoche la tête.

La frayeur point en moi, un bourdonnement dans mes oreilles, une pellicule sur ma langue.

Nous dépassons les rangées de bancs vers la petite porte en bois. Nos ombres grandissent, fusionnent en un seul monstre à plusieurs bras lorsque nous arrivons. J'évite intentionnellement le crucifix, j'ai peur de découvrir que le Christ a tourné la tête et me regarde en grimaçant.

Tout est trop calme. Une sorte de calme que ne produit que la légère vibration qui s'insinue sous la peau lorsqu'on perçoit une présence.

Robert ouvre la porte.

L'image est paisible, glacée, silencieuse. Le rideau en dentelle jaunie à la fenêtre. La table avec les chaises à barreaux nues. Le tapis rayé en bleu et blanc devant l'évier. L'exquise lumière qui dessine des motifs dans la pièce en filtrant à travers la dentelle.

Le pot de miel est soigneusement posé sur la table. Le verre est épais et solide, irisé de vert et émaillé de petites bulles le long de la lourde base, mais les bords sont barbouillés de sang et de cheveux comme des taches de peinture à l'huile étalées par des doigts maladroits.

Il gît le visage tourné vers le sol, et c'est une sorte de bénédiction. Il a une jambe repliée sous son corps, son jean taché est remonté dévoilant un mollet pâle et maigre, et son bras est tendu vers le coin. Comme s'il avait tenté de s'échapper.

Je n'ai pas besoin de me demander ce qui s'est passé. Ici, inutile d'examiner les hématomes sur le cou ou les taches sur le blanc de l'œil.

L'arrière de la tête de Max est un agglomérat de sang, d'os, de cheveux, et de quelque chose de gris et de spongieux qui apparaît dans les interstices. Ce n'est pas le résultat d'un ou deux coups bien visés. Quelqu'un s'est assis à califourchon sur son corps qui luttait, son corps qui tentait de se dégager, et a frappé méthodiquement avec le pot de miel jusqu'à ce qu'il cesse de bouger.

Je ne crie pas. J'attends qu'un hurlement s'échappe de ma gorge, mais ça ne vient pas.

Je pense à son visage à la gare, ouvert, curieux, lorsque son regard longeait les rails vers les bois. Sa démarche dégingandée quand nous nous sommes rencontrés pour la première fois, ses coudes maladroits, les tee-shirts ironiques trop grands qu'il portait toujours. Son visage, tout à l'heure, ses yeux enragés, ses lèvres tendues, serrées l'une contre l'autre.

Les derniers rayons du soleil se reflètent magnifiquement dans ses cheveux blonds au-dessus de sa tête, là où le pot en verre l'a épargné, là où le crâne a gardé quelque chose de sa forme.

Au loin, j'entends Robert se pencher et vomir par terre ; c'est une silhouette abstraite, tremblante.

L'exhalaison âcre et répugnante traverse la brume qui m'enveloppe et avec elle vient autre chose : l'odeur de ce qui était Max.

Le cri se forme dans ma poitrine, mais devient autre chose, émerge comme un gémissement étouffé.

Je ne comprends pas. Comment peut-il être mort ? Comment peut-il être étendu ici, le crâne fracassé, si Tone est enfermée à l'étage de la maison ? Comment peut-il… Il n'y a personne qui…

La silhouette sous la pluie.

Les yeux d'Emmy, verts comme l'océan, qui plongent dans les miens.

– Tu as vu quelqu'un, non ?

La voix de Tone, étranglée de douleur :

– J'ai entendu quelque chose. Au rez-de-chaussée.

Le rire sur la vidéo.

Le cri dans le talkie-walkie.

La main de Tone qui dessine un bonhomme bâton aux longs cheveux hirsutes et à la bouche comme un trou noir.

Il y a quelque chose qui ne tourne vraiment pas rond.

Je recule, trébuche, tombe sur le seuil. Je lève les yeux vers la gauche, vers le crucifix. Le Christ n'a pas tourné la tête pour me regarder. Ses yeux peints en noir sont braqués vers la sortie. Vers la ville. Vers Silvertjärn.

Robert, la main plaquée sur la bouche, me suit. Ses gestes sont imprécis, comme anesthésiés, le choc inscrit sur son visage en grandes lettres muettes.

– Elle avait raison, grondé-je entre des lèvres engourdies. Vous aviez raison. Nous ne sommes pas seuls ici.

Passé

Dans le lointain, Elsa entendit le sifflet du train qui quittait la gare.

Elle aurait dû éprouver quelque chose lorsque le dernier espoir s'éloigna de Silvertjärn, mais il n'y avait rien. Elle se sentait complètement vide.

Il fait si noir ici. Elle ne voit rien. Palpant le sol, elle s'est déplacée sur de la terre humide et froide ceinte de murs rugueux en pierres, puis elle a gravi un petit escalier. Elle a frappé à la porte en hurlant, en vain, jusqu'à ce que ses mains endolories deviennent faibles et inutiles.

Où irait-elle si elle parvenait à sortir ?

Avant d'entendre le train, elle ne savait pas combien de temps s'était écoulé. Elle avait l'impression d'avoir passé plusieurs jours dans la cave sous le presbytère. Mais le sifflement strident lui a permis de recouvrer ses esprits. Cela ne fait que quelques heures qu'elle est ici. Il doit être dix-sept ou dix-huit heures, à présent.

Que va-t-elle devenir ? Que vont devenir Birgitta et Kristina ?

Elsa s'efforce de ne pas y songer, mais dans ce cachot, les pensées virevoltent dans sa tête. Elle est incapable de les arrêter, tout comme elle est incapable de briser cette porte infranchissable.

Une lueur d'espoir naît de temps en temps.

Peut-être ne la garderont-ils enfermée que jusqu'au soir ? Peut-être que Margaretha commence à se demander pourquoi les lettres ne viennent plus. Peut-être que Staffan va revenir à la raison.

Peut-être, peut-être, peut-être. La faim est venue et repartie. Il ne reste que la soif. Une sécheresse dans la gorge qui s'est progressivement muée en douleur lancinante dans sa tête et son ventre. Il fait plus frais ici que dehors, au soleil, mais la chaleur aoûtienne s'est tout de même insinuée jusqu'à elle. Lorsqu'elle ferme les yeux, elle voit des éclairs argentés.

Le grincement de la porte la fait sursauter et la lumière qui point dans l'embrasure la pousse à se protéger les yeux de la main.

– Madame Kullman, lance une voix masculine, une voix sourde et monotone qu'Elsa n'identifie pas.

Elle tente de regarder entre ses doigts, mais le contre-jour l'empêche de distinguer la silhouette.

– Madame Kullman, ne m'obligez pas à venir vous chercher.

Ses oreilles ont peut-être perdu l'habitude des voix masculines, mais elle est encore capable de reconnaître une menace.

Elsa se lève tant bien que mal et gravit les marches. Ses jambes douloureuses peinent à la porter. Est-ce la soif, la faim, l'obscurité ? Elle l'ignore.

Lorsque Elsa atteint le sommet de l'escalier, elle est prise d'une subite envie de courir, mais le jeune homme

– qui à la lumière s'avère être Frank Sundin – la saisit fermement par le bras. Il lui fait mal. Sans même la gratifier d'un regard, il se met en marche. Elle a l'impression d'être à moitié endormie, elle a la tête qui tourne, mais fait de son mieux pour suivre son rythme et ne pas tomber.

C'est une tentative désespérée, mais elle ne peut s'en empêcher :

– Frank, l'implore-t-elle, tu n'as pas besoin de faire ça. Si tu me lâches maintenant tu pourras dire que je me suis libérée et enfuie dans la forêt. Tu n'es pas obligé…

Il ne répond pas, ne la regarde pas. Au lieu de cela, il tire si fort sur son bras que son épaule manque de se déboiter ; Elsa pousse un gémissement de chien battu et se tait.

Elle ne comprend pas où ils se rendent. Ils ont dépassé l'église et se dirigent vers le centre. Où vont-ils ? Les rues sont désertes comme dans un village fantôme. Elle ne voit pas âme qui vive sur le chemin. Les fenêtres sont vides et les portes fermées malgré l'après-midi sèche et caniculaire.

Lorsqu'ils passent devant sa maison, elle détourne les yeux.

Le brouhaha grossit avant même qu'Elsa ne voie la foule. Elle est étourdie de soif et de faim, sa gorge est gonflée, ça cogne dans sa tête. Ce n'est que lorsqu'ils arrivent près de la place, lorsque la route se change en pavés qu'Elsa comprend où est passée toute la population de Silvertjärn.

Ça fourmille sur la place et ça déborde dans les rues, entre les maisons. Quand Elsa et Frank approchent, la foule se tait et s'écarte sur leur chemin. Elsa cherche des yeux familiers, un visage auquel se raccrocher, mais ils lui sont tous devenus étrangers. Des jeunes gens et des jeunes femmes qu'elle a bercés quand ils étaient bébés. Des camarades qu'elle a consolés, conseillés. Ceux qui, le mois dernier, la semaine dernière, la veille, l'auraient aimablement arrêtée dans la rue pour lui demander si Margaretha avait accouché là-bas dans le sud, et si elle allait monter avec le bébé.

Ils contemplent Elsa en silence. Ils reculent pour la laisser passer.

Au bout de quelques pas, Elsa baisse les yeux vers les pavés et fixe ses pieds. La honte se pose sur elle comme une lourde couverture. Ces yeux qui la dévisagent… Elle ne sait pas si c'est sa propre honte qu'elle ressent, ou la leur ; si elle a honte de la manière dont elle se laisse mener comme un chien ou si elle a honte pour eux tous. Pour ce qu'ils sont devenus.

Quand Elsa entend le bruit, elle lève la tête, et elle ne peut s'empêcher de crier. Sa bouche ne lui obéit plus.

– Birgitta !

Au milieu de la place, ils ont arraché les pavés, dévoilant la terre au-dessous comme une plaie. Dans la terre mise à nu, ils ont planté un large poteau. Un bouleau dont on a ôté l'écorce et les branches.

Au poteau, ils ont ligoté Birgitta.

D'épaisses cordes entourent sa taille, la liant au tronc. Elles s'enfoncent dans le tissu mou, sensible, autour de son ventre qui n'a pas encore perdu sa rondeur si tôt après l'accouchement. Cela doit lui faire terriblement mal. Ses bras sont tirés en arrière et noués derrière le poteau. Sa tête pend en avant. Elsa ne peut pas voir son visage, mais elle aperçoit les pieds nus de Birgitta et ses chevilles enflées sous sa robe lâche.

– Birgitta ! répète Elsa, à peine plus fort qu'un murmure.

Elle ne bouge pas.

– Bonjour, Elsa, fait le pasteur d'une voix douce.

Jusqu'à maintenant il s'était fondu dans la masse, mais à présent il avance d'un petit pas et se retrouve dans l'espace vide laissé autour de Birgitta.

– Enfin.

Son visage calme et paisible effraie Elsa plus que toute autre chose.

– Que lui avez-vous fait ? demande-t-elle.

Sa voix n'est qu'un croassement, sa langue est sèche et rugueuse. Le soleil d'août a commencé sa descente vers l'horizon, mais la chaleur de l'après-midi est toujours lourde, oppressante.

– Il est temps, à présent, Elsa, déclare le pasteur. Il est temps de passer à l'étape suivante. Trop longtemps, nous avons laissé le mal vivre parmi nous. Nous corrompre. Mais c'est fini.

Elsa veut clamer qu'il est fou, qu'il a perdu la raison, mais tout au fond de ses yeux gris, une lumière froide la réduit au silence avant même qu'elle n'ouvre la bouche.

Si Kristina est née aujourd'hui, Birgitta a dû tomber enceinte l'hiver dernier. En décembre. Quelques semaines seulement après l'arrivée du pasteur.

Quand a-t-il commencé à murmurer à ses fidèles qu'elle était malveillante ? Qu'elle était possédée par les démons ?

Y aurait-il quelqu'un pour la croire, même si elle pouvait parler ? Son discours ne semblerait-il pas celui qu'on attend d'une personne qui sert le diable ? Comme ce qu'il a toujours dit d'elle.

Muette, Elsa regarde les visages les plus proches. Ses voisins. Ses amis.

Qui lui ferait confiance si elle tentait de dire la vérité ?

– Tu es cruel, lance Elsa au pasteur, la voix éraillée, tremblante.

Il ne se fâche pas. Il ne hausse pas le ton. Il se contente de secouer la tête, l'air triste.

– Vous entendez ? s'exclame-t-il à l'assemblée. Vous entendez comme le mal se diffuse comme un poison ? Il est contagieux, comme une maladie, et se répand d'une personne à l'autre. Il déforme l'âme jusqu'à ce qu'il n'y ait plus rien à sauver.

Le pasteur toise Elsa de son regard froid et calculateur.

– Y a-t-il quelque chose à sauver chez toi, Elsa ?

Elle voudrait lui cracher à la figure, mais elle en est incapable. Elle a trop peur et trop soif. Elle est trop faible. Vaincue.

– Nous verrons bien, lui dit-il, comme s'il n'y avait personne d'autre, comme s'il chuchotait à son oreille.

Il embrasse l'assemblée du regard.

– L'heure est venue, répète-t-il d'une voix plus forte, une voix qui résonne sur toute la place et fait taire les dernières bribes des conversations. L'heure est venue de chasser le mal qui vit au milieu de nous, de recevoir la lumière de Dieu. De choisir, et de choisir la lumière.

Il marque une pause.

– Êtes-vous prêts à choisir le chemin de la pureté ?

Ça commence comme un murmure, incertain, hésitant, puis ça grandit pour devenir une tempête furieuse, une clameur jubilatoire proche de l'hystérie.

Il lève les bras. La vue de ses belles paumes blanches fait immédiatement taire tous les fidèles. Ils sont dans une sorte de transe, un délire que se propage en vagues à travers la ville.

– Kaj ? dit-il, à peine plus fort qu'un ton de conversation normal, mais ses paroles portent dans le silence de la place.

Elsa voit un mouvement dans la masse qui s'ouvre pour laisser passer quelqu'un.

Kaj Andersson avance jusqu'au premier rang. Il est grand et fort à présent, les cheveux châtain clair et la mâchoire carrée, mais Elsa se souvient de lui lorsqu'il allait à l'école avec Margaretha. Coudes nus et genoux écorchés.

Ils sont quatre. Tous des garçons et des hommes de grande taille, aux épaules athlétiques et aux bras musculeux. Tous les quatre portent de larges paniers d'osier remplis de pierres.

Ce sont des galets ronds et lisses, polis par l'eau, sans doute ramassés dans le lit de la rivière. Kaj et les trois autres déposent les corbeilles devant le pasteur et se redressent. L'homme d'Église leur adresse un petit sourire assorti d'un signe de tête. Kaj acquiesce en retour et recule pour se fondre dans la foule.

Derrière le pasteur, Elsa aperçoit Dagny, immobile, le regard vitreux. Le frère de Franck, Gösta, est posté derrière elle comme un avertissement. Il n'a pas besoin de la retenir, elle ne semble pas en état de s'enfuir.

Ingrid se trouve à côté d'elle. Le rouge à lèvres écarlate qu'elle porte toujours est étalé autour de sa bouche. C'est ce que croit Elsa, tout du moins, avant de s'apercevoir qu'elle saigne du nez. Gösta la tient fermement par les épaules, et ses mains sont liées devant elle par une ficelle serrée. Elle fixe les paniers de pierres, les yeux écarquillés d'horreur.

– Qui souhaite nous aider à purifier notre communauté ? demande la voix du pasteur, devenue à présent une cascade hurlante, un coup de tonnerre fracassant. Qui parmi nous est prêt à agir comme les mains de Dieu ? Avancez. Avancez et participez !

D'abord, il ne se passe rien. Puis elles commencent à se mouvoir, à se bousculer et à se presser autour des paniers. Des mains avides, rageuses, qui s'ouvrent comme des griffes pour saisir les cailloux, rétives, puis impatientes. Elles se poussent et se battent pour les atteindre.

– Nous devons oser saigner et faire couler le sang, psalmodie le pasteur pendant leur lutte acharnée. Nous devons choisir la lumière. Nous devons choisir Dieu. Nous devons détruire le diable en nous, sans quoi nous ne serons jamais entiers.

La réserve de pierres commence à s'épuiser. Les gens du premier rang reculent de quelques pas. La plupart ont deux ou trois cailloux à la main. Il y a des jeunes et des vieux, des femmes et des hommes. Elsa les connaît tous. L'une des filles n'a pas plus de douze ans. Greta Almqvist. Dans chaque main, elle tient un galet rond et plat, si grand qu'elle ne peut pas fermer les doigts.

Le silence les enveloppe, les avale. Pendant une seconde qui s'étire pour devenir éternité, il ne se passe rien. Tout le monde est immobile, dans l'attente. On n'entend rien d'autre que le bruissement des respirations de neuf cents personnes, semblables aux doux battements des ailes d'un papillon.

– Chantez avec moi, les enjoint le pasteur.

Tout autour, ils se mettent à entonner, d'une seule voix, une mélodie familière.

– *Ils se rendront dans la ville sainte,*
ils se réuniront au ciel un jour…

Birgitta sursaute lorsque la première pierre s'abat sur sa cuisse. Lorsque la deuxième l'atteint au ventre au-dessus de la corde, elle lève la tête et laisse échapper un gémissement. Elsa distingue des hématomes et des bosses à travers ses cheveux, une lèvre fendue.

Son gémissement se mue en cri lorsque la petite Greta Almqvist lui jette une pierre qui la touche au front et lui ouvre l'arcade sourcilière. Un flot de sang s'écoule sur son visage.

Son hurlement est avalé par le chant qui monte, de plus en plus fort, devient une partie du chœur. Elsa crie avec elle, à peine consciente d'écarter les lèvres.

– ARRÊTEZ ! PAR PITIÉ ! JE VOUS EN PRIE ! ARRÊTEZ !

Elle tente de se libérer, mais Frank la maintient d'une poigne d'acier. Ses notes inharmonieuses résonnent dans sa tête.

– *Ils vont oublier les difficultés et le mal, d'un monde ancien, d'une vie disparue.*

Les pierres tombent comme une pluie. Certaines, miséricordieuses, manquent leur cible, mais la plupart l'atteignent.

Ses cris se sont à présent changés en un gémissement épuisé, une prière sans mots, marmonnée.

Les larmes déferlent sur le visage d'Elsa. Elle ne peut pas. Elle ne peut pas regarder.

Elle ferme les yeux.

– Pardon. Pardon. Pardonne-moi, Birgitta. Pardon.

Présent

Dans le silence, j'entends un bruit qui s'élève au-dehors.

C'est le bourdonnement de nos talkies-walkies, qui monte et baisse en volume.

Ils sont posés en tas sur un banc. Je ramasse un de ces hideux petits boîtiers en plastique noir et jaune. Là, dans ma paume, on dirait une énorme guêpe tordue, prête à piquer.

Il est éteint. Le voyant lumineux n'est pas allumé.

Je le laisse tomber au sol, et j'entends le plastique se briser contre la pierre avec un craquement satisfaisant.

Je fouille parmi les autres appareils de mes doigts hystériques. Pas de voyant allumé. Tous éteints.

Le bruit s'amplifie jusqu'à n'être plus qu'un bourdonnement ; ce ne sont pas des interférences. C'est la mélodie d'une chanson portée par le vent qui semble monter de la terre même de Silvertjärn dans le rougeoiement du soleil couchant.

– *Ils se rendront dans la ville sainte,*
ils se réuniront au ciel un jour

Ils entreront, ébahis, par le portail
Vers un monde inconnu, vers une autre vie…

– On va mourir ici, articule difficilement Robert. On va mourir ici.

– Mais non.

Le chant résonne à mes oreilles ; le nœud coulant qu'est Silvertjärn est en train de se resserrer sur nos cous.

– Il faut qu'on traverse les bois. On ne peut pas attendre la police.

Robert paraît presque somnolent. Ce doit être le choc. Je dois être choquée, moi aussi, mais je me sens bien réveillée. Jamais je ne me suis sentie plus réveillée qu'aujourd'hui.

– C'est impossible.

Son corps semble se replier sur lui-même ; ses larges épaules tombent et ses mains pendent, molles et inutiles, le long de son corps.

– Si. On se tire. On marche vers l'autoroute. Vite. Maintenant. Je ne sais pas qui a fait ça, mais je ne compte pas rester ici et attendre la mort. OK ?

Il croise mon regard et hoche la tête.

– OK.

Tandis que je cours entre les maisons, j'ai l'impression que la ville essaie de nous avaler, comme si chaque logement était un piège, chaque porte ouverte une mâchoire prête à nous dévorer. Le chant faible et lointain résonne dans les rues et les ruelles.

Il y a un vraiment un truc qui cloche ici, et je ne veux plus rester pour tenter de savoir ce que c'est.

La porte verte est entrebâillée, je la pousse de toutes mes forces, et j'entre en titubant.

– Tone !

Robert me rejoint, hagard, le regard vide.

– Essaie de trouver un récipient à remplir d'eau. Cherche dans la cuisine. S'il reste des denrées comestibles, prends-les aussi.

Il acquiesce et pénètre dans la cuisine ; je gravis les marches deux par deux.

– Tone ?

J'ouvre. La lumière mourante du couchant filtre par la fenêtre, teignant la chambre en rouge sang. Le couvre-lit défait, le bureau, le plancher. Et le visage effrayé de Tone.

La lame du couteau scintille, m'éblouit.

La silhouette qui presse l'arme contre le cou de Tone n'est pas beaucoup plus grande qu'elle. Le visage est caché par une chevelure grise hirsute. Une main maigre sur laquelle les veines saillent enserre de ses doigts noueux les cheveux de mon amie ; l'autre main appuie un couteau de cuisine long et fin contre le cou de mon amie.

– Ferme ! ordonne la silhouette, d'une voix aiguë et dissonante.

Je fais volte-face lentement et j'envisage de crier, mais mon visage doit trahir mes émotions.

– Un seul mot et je lui tranche la gorge, menace la voix calme, mais cinglante ; comme un soleil brûlant qui perce à travers les nuages.

La porte se ferme avec un cliquetis

– Combien êtes-vous ?

Je déglutis. J'ai du mal à parler.

– Il n'y a que nous deux.

– Toi, et l'autre au rez-de-chaussée ?

Le petit espoir que j'ai caressé, croyant qu'elle ignorait la présence de Robert, vient de s'envoler. J'acquiesce.

Immobile, elle semble réfléchir. J'ose à peine la regarder, effrayée de ce qu'elle va faire subir à Tone. Je préfère fixer mon amie, tentant en vain de chercher son regard, d'y distinguer une trace d'elle.

Si seulement on pouvait me dire ce que je dois faire !

Et tout à coup, des pas dans l'escalier.

– Alice ! Vous êtes prêtes ?

La femme devant moi presse le couteau un peu plus fort contre le cou de Tone.

J'entends la porte s'ouvrir derrière moi.

– Je n'ai pas trouvé de bouteille, mais je…

Il se tait.

Présent

Les halètements de Tone emplissent la pièce.

– Bien, dit la femme, et je distingue dans sa voix un soupçon de jouissance. Très bien.

Lorsqu'elle lève la tête, ses cheveux glissent, découvrant un visage figé et déformé, comme taillé dans de l'écorce. Sa peau est parcheminée, abîmée par le soleil, ses traits anguleux. Ses lèvres fines traversées de profondes rides retombent sur des dents jaunes et ses yeux marron clair sont enfoncés dans son visage.

Il n'est pas difficile de donner un nom à ce qui brille dans son regard.

Ce n'est ni de la peur ni de l'inquiétude. C'est de l'excitation. Une excitation enivrante, exaltante, qui fait trembler sa main.

– Toi, me siffle-t-elle. Attache-lui les poignets.

De nouveau cette voix aiguë, enfantine, cette drôle de manière de finir ses mots.

Je me racle la gorge, certaine qu'on ne va pas m'entendre.

– Je n'ai rien pour l'attacher.

Je m'efforce de rester aussi calme que possible, de garder une voix aussi posée que possible pour ne pas l'effrayer ni la mettre en colère.

– Il y a une corde sur le lit, répond-elle, d'un air presque amusé.

Effectivement. La corde paraît vieille et fragile.

Je me penche lentement pour la prendre. Les fibres sont rêches contre mes paumes.

– Bien. Alors. Attache ses mains.

Je la vois humecter ses lèvres de sa langue sèche et pointue.

Je me tourne vers Robert. Nous nous considérons. Paradoxalement, il semble plus calme que dans l'église, comme s'il s'était ressaisi une fois arrivé dans l'œil du cyclone.

Quand je tourne de nouveau la tête, ce n'est pas moi que la femme regarde, mais Tone. Elle dévoile ses dents gâtées, en un simulacre de sourire.

– Tu croyais réussir cette fois-ci ? demande-t-elle, comme si Robert et moi n'existions pas. Tu croyais être libre de répandre ton venin maintenant, tu pensais que plus personne ne pouvait t'arrêter. Mais je suis restée. Oui, je suis restée.

Elle pousse une sorte de glapissement qui doit être un rire.

– Je t'ai reconnue de loin. Je savais que tu étais revenue. Tu as aimé ma chanson ? Tu t'en souviens ? C'est sur cette chanson que tu es morte, sorcière ! Je voulais te le rappeler.

Le monde entier est en équilibre sur la lame de son couteau.

Elle tourne la tête, plante son regard dans le mien. Le mouvement dévoile un peu plus du visage, je la vois plus clairement. Ce nez qui jadis devait être bien ciselé semble à présent s'enfoncer dans sa peau flasque ; ces cils courts et fins. Et le grain de beauté sous un œil, sombre et étonnamment élégant, comme une mouche peinte sur une belle femme d'un autre temps.

– L'heure est venue. Nous devons mettre un terme à tout cela.

Elle me foudroie du regard et tire si fort sur les cheveux de Tone que sa tête bascule en arrière. La peau de son cou se tend contre le fil du couteau.

– Tu vas me les rendre, tu m'entends ? Je sais que c'est toi, siffle-t-elle à l'oreille de Tone. Tu entends comme ils chantent ? Ils vont revenir vers moi. Je vais t'amener là-bas et tu vas me les redonner. Traînée ! crache-t-elle.

Le dernier mot ne semble pas naturel. Elle le prononce à la manière d'un enfant, comme une provocation.

Est-ce une reconnaissance progressive, les années qui se dissipent grâce à cette diction étonnamment puérile ? Le profil qui se recompose, ce regard intense, un trait de famille conservé malgré l'action de l'âge qui a poncé les os sous sa peau fine, un air qui rappelle les lèvres minces et flasques de ma grand-mère après son AVC.

Peut-être est-ce seulement le grain de beauté. C'est peut-être au moment où je le vois que les pièces du puzzle s'assemblent.

– Aina ?

Présent

Aina plante son regard dans le mien. Je crois y voir une lueur d'étonnement, mais elle disparaît aussi vite qu'elle est venue.

– Vous avez été contaminés, grommèle-t-elle. Contaminés, répète-t-elle en séparant les syllabes.

Contaminés, par quoi ? Je l'ignore.

Je déglutis. Les muscles dans ma gorge sont douloureux, tendus.

– Je suis la petite-fille de Margaretha, tenté-je. Margaretha est ma grand-mère.

Elle se passe de nouveau la langue sur les lèvres, de manière presque compulsive.

– Margaretha ?

– Ta grande sœur.

Elle semble se calmer. L'espace d'un instant, je pense l'avoir touchée.

Mais ses mâchoires se crispent et elle montre les dents. Ses lourdes paupières se ferment et la ride qui les relie devient une crevasse sur son visage.

– Elle m'a laissée ici, gémit-elle. Elle m'a laissée ici ! Elle m'a abandonnée ! Je lui ai écrit, mais elle n'est jamais venue.

La dernière phrase n'est qu'un murmure rauque qui se termine en soupir.

– Je suis là. Je suis venue. Pour te trouver.

Une sorte de tristesse plane sur elle, une impuissance qui cadre mal avec son aspect physique. Elle me considère. Dans ce visage émacié, ces yeux jaunis, malades, je découvre mes propres yeux marron clair.

– Je suis là, répété-je.

Je retiens ma respiration ; je m'interdis de détourner les yeux.

Son visage se durcit, devient un masque de bois sculpté.

– Contaminés, crache-t-elle de nouveau. Vous avez tous été contaminés. Par *elle* !

Son couteau se presse un peu plus contre le cou de Tone et je vois la peau craquer et une goutte rouge, hypnotique, couler vers sa clavicule. Un gémissement brisé se forme dans sa gorge.

– Ce n'est pas elle ! Ce n'est pas Birgitta. Birgitta est morte. Elle est morte depuis soixante ans. Ce n'est pas cllc, Aina. Elle s'appelle Tone, elle est malade.

– Encore un mot et je lui coupe la gorge et je la renvoie chez celui qu'elle sert, m'interrompt Aina.

Elle a retrouvé son calme effrayant.

Je me tais.

– Tu crois que je ne la reconnais pas ?

Elle éclate de nouveau de son ricanement sec qui semble une parodie de rire.

– Tu crois que je ne vois pas la corruption dans ce corps ? Je sais. J'ai attendu. Ah, comme j'ai attendu !

Un tic nerveux secoue sa tête.

– Tu dois me les rendre, murmure-t-elle à l'oreille de Tone. Tu entends, sorcière ? Tu vas me guider jusqu'à eux, et tu vas me les rendre. C'est fini, maintenant.

Dehors, le soleil couchant est devenu crépuscule ; les dernières éclaboussures rouges disparaissent peu à peu, remplacées par un violet plus froid. La nuit approche.

– Qui ?

Le mot chuchoté s'échappe de ma gorge malgré moi.

– Qui doit-elle te rendre ?

Passé

Frank n'a même plus besoin de la traîner. Les pieds d'Elsa avancent d'eux-mêmes. Elle marche entre Dagny et Ingrid, cinq pas derrière le pasteur, les yeux rivés sur leurs pieds. Elles sont en tête de la procession qui réunit toute la communauté. Aux yeux d'étrangers, elles peuvent sembler les plus fidèles, les plus dévouées, celles qui ont l'honneur de le suivre de près, plutôt que des prisonnières, brisées, anéanties.

Des jouets.

Elsa s'est toujours considérée comme quelqu'un de fort, quelqu'un qui lutte, qui défend ce qui est juste. Et jusqu'à un certain point, cela s'est confirmé. Mais elle n'a plus aucune volonté de se battre. Elle n'est plus qu'une coquille vide.

Elle n'a plus d'illusions, elle ne pourra ni fuir ni convaincre quiconque. On ne peut plus être gracié à Silvertjärn. Son dernier espoir est mort avec Birgitta sur la place du village.

Elsa a beau essayer, elle ne parvient pas à chasser de ses oreilles les lamentations de Birgitta à l'agonie. Elle a beau fermer les yeux, elle ne réussit pas à les effacer.

Combien de temps ont-ils prévu de les garder en vie ? Quelques jours ? Une semaine ? Elle et Ingrid ne vivent encore que parce que le pasteur jouit de les voir vaincues. Ça, elle le comprend. Tôt ou tard, il se lassera. Elle n'espère qu'une chose : ne pas finir comme Birgitta. Qu'on abrège ses souffrances.

La nuit est tombée, l'obscurité a recouvert la ville. Elsa remarque à peine que la route se transforme en sentier, que la végétation alentour se change en hauts pins. Elle enjambe des racines et de la mousse à pas lourds, maladroits. Derrière elle, le reste des habitants marche au pas, en silence. Le respect flotte dans l'air.

La forêt les étreint comme une mère. C'est là que les attend leur véritable temple.

Le pasteur jette un coup d'œil par-dessus son épaule. Il croise le regard d'Elsa. Il n'y a rien d'humain derrière ce regard.

La prise de conscience lui vient davantage comme une caresse que comme un coup. Après tout le reste, c'est presque un soulagement.

Elle ne ressortira pas vivante de cette forêt.

Présent

– Toi, me dit-elle avec un signe de tête vers la porte. Tu passes devant.

Je me retourne. Robert capte mon regard et je m'attarde ; puis j'entends le ton sec d'Aina derrière mon dos. Elle paraît calme, légèrement amusée.

– Si tu t'échappes, je l'égorge.

Elle se racle la gorge, toussote. Lorsqu'elle reprend, sa voix est plus basse, plus feutrée :

– Puis je m'occuperai de vous, l'un après l'autre. Où espérez-vous aller ? Silvertjärn, c'est chez moi. Vous ne pouvez pas m'échapper, ici.

Elle est vieille, raisonné-je fébrilement, tandis que nous sommes jeunes et forts. Nous courons plus vite. Si nous prenons la tangente nous devrions pouvoir la semer. Nous avons une chance.

J'entends Tone pousser de petits gémissements derrière mon dos. À travers la brume, elle a sans doute saisi la gravité de la situation : pour le moment, elle obéit à Aina. Je ne veux même pas imaginer ce qui adviendrait si elle se mettait à donner des coups de pied et à résister comme elle l'a fait avec Robert et Max.

Je pense à la tête éclatée de Max, à sa main tendue. Aux yeux vides et fixes d'Emmy.

J'ouvre la porte et je sors.

– Marche vers la place, ordonne Aina. Vers la forêt.

Est-ce un cauchemar ? Ou est-ce la réalité ?

L'orée des bois ressemble à un mur infranchissable, une muraille qui nous sépare d'un autre monde. Les pins nous toisent comme des divinités millénaires interdisant le passage. Je m'arrête, consciente du risque que je prends. Entre les battements de mon cœur, je m'immobilise, incapable de faire un pas de plus.

Je ne peux pas entrer. Je ne peux pas pénétrer dans les ténèbres.

La terreur explose dans mon ventre, et l'espace de quelques instants je songe :

Alors elle devra me passer sur le corps.

– Avance ! ordonne Aina.

Mais sa menace a moins de poids que le murmure de Robert dans mon dos.

– Alice.

Ce seul mot me pousse à avancer. Je peux sacrifier ma propre vie – j'ai été prête à le faire, dans le passé – mais pas la leur.

Autour de nous, la forêt prend vie d'une manière que je n'ai jamais vue. Silvertjärn était peut-être un cimetière, mais les bois murmurent autour de nous. Partout du mouvement. Partout des yeux qui observent notre dernier pèlerinage.

Ma gorge brûle à chaque inspiration ; je trébuche sur une racine, Robert tente de me rattraper, mais avec les mains liées c'est impossible, et je m'étale de tout mon long dans la végétation. Mon genou heurte une pierre et la douleur irradie jusqu'à ma hanche. Je reste quelques instants la tête dans la mousse, la jambe endolorie et le cœur empli d'un sentiment qui s'apparente à de la haine.

– Lève-toi ! ordonne Aina.

Je ne bouge pas ; sa voix devient plus douce, un peu moqueuse.

– Peut-être que tu ne le veux pas ? Tu es fatiguée ?

Sa façon de parler est étrange, à la fois juvénile et vieillotte. On dirait une adolescente en train d'imiter les films des années trente.

Je n'ai pas besoin de voir ce qu'elle fait pour interpréter le vagissement qui sort de la gorge de Tone. Au prix de mille efforts, je parviens à me mettre à quatre pattes, ignorant la douleur lancinante dans le genou.

Mes yeux se sont habitués aux ombres, et je la distingue à présent dans la nuit. Un sourire glacial barre son visage.

– Allez, continuez ! Tout droit.

Le sourire s'élargit, bien que cela ait paru impossible. On dirait que son visage a été fendu en deux par un coup de hache. Comme si d'un moment à l'autre elle allait exploser, attaquer, mordre.

– Nous approchons.

Approcher d'où ? Je commence à deviner. Je sais dans quelle direction nous marchons. C'est la partie du bois où l'on nous a déconseillé de nous aventurer. Le sol y est trop instable. À cause de la mine au-dessous.

Ils n'ont même pas cherché dans la mine, car l'entrée principale était scellée. Mais les tunnels s'enfoncent profondément dans les entrailles de la terre. Et je me souviens des mots griffonnés par le pasteur Mattias :

Ce n'est que dans le silence que nous trouverons la liberté. Ce n'est qu'en se laissant étreindre par l'obscurité que l'on peut trouver la lumière.

Le silence… L'obscurité…

À mesure que nous avançons, je la distingue de plus en plus clairement, l'ouverture de la mine, comme un tombeau, des ténèbres plus noires que les ombres. C'est un simple trou dans le sol, large et irrégulier, mais je comprends où il mène.

Aina n'a pas besoin de m'intimer d'y aller. Une force invisible m'y attire. Je m'arrête au bord, et je regarde dans le puits. Il fait trop sombre pour en déterminer la profondeur.

– Qu'est-ce… marmonne Robert derrière moi, et je réponds avant même qu'elle ouvre la bouche.

– La mine. Ça conduit aux boyaux de la mine.

– À notre église, murmure Aina.

Sa voix se confond avec les bruissements des cimes des arbres.

– Sautez ! nous dit-elle d'une voix plus dure.

– Quoi ?

Je veux faire volte-face, mais mon mouvement se fige lorsque je sens contre l'arrière de ma nuque la pointe d'une lame.

– Saute ! répète-t-elle, et la pression augmente, devient une douleur vive. Vas-y, ou je te pousse. Nous devons les rejoindre.

Rejoindre le chœur sous nos pieds ; l'obscurité des tunnels.

– Saute !

Sa voix monte dans les aigus, et soudain je sens un pied contre mon dos, et je n'ai pas le temps de réagir.

Je tombe.

Passé

Elle descend l'échelle, vers l'obscurité, en s'agrippant de toutes les forces de ses doigts moites. Les barreaux sont épais, rugueux, semblent avoir été installés à la va-vite.

Les ténèbres en bas sont impénétrables. La seule lumière provient de la torche aveuglante du pasteur qui éclaire les parois du tunnel des deux côtés.

Ce boyau devait servir au transport, car il est long et incliné. Les murs sont irréguliers et humides. Il fait déjà plus froid ici qu'à la surface.

Le pasteur s'enfonce dans le noir. Elsa se presse derrière lui dans l'obscurité de la roche. Tout pour ne pas perdre de vue la lumière. Tout pour ne pas rester à l'arrière avec la horde silencieuse qui lui emboîte le pas.

Elsa a découvert leurs vrais visages. Elle a vu l'écume se former à la commissure de leurs lèvres, leurs yeux s'allumer à la vue du sang. Elle a remarqué l'ivresse dans leurs respirations haletantes quand ils entendent le craquement des os qui se brisent.

Le cône de lumière qui se balance devant eux s'enfonce de plus en plus loin sous terre. Il est la lumière qu'ils suivent dans le noir. Elsa comprend que le symbole peut être séduisant. Mattias le sait, sans doute. Il le fait sans doute à dessein.

Elle n'est descendue ici que deux fois dans sa vie, bien que Staffan ait peiné à la mine pendant vingt-quatre ans. Jamais elle n'est allée si loin. L'air semble plus épais, plus lourd, et les parois oppressantes. Elle sent le poids de la roche sur elle. Des milliers de tonnes de roche et de minerai soutenus par des structures fragiles, des calculs mathématiques et de la bonne volonté.

Elsa se demande comment ils ont su où creuser pour déboucher au niveau des galeries de transport. Mais peut-être n'est-ce pas si étonnant. Combien de centaines des habitants qui marchent derrière elle travaillaient ici ? Ils savaient où menaient les boyaux. Ils savaient où l'on pouvait forer sans risque.

Tout à coup, le tunnel s'élargit sur une vaste grotte.

Si la torche n'est pas assez puissante pour éclairer tout l'espace, on voit que la caverne est spacieuse, de forme allongée et haute de trois ou quatre mètres. Elsa ne doute pas qu'il y ait de la place pour tous les villageois. Elle est incapable de déterminer s'il s'agit d'une poche d'air naturelle ou de l'un des plus anciens puits, remontant aux premiers jours de la mine. Du temps où Silvertjärn n'était que quelques fermes au milieu des bois.

Au milieu de la grotte se trouve une mare peu profonde, à peine plus grande qu'une flaque, dont ils approchent à présent. Elsa, Ingrid, Dagny, le pasteur, avec toute la communauté derrière eux. Mattias s'arrête près du bord et lève sa lampe. Il garde le silence un moment, laisse la lumière parler pour lui.

Frank saisit de nouveau Elsa par les épaules, si fort qu'il lui broie presque les os. Mais la douleur ne peut l'atteindre. Il doit penser qu'elle va se jeter sur le pasteur, l'attaquer d'une façon ou d'une autre. Son inquiétude n'a pas lieu d'être.

– Où vas-tu aller ? demande Elsa à Mattias d'une voix presque normale. Où vas-tu aller après tout ça ?

C'est comme si elle parlait à une statue, une figurine de pierre silencieuse, réprobatrice.

– Aller quelque part ? Pourquoi devrais-je aller quelque part ?

Elsa distingue derrière elle les pas et les respirations de ceux qui commencent à fourmiller dans la grotte, qui se pressent contre les murs. Ceux qui les observent de loin. Ceux qui attendent.

La voix de l'homme n'est pas plus qu'un souffle, pourtant Elsa entend chaque mot clairement.

– J'ai créé mon paradis sur terre. Toutes les personnes ici présentes me voient comme leur prophète. Leur guide. Leur maître. Ils boivent mes paroles. J'ai façonné Silvertjärn à mon image. Je ne vais aller nulle part. Nous avons de nombreuses et belles années devant nous, Silvertjärn et moi.

La lumière de la torche danse dans ses yeux gris.

– Ici, je suis Dieu.

Présent

Dans l'obscurité, je suis aveugle.

Des élancements montent dans ma jambe depuis mon genou chaque fois que je m'appuie sur mon pied et mon dos n'est qu'un nœud de souffrance. J'ignore si c'est le manque de lumière ou le coup sur la tête qui me déséquilibre – quoi qu'il en soit, je ne cesse de trébucher, de heurter les murs, de les repousser de mes paumes égratignées.

Derrière moi, j'entends Robert avancer à grand-peine, lui aussi. Il a l'air de s'en sortir mieux que moi – ce qui ne veut pas dire grand-chose.

Lorsque l'eau s'engouffre dans mes chaussures, je ne comprends d'abord pas ce que c'est, et j'esquisse un pas de plus. Le clapotis m'arrête net.

– Qu'est-ce… je commence, mais la voix rauque et exaltée d'Aina s'insinue dans mes oreilles.

– Ici.

Je l'entends s'approcher ; Robert lâche un grognement quand elle le bouscule pour le dépasser, tenant Tone dans une poigne de fer.

La lumière m'éblouit, je cligne des yeux pour tenter de recouvrer la vue.

Le tunnel est bas et étroit. Une galerie de transport, sans doute. Derrière nous, le sol est plat, mais devant il semble descendre. La mine doit se trouver en contrebas. L'eau baigne le tunnel à partir du point où le sol s'incline, formant un trou prêt à nous engloutir, un puits qui s'est changé en lac souterrain. Impossible d'en déterminer la profondeur ni la longueur.

En me tournant vers Aina et Tone, je remarque qu'Aina tient une vieille lampe à pétrole en verre et en fer. Elle est toute simple, et le réservoir de combustible est quasiment vide, mais c'est plus que suffisant pour éclairer l'étroit boyau. Dans la lumière de la flamme, la surface de l'eau ressemble à du pétrole, lisse et noir.

Je recule et percute Robert.

– Pardon, je chuchote.

Si seulement je pouvais lui dire pardon pour tout le reste, lui faire comprendre à quel point je suis désolée, tout ce que je regrette. Mais ma voix est brisée, à peine audible, et « pardon » ne sera jamais assez. Une mélodie paraît s'écouler des parois, goutter le long de la pierre avec l'humidité. Aina l'accompagne en fredonnant, chante d'une voix étonnamment douce :

– Pardonnez tous mes péchés, laissez-moi me purifier dans votre sang.

Donnez-moi un Esprit saint, une volonté nouvelle et un nouveau…

Sa faible voix semble recueillie. Elle est démultipliée par les fissures et les recoins, éclate avant d'être renvoyée comme des milliers de murmures essoufflés. Elle n'est qu'une partie du chœur.

– C'est terminé maintenant, sanglote-t-elle presque. C'est terminé. Le jour de la résurrection est arrivé.

Je contemple l'eau. Les légères ondes circulaires à la surface qui roulent vers nous.

J'ignore ce qu'elle compte faire de nous, mais tout au fond de moi, je sais qu'elle ne compte pas nous faire sortir d'ici. Quelles que soient les raisons de notre présence ici, conçues dans les méandres de son esprit rouillé, elle a prévu de nous tuer.

Aina nous fixe.

– Il nous avait promis, dit-elle, la voix empreinte à la fois d'agressivité et d'espoir. Le pasteur avait promis de revenir si je l'attendais. Il a assuré que ce ne serait pas long. Je ne voulais pas rester en haut, mais il a dit ça. Il l'a dit.

Elle secoue la tête et marmonne, affligée :

– J'ai patienté, comme il me l'a demandé. Mais ça n'a pas suffi.

Elle pose la lampe à pétrole à terre, éclairant le tunnel par le bas. Sa silhouette se découpe clairement contre la paroi de la mine.

Je dois continuer de la faire parler. Tant qu'elle s'exprime, elle n'utilisera pas le couteau qu'elle serre dans sa main.

– Tu veux que les autres reviennent, je répète doucement, essayant de comprendre son bredouillage. Je réfléchis fébrilement. Les pensées tentent d'émerger à travers le fourmillement de mon cerveau, mais depuis le coup à la tête, il semble gonflé et embué. J'ai du mal à me concentrer.

– Oui !

Ses traits semblent se fondre dans le faisceau qui l'illumine depuis le bas.

– Ils sont descendus sous terre pour achever le sacrifice. Nous devions vivre dans la grâce de Dieu. Il a dit que je n'avais pas besoin de regarder. Il a dit… Il a dit…

Elle s'interrompt et son visage se tord dans une grimace.

– C'est pour ça qu'ils ne sont pas revenus.

Une soudaine vulnérabilité passe sur son visage, une angoisse crue.

– Nous devions tous être là pour assister au sacrifice, mais je ne suis pas venue. Ça devait être notre Nouveau Testament. Nous étions le nouveau peuple. Tous les testaments doivent être scellés dans le sang. Comme le sang du Christ sur la croix. Nous devions laver le péché avec le sang, tu comprends ? Mais je n'étais pas là, nous n'étions pas au complet.

Sa mince lèvre inférieure ridée tremblote.

Je lutte pour trouver les mots.

– Ce n'était pas ta faute, Aina.

C'est un cliché, plat et vide. Mais ses yeux s'allument. Elle secoue la tête.

– Non, ce n'était pas ma faute. C'était à cause d'elle. La sorcière.

Je vois que l'étreinte autour du couteau se resserre.

– J'ai essayé de rembourser ma dette. De me débarrasser d'elle. Avec le rejeton du diable. Je les ai laissés amener l'enfant hors de la ville. Mais cela n'a pas suffi, tu comprends ?

La dernière phrase est murmurée comme un secret confié à un bon ami, le complice d'une conspiration.

Aina pose sa main libre sur la nuque de Tone et hoche la tête pour elle-même.

– La sorcière a fait s'écrouler la roche sur notre temple, mais elle n'a pas pu nous faire taire. Non, ça, elle n'en a pas été capable.

Elle passe ses doigts boudinés aux ongles rongés sur le cou de Tone.

– Je sais ce que j'ai à faire. Laver le péché avec le sang.

Je retiens mon souffle. Sa main glisse presque tendrement dans les cheveux de mon amie.

– J'ai accompli les rites pour les deux autres. La rousse et le blond. Ils n'ont pas compris à quel point il était grand de se donner à Dieu, mais je le leur ai montré. Ils se sont débattus, mais j'ai été patiente et je ne les ai pas jugés pour leur ignorance. J'ai accompli les rites pour que leur sacrifice soit pris en compte. J'aurais préféré les amener, ici, sous la terre, mais Dieu nous voit tous. Il a assisté à mes sacrifices. Vie pour vie.

La flamme de la lampe vacille, éclairant les murs dégoulinants.

– J'aimais bien ses yeux, poursuit-elle. Les yeux de la rousse. C'est pour ça que je ne les ai pas fermés. Ils ressemblaient à ceux du pasteur.

Elle me fixe quelques instants, puis tout va très vite. Sa main devient une griffe, elle attrape les cheveux de Tone tout en la forçant à s'agenouiller au bord de l'eau.

– Non !

Mon cri se noie dans le rugissement sans paroles des murs et dans la voix d'Aina qui s'élève en un chant monotone.

Elle presse son couteau contre la gorge de Tone et lui bascule la tête en arrière.

– Au nom du Père, du Fils et du Saint-Esprit…

Je suis poussée contre le mur par une forme qui passe devant. Robert. Il se jette sur Aina, les mains bandées devant lui. Il la percute violemment, elle perd l'équilibre et bascule la tête la première dans l'eau.

– Robert !

Je n'ai pas le temps de réfléchir, pas le temps d'essayer de voir, parce qu'elle ressort immédiatement, crachant, écumant de rage. L'eau lui arrive aux cuisses.

Robert se démène pour remonter la pente glissante, dérape et tombe, ses mains liées devant lui, et je vois qu'il heurte la roche. Aina lâche les cheveux hirsutes de Tone et la propulse vers l'autre paroi. Elle fait deux grands pas dans l'eau vers Robert, montrant les dents comme un animal.

– Vous l'avez pris. Vous me l'avez enlevé !

Elle pousse Robert dans l'eau, maintient son visage sous la surface, un genou contre son dos. Je la vois qui saisit sa tête à deux mains et la frappe contre le fond. Je vois la crispation des muscles atrophiés de ses bras, les tendons saillants de son cou. Je me précipite sur elle pour la faire lâcher prise, je tire sur ses bras. Son corps léger ne devrait pas être aussi fort ! Elle me griffe au visage, le sang coule, et lorsque je porte la main à ma joue, choquée, elle me bouscule violemment.

La résistance de Robert commence à s'affaiblir. Dans la lumière scintillante, je vois des volutes de sang monter de son front.

Je parviens à me relever et soudain…

Tout s'arrête.

Aina s'est pétrifiée. Les muscles de ses bras se contractent et se détendent, se contractent… et cèdent.

La pointe du couteau a traversé son cou, un filet de sang s'en échappe. Elle porte une main à sa gorge et effleure du bout du doigt la pointe qui brille comme un bijou sous sa mâchoire.

Elle ouvre la bouche comme pour parler, mais pas un mot ne sort de ses lèvres.

Lentement, elle lâche Robert et tombe dans l'eau. L'ombre qu'est Aina sombre, légère et gracieuse, vers le fond, puis glisse vers le bord du puits.

Tone reste campée sur ses jambes écartées. Elle souffle comme un bœuf en suivant du regard le corps d'Aina, son visage est luisant de sueur. La plaie à son cou se trouve presque exactement à l'endroit où la lame est ressortie du cou d'Aina.

Les mains tendues devant elle, elle serre toujours le manche du couteau.

Je suis arrachée à ma transe et plonge vers Robert. J'attrape son bras et le remonte à la surface, traînant son corps lourd comme du plomb vers le sol sec, parviens à le tirer à moitié de l'eau avant de le retourner. Son nez n'est plus qu'un amas de chair écarlate d'où se déverse par à-coups un sang gluant qui se mêle à l'eau dans ses cheveux. Ses lèvres sont entrouvertes, ses yeux fermés.

– Non, non, non ! murmuré-je en sentant à peine les larmes. Non, je t'en prie !

Je me penche vers lui, mes larmes gouttent sur son visage abîmé, se mêlent au sang, et là, au moment où je m'apprête à poser la main sur ce qui reste de son nez, il émet un grognement.

Ses paupières palpitent.

Son corps se tend et il tousse, une sorte de gargouillis accompagné d'un jet d'eau. Je recule, renifle, ris, tremble et Robert se tourne sur le côté pour vomir. Il esquisse un geste pour s'essuyer la bouche, mais ses mains sont toujours attachées. Je rampe sur la roche, dénoue la corde de mes mains tremblantes.

Me tournant vers l'eau, je vois Tone immobile, le regard braqué sur l'ombre noire quelques mètres plus loin. Aina laisse un voile de sang dans son sillage tandis qu'elle glisse vers l'endroit où le puits s'enfonce sous terre.

Et soudain, elle disparaît.

Aina a passé le bord.

Le silence est total. Tone serre les poings une fois, deux fois. J'entends l'écho d'un soupir. Ses épaules se relâchent.

J'ai l'impression de distinguer une rumeur dans le lointain.

On dirait de faibles pleurs d'enfants.

Tout à coup, Tone tombe en position accroupie, comme si les fils qui la retenaient venaient d'être sectionnés.

Elle me regarde dans les yeux, m'adresse un petit sourire tremblant.

– Est-ce qu'elle est rentrée chez elle, maintenant ?

Puis ses yeux basculent vers l'arrière, et elle perd connaissance.

Passé

Le pasteur lève sa torche bien au-dessus de sa tête.

– Nous avons fait un grand pas aujourd'hui, dit-il de sa voix douce, chantante. Nous avons fait un pas vers la lumière. Vers le paradis.

Elsa ne voit pas la communauté derrière elle, mais la perçoit. Leurs yeux scintillants, braqués sur elle, l'odeur de leur angoisse, de leur excitation.

L'eau sombre, inerte, impénétrable, brille derrière lui, et dégage un parfum de boue et de minéraux.

– Dieu voit nos sacrifices et nos efforts. Mais Il ne voit pas seulement ceux qui vivent dans Sa vérité. Il voit ceux qui se sont détournés de Lui. Ceux qui se sont écartés du droit chemin. Ceux qui se sont laissé séduire par les mensonges du Malin.

Le pasteur baisse sa torche à hauteur du visage d'Elsa.

– Il les voit, et Il les encourage à retourner à Lui. Nul enfant de Dieu ne lui est étranger. Comme le fils prodigue, on peut toujours revenir dans le giron de Dieu et être accueilli de nouveau. Dieu est amour.

Elsa entend Dagny renifler faiblement à côté d'elle. Elle cherche sa main, la trouve, la serre, mais elle ne sent pas de réponse. La main de Dagny pend, inerte, dans celle d'Elsa.

– Voulez-vous rejoindre le Seigneur ? demande-t-il aux trois femmes.

Il dévisage Elsa. La torche danse en miniature dans ses yeux.

– Oui, pleure Dagny. Oui, oui.

Ingrid ne répond pas. Elle fixe obstinément l'eau devant elle. Peut-être qu'elle a compris, comme Elsa, ce qui les attend. Son visage est dur, résolu. Son nez a gonflé, mais ne saigne plus.

– Dieu vous ouvre les bras, clame-t-il d'une voix haute et chantante, comme dans un prêche. Vous pouvez revenir. Vous pouvez être lavés de vos péchés. Vous pouvez ressusciter sous une nouvelle forme, libérés de vos fardeaux, de vos peines.

Les reniflements de Dagny se sont changés en sanglots qui lui secouent les épaules. Elsa lâche sa main. Elle ne supporte plus de sentir ces soubresauts.

– Aidons-les, dit le pasteur.

Il lève de nouveau la torche de sorte que ses beaux traits androgynes prennent l'expression cruelle de l'ange déchu.

– Aidons-les à retourner vers notre Seigneur. Purifions-nous et purifions-les.

– Amen, murmurent mille voix derrière Elsa, des voix qui se diffusent et glissent le long des parois humides vers les tunnels. Amen.

Le pasteur fait un signe de tête à l'adresse des garçons derrière elles. De lourdes mains se posent sur les épaules d'Elsa, la forçant à s'agenouiller. Les pierres s'enfoncent dans ses genoux, dans ses tibias.

Il tire de sa ceinture un couteau ordinaire, le genre de couteau que porte avec lui tout homme, tout garçon. Un manche noir. Une lame qui reflète la lueur de la torche.

Le pasteur tend la lampe à l'une des presque mille personnes massées derrière elles et se penche un peu en avant, pose la main sur la tête d'Elsa. Sa paume est sèche et chaude.

– Ne t'inquiète pas. Elle n'est pas là.

C'est un murmure qui ne s'adresse qu'à Elsa.

– Elle est restée là-haut avec l'enfant. Elle ne verra rien.

Aina.

La gratitude qui monte en elle est perverse, un vertige épais et lent, qui se mêle à la haine jusqu'à ce qu'elle soit incapable de les distinguer, jusqu'à ce qu'ils ne soient qu'un dans son corps.

Elle croise son regard.

Il embrasse son front de ses lèvres sèches.

Les pleurs de Dagny redoublent, se changent en cri, et elle supplie le pasteur, à côté d'Elsa.

– Non, s'il te plaît, laisse-moi partir, je ne voulais pas, je promets de ne plus jamais… jamais…

Sa voix est un hurlement, un gémissement, et Elsa n'entend pas la fin de sa phrase.

Le pasteur la toise.

– Je t'abandonne cette âme, ô, Dieu, car tu dois l'accueillir dans ta grâce et la laver de ses péchés et de la noirceur du monde.

La main sur la tête d'Elsa s'alourdit ; le pasteur enfouit ses doigts dans ses cheveux et tire sa tête en arrière, dévoilant son cou.

Il lève son couteau. À la lueur de la torche, c'est une épée d'argent. Sa vue se brouille.

– Au nom du Père, du Fils et du Saint... commence-t-il, puis sa voix est engloutie par un autre bruit.

C'est un grondement au-dessus de leurs têtes. Tel un coup de tonnerre, il traverse la roche au-dessus d'eux. Les structures affaiblies creusées, évidées à maintes reprises, des poutres gâtées, pourries commencent à céder. Ce sont des milliers de tonnes de roche qui craquent, incapables de soutenir leur propre poids.

Certains membres de la communauté poussent de petits cris de surprise. Elsa entend le bruit de pieds qui reculent, qui trébuchent. La plupart ne peuvent pas bouger ; ils sont trop nombreux dans un espace trop étroit. Ils n'ont nulle part où aller.

Le pasteur lève les yeux, ouvre la bouche.

– Non, dit-il, comme un ordre, pas comme une prière.

Elsa ferme les yeux. Lorsque le monde s'écroule, les cris de surprise se changent en hurlements paniqués, mais ils sont eux aussi noyés dans le rugissement de la roche qui s'effondre sur eux et les engloutit.

Comme c'est étrange, se dit Elsa une seconde avant que le monde ne disparaisse autour d'elle et se change en néant, le rugissement de la roche ressemble à s'y méprendre à celui de Birgitta.

Présent

Robert porte Tone lorsque nous retournons vers la ville. Le ciel nocturne a éclos au-dessus de nos têtes, et une demi-lune claire, brillante rend la lampe à pétrole inutile. Heureusement, car le pétrole est épuisé et la mèche pâlit, devient une petite braise, avant de s'éteindre complètement.

– Je m'en débarrasse, dis-je à Robert, qui hoche la tête.

Je la laisse au bord du chemin, où elle reste comme un jalon. Une miette de pain témoigne de notre passage.

Comme d'un commun accord, nous marchons vers la place. C'est là que nous avons dormi lorsque nous avons débarqué ici. Nous pouvons bien y passer une dernière nuit. Une dernière nuit avant qu'ils viennent nous chercher.

Tout est calme lorsque nous arrivons. Les épaves des voitures prennent une coloration bleu marine dans la nuit d'avril, mais ne paraissent plus menaçantes. L'odeur de métal brûlé a commencé à se dissiper. Robert dépose délicatement Tone sur le sol. Elle est trempée et sa peau est trop chaude, mais elle va moins mal que tout à l'heure. Le sang et la crasse qui couvraient son visage ont été rincés par l'eau.

Je lui caresse doucement la tête. Sa respiration est faible, mais régulière. Je ne sais pas si elle dort ou si elle est inconsciente, mais son visage est paisible, lisse.

– Tu restes avec elle ?

Robert acquiesce.

Il a essayé tant bien que mal de remettre son nez à sa place, mais il fait toujours peine à voir. Je me demande comment ça va cicatriser.

– Où vas-tu ?

– Je pensais récupérer des draps et des couvertures dans l'école. On peut les brûler pour se réchauffer.

Il se contente de hocher la tête. Il n'y a pas grand-chose à dire.

Je contourne l'école jusqu'à l'échelle de pompiers et je grimpe. Les barreaux craquent, mais ça tient. Il fait plus sombre à l'intérieur sans la lueur de la lune, mais mes yeux se sont accoutumés et je trouve ce que je cherche.

Je réunis autant de draps et de couvertures que je peux en porter et je les pose en tas près de la fenêtre. Puis je sors dans le couloir.

La silhouette blanche près du mur est presque invisible dans l'obscurité, mais je sais où elle se trouve. J'avance vers elle, m'agenouille à ses côtés et soulève le drap pour découvrir son visage.

Elle est raide et froide. Ses lèvres sont glacées.

Les pleurs montent dans ma gorge, et cette fois, je ne les retiens pas. Ce sont des larmes silencieuses et déchirantes, pas des cris dramatiques, je les laisse s'écouler de mon corps jusqu'à épuisement. Je demeure là, quelques minutes, jusqu'à ce que ma respiration se calme. Jusqu'à ce que mes mains restent immobiles sur mes genoux et que je puisse la regarder, contempler son visage paisible et ses yeux clairs dans la lueur malingre de la lune.

– Je suis désolée. Tellement désolée. Pardon.

J'inspire profondément et je souffle. L'air a un goût de poussière et de rayons de soleil décrépits.

Je me penche vers elle et je l'embrasse sur le front. Sa peau est froide et raide sous mes lèvres.

– Merci.

En palpant son cou, je trouve la fine chaîne en or. Le fermoir est menu, je peine à l'ouvrir dans le noir. Je dois utiliser mes ongles pour attraper le crochet.

Puis je rabats le drap sur son visage pour qu'elle puisse reposer à l'abri du monde.

Lorsque le feu commence à prendre, Tone se tourne sur le côté, épuisée, et s'endort immédiatement. Sa poitrine se lève et s'abaisse régulièrement sous la couverture. J'ose à peine la quitter des yeux, mais au bout d'un moment je sens que la tension s'apaise.

Robert fixe le brasier. Je me racle la gorge.

– Robert ?

Il lève la tête.

– J'ai quelque chose pour toi.

Je plonge la main dans ma poche pour en sortir le collier orné du petit cœur en or.

– Je suis allée le chercher. Là-haut.

Son regard suit le cœur qui se balance dans la lumière du brasier.

– Sa mère devrait l'avoir. Je pensais que… tu pourrais le lui donner.

Les mots me piquent la gorge.

D'abord, il ne dit rien, mais il tend la main vers moi et je laisse la fine chaîne s'enrouler au creux de sa paume. Il la tient délicatement, comme un objet précieux qui disparaît presque dans sa grande main.

Robert fixe longuement le pendentif. Les bras autour de mes genoux, je garde le silence.

Il enferme le collier dans son poing.

– Elle regrettait, tu sais, reconnaît-il enfin d'une voix rendue pâteuse par l'état de son nez. Elle n'a jamais cessé de le regretter.

J'essaie de ravaler la boule dans ma gorge. Ma voix ne porte pas. Je pince les lèvres, les yeux braqués sur les flammes jusqu'à ce que ma vision éclate en mille étincelles.

– Je sais.

Je me mords l'intérieur de la joue de toutes mes forces. – Elle m'a sauvé la vie.

La faible brise qui souffle sur la place est étonnamment chaude, presque tiède. L'été approche.

Un bruit inattendu au-dessus de ma tête me fait lever les yeux. Un bruit doux, un gazouillis. Il me faut quelques secondes pour comprendre, puis je distingue une petite irrégularité dans la silhouette de l'école. C'est un oiseau posé sur une gouttière.

– Je n'ai pas vu d'oiseaux depuis qu'on est arrivés.

– Non, moi non plus.

L'oiseau piaille de nouveau. J'aurais aimé être le genre de personne qui sait identifier les volatiles à leur chant, mais je n'ai aucune idée de l'espèce.

En tout cas, c'est beau.

Épilogue

J'ai attendu, mais personne n'est venu.

J'ai attendu, attendu, j'ai nourri l'enfant, mais ils ne sont pas revenus. J'ai fini par rejoindre l'entrée de notre église, je suis descendue dans le tunnel, les mains tremblantes, et j'ai suivi le chemin dans l'obscurité. Je n'ai pas osé apporter de torche. Il était le seul à y être autorisé : il était notre éclaireur.

Il m'a dit de rester à la surface, avec l'enfant. Il m'a dit que la fillette était importante, que je devais rester auprès d'elle. Que je devais les attendre. Qu'ils allaient bientôt revenir.

Lorsque je suis arrivée à l'éboulis, je n'ai pas compris. Je pensais avoir fait fausse route, m'être perdue ; je croyais m'être engouffrée par mégarde dans un autre tunnel qui s'était écroulé. J'ai été prise de panique. Je pensais que j'allais mourir là, seule dans une galerie isolée, en compagnie des gouttes d'eau.

Mais j'ai fait demi-tour et la sortie était là où elle est toujours.

Je suis descendue et remontée quatre fois avant de comprendre.

Les jours sont passés. Des voitures sont entrées dans la ville et je leur ai laissé l'enfant dans l'école. Peut-être était-ce sa faute s'ils ne revenaient pas. La faute de l'enfant du Diable. S'ils l'emportaient avec eux et quittaient la ville, il reviendrait à moi.

Je me suis cachée dans les tunnels, en me rappelant ce qu'il avait dit : ceux qui sont déchus de la grâce divine m'arracheraient à lui et détruiraient notre paradis, car ils ne comprennent pas. Celle qui fut jadis ma mère leur a sans doute inculqué des mensonges sur ce que nous sommes.

Ils ne comprendraient jamais. Personne ne pouvait comprendre.

Puis l'eau a commencé à monter, dépassant l'endroit de l'éboulis. Je me suis souvenue de ce qu'avait dit mon père, à l'époque où j'avais encore un père. Qu'ils pompaient la nappe phréatique pour empêcher l'inondation des boyaux.

J'aurais voulu rester en bas, laisser l'eau me prendre, mais je savais que je ne le pouvais pas. Se donner la mort est un péché, et les suicidés sont les personnes qui finissent dans les flammes les plus brûlantes de l'enfer.

J'étais obligée de les attendre. Je l'avais promis.

Je savais qu'il me reviendrait.

Au bout d'un moment, la nourriture a pris fin. J'ai dû entrer dans les cuisines des autres et fouiller dans leur garde-manger. Je n'ai jamais pu me résoudre à retourner dans sa maison – la maison de ma perfide mère. Une partie de moi considérait que tout cela, c'était en partie sa faute. Elle avait toujours aimé la sorcière plus que moi, après tout.

J'ai laissé le reste de la communauté s'occuper de moi. J'ai dormi sur leurs lits, j'ai vidé leurs placards. Nous ne faisions qu'un, ce qui appartenait à l'un appartenait à tous – je tentais de m'en convaincre. C'est ce qu'il m'avait dit. Mais ça a commencé à être déprimant, je me sentais triste. Je pleurais la nuit.

Parfois, j'étais prise de doutes. Ils s'insinuaient en moi comme de petits diables qui me piquaient la peau. Et s'ils ne revenaient jamais. Et s'il avait eu tort.

Mais je m'en débarrassais, furieusement, violemment. Il avait promis. Il était l'élu de Dieu, et il avait dit que nous vivrions ensemble pour l'éternité. Nous allions créer le paradis sur terre.

Je suis retournée dans la forêt, sur le sentier qui menait à notre église. J'ai emporté une lampe. Peut-être que leur lumière s'était éteinte et qu'ils s'étaient perdus dans le noir. Il m'appelait sa lumière. Sa lumière de Dieu. Son ange.

Peut-être pouvais-je leur montrer le chemin pour sortir des ténèbres. Peut-être pouvais-je les aider à revenir.

J'ai marché aussi loin que possible dans le tunnel. L'eau avait tellement monté qu'on ne voyait plus l'endroit de l'éboulement. Bientôt, les tunnels seraient complètement inondés.

Je suis restée assise là jusqu'à ce que ma lumière s'éteigne, et j'ai pleuré.

Alors je les ai entendus. Ça sortait des entrailles de la terre.

Je les ai entendus chanter.

J'ai pleuré de nouveau. De soulagement, cette fois.

J'ai compris que mon sacrifice n'avait pas été suffisant. Je suis restée dans les galeries, remontant au rythme de l'eau jusqu'à ce qu'elle se stabilise, et là, j'ai écouté. Ils chuchotaient, me parlaient, pendant la nuit. Au début, je ne distinguais pas très clairement leurs propos, mais j'ai appris avec le temps.

Ils m'ont expliqué ce qu'il fallait faire. Seul le sang versé peut laver les péchés. Tôt ou tard, cette harpie satanique allait revenir, et à ce moment-là, elle paierait le prix.

Alors, j'ai continué à attendre.

Remerciements

Tout auteur sait que les héros oubliés du livre sont ceux qui ont soutenu, lu, donné leur avis, préparé du thé et de temps en temps forcé l'auteur à prendre l'air et le soleil au cours du processus d'écriture. Je ne suis évidemment pas une exception – et je pense même que j'en exige davantage de mon petit cercle que la plupart des écrivains – il est donc plus que normal que je remercie ici tous ceux qui m'ont aidée à écrire *Le village perdu.*

Merci à ma merveilleuse éditrice, Erika, qui a fait de ce roman quelque chose de bien plus grand que je n'aurais pu l'imaginer. Tu as vu dans ma première ébauche un potentiel que d'autres n'auraient pas vu, j'en suis sûre. Je décris souvent un bon éditeur comme un coach, quelqu'un qui vous encourage, vous soutient, vous inspire, mais c'est aussi quelqu'un qui vous ordonne de courir jusqu'à ce que vous vous écrouliez, puis de courir cinq kilomètres de plus. Tu t'es acquittée de ces deux tâches avec brio.

Merci aussi à mon correcteur, John, qui a supporté mes tentatives agitées et réitérées de le convaincre qu'on peut non seulement écrire « comme si » on y était, mais aussi donner l'impression d'y être. (J'ai raison, et avec le temps le monde le comprendra.)

Merci à mes agentes, Anna et Johanna, grâce à qui mes rêves sont devenus réalité. Peu de personnes peuvent sans doute se targuer de faire cela au boulot. Vous n'avez pas seulement permis à Alice, Emmy, Elsa et Aina de parcourir le monde, vous avez aussi, avec bien plus de patience que je ne le mérite, répondu à mes mails frénétiques – « et si tout le monde déteste mon livre ? » – ce qui devrait suffire à vous faire canoniser. Je vous promets d'écrire au Vatican pour soumettre la proposition.

Merci à tous mes merveilleux amis qui m'ont supportée et soutenue au cours de ce processus. Il n'est pas toujours facile de vivre avec une autrice névrotique en pleine phase de correction mais vous avez si bien géré tout cela que ça ressemble à un jeu d'enfants.

Merci à Frida et Sofia, qui m'encouragent à être un peu plus gentille chaque jour, envers moi-même et envers les autres. Je considère que le fait de vous avoir dans ma vie est une preuve ultime de mon bon karma.

Merci à Saga, qui m'accompagne depuis le début. Tu as lu ma toute première tentative de livre lorsque nous étions adolescentes et pourtant tu dis « volontiers » quand je te demande de jeter un coup d'œil à mon nouveau manuscrit. Cela en dit plus long sur mon caractère que sur mon écriture.

Merci à Anna : tu m'as si souvent répété que tu avais adoré ce livre que j'ai été obligée de t'écouter. Tu restes la meilleure surprise de ma vie. (Et merci au compagnon d'Anna, Matthis, qui accepte ma présence intensive dans votre appartement.)

Merci à mon père qui semble presque plus heureux que moi quand je l'appelle pour lui donner des nouvelles du livre. Merci à mes frères, Alexander et Leo, qui ont grandi avec deux écrivaines dans leur entourage immédiat. C'était difficile, je sais, mais je pense que cela vous a permis d'acquérir des compétences utiles dans la vie.

Merci à ma mère qui me lit, me soutient, prodigue de précieux conseils et me fait gentiment savoir quand je me comporte comme une andouille. Écrire avec toi est l'une des plus belles expériences de ma vie. J'ai une chance inouïe de t'avoir comme maman.

Et enfin, merci à vous, les rares lecteurs à être venus à bout des remerciements. Rien de tout cela ne serait possible sans vous qui lisez ce livre. Tout ça, c'est pour vous.

Merci.

RÉALISATION : NORD COMPO À VILLENEUVE-D'ASCQ
ACHEVÉ D'IMPRIMER SUR ROTO-PAGE
PAR L'IMPRIMERIE FLOCH, À MAYENNE
DÉPÔT LÉGAL : OCTOBRE 2020. N° 142652 (96613)
IMPRIMÉ EN FRANCE